Narrative

Fiona Mitchell

I segreti della domestica ribelle

ROMANZO

Traduzione di Roberta Scarabelli

MONDADORI

Questo libro è un'opera di fantasia. Personaggi e luoghi citati sono invenzioni dell'autrice e hanno lo scopo di conferire veridicità alla narrazione. Qualsiasi analogia con fatti, luoghi e persone, vive o scomparse, è assolutamente casuale.

librimondadori.it
anobii.com

ISBN 978-88-04-68730-6

Titolo dell'opera originale
The Maid's Room
I edizione aprile 2018

I segreti della domestica ribelle

A Mike e Olivia,
che ci sono stati in ogni momento

Prologo

È qui che lei dorme. Uno sgabuzzino. Una camera da letto. Una scatola senza finestre.

Fa scattare l'interruttore della luce ed ecco il secchio infilzato di spazzoloni, la lavatrice e il materasso per terra. La stanza è così ingombra che si vedono solo poche piastrelle del pavimento. Il sudore le gocciola lungo il naso e si spiaccica al suolo. L'asciugabiancheria ha aumentato il calore; ha centrifugato le lenzuola e ora ci sono ammassi di polvere dappertutto, come se lei qui dentro stesse gestendo un negozio di parrucche. Fa fatica a respirare nell'aria torrida e rarefatta. L'odore di verdure bollite dalla cucina accanto le fa venire la nausea.

C'è un tavolino vicino al materasso, zeppo di fotografie incorniciate e disegni, e un oggetto piccolo, beige e a spirale. La sua conchiglia tortile. Se la osserva abbastanza a lungo, può lasciarsi trasportare in qualche luogo lontano. Oltre l'oceano, la cresta dell'onda che lambisce spumeggiante la sabbia con i ciottoli, le dita paffute di un bambino premute nella sua mano, i piedi leniti dall'acqua fresca. Tieni gli occhi su quella conchiglia e la schiena dolente comincia a stare meglio; il petto compresso inizia ad allentarsi e lei respira.

Il suono delle grida taglia il silenzio, e lei viene riportata nella sua stanza, la pressione nella testa cresce e le pareti si serrano su di lei.

Apre la porta e nello specchio in corridoio vede una donna con le rughe intorno agli occhi e i capelli striati di grigio. La voce ora diventa più incalzante: «Ragazza!».

Sente nella mano le volute fredde della conchiglia. Se la spinge in tasca e si affretta lungo il corridoio verso la voce che continua a strillare.

1

Condominio Greenpalms, Singapore

Jules avanza rapidamente lungo il vialetto del condominio, sfiorandosi con le dita le ferite delle punture sulla pancia. La musica rimbomba nei trentacinque gradi di temperatura. *Tump-tump-tump*.

«Magari questa volta funzionerà» dice a David, suo marito, che ha la fronte imperlata di sudore. Lui le rivolge uno sguardo, poi i suoi occhi trovano il cemento.

«Aspettiamo e vediamo. Comunque, per lo meno questa festa servirà a distrarci.» Le afferra la mano e la trascina più in fretta.

Intorno a loro torreggiano palazzi bianchi. Assomigliano agli uffici della City di Londra, dominati dal vetro, solo che in questi edifici ci sono i balconi. Su uno c'è una donna seduta sotto un ombrellone di tela verde che si porta una sigaretta alle labbra. Su un altro, un asciugamano rosa è piegato sulla balaustra. Su alcuni ci sono arbusti dai fiori viola, su altri dei mobili da giardino.

I palazzi di dieci piani sono punteggiati dalle colonne degli ascensori con i vetri oscurati e addolciti da grappoli di palme ceralacca con i loro tronchi rossi e sottili. Circondano due piscine piastrellate di azzurro, una olimpionica, l'altra – bassa e triangolare – per i bambini. Ce n'è anche una con dei giochi acquatici: sul bordo ci sono statue di rane e serpenti da cui sgorga l'acqua e il cui continuo scrosciare è accompagnato da un coro di uccelli cinguettanti. Sul vialetto dalla pavimentazione a mosaico irregolare, che costeggia la piscina, è appoggiata la bicicletta azzurra di un bambino, la ruota posteriore che gira ancora. Su ciascun lato lungo della vasca grande c'è un'ampia superficie in legno con sdraio, tavolini e sedie di vimini. Su un tavolo è stato abbandonato un paio di occhialini da nuoto; una sedia lì accanto si è ribaltata. Alcune aiuole fiancheggiano le piscine a intervalli regolari, con esplosioni di bianchi gigli ragno dalla corolla ondeggiante. Ai piedi di ogni palazzo c'è una villetta con alte porte scorrevoli di vetro, la cui metà superiore è coperta da barre metalliche orizzontali. La festa è in una di queste.

Sta cominciando a fare buio e il cielo è violetto. I pipistrelli svolazzano in alto. Una risata rauca fende l'aria ed eccolo, il numero sedici. Ci sono persone in piedi intorno al tavolo in cortile, e dalle porte a vetri aperte si vedono corpi in ombra che si muovono, si girano, ballano, si portano i flûte di champagne alle labbra. Coraggio. Gli angoli della bocca di Jules si preparano a sollevarsi in un sorriso. Non ha senso bussare, la musica è troppo forte, quindi spinge la porta d'ingresso in rovere liscio che sa essere aperta. Quasi nessuno chiude a chiave.

Amber, la vicina americana, cammina verso di loro con passo malfermo sulle zeppe di vernice blu, il viso affilato da un mento appuntito.

«Ehi, ciao» dice strascicando le parole. Bacia Jules su una guancia senza sfiorarla, poi sta per fingere di baciare anche l'altra, ma Jules si è già tirata indietro. Le loro labbra si urtano.

«Pomiciata tra ragazze» dice Jules e inarca un sopracciglio, ma Amber non ride. Ha i lunghi capelli castani legati in una coda che ricade sul davanti.

Jules la segue attraversando l'open space al pianterreno in mezzo a un mare di abiti dai colori vivaci, con perline applicate e uccelli azzurri svolazzanti sulla seta. David è entrato prima di lei e sta già affondando le mani nelle patatine su un tavolino di servizio, battendo il piede a tempo con la musica. La stanza è di un bianco sfolgorante e minimalista, con luci a forma di globo appese a fili metallici che scendono dal soffitto a doppia altezza.

«Avrai bisogno di un drink.» Amber alza la voce per sovrastare la musica.

"Lo vorrei proprio" pensa Jules. «Qualcosa di poco alcolico» dice.

Non è la prima volta che entra in questa casa; due settimane fa Amber l'ha invitata a un gruppo di lettura. Jules aveva già letto *Dobbiamo parlare di Kevin*, quindi ci è andata. Ma era come se quella sera avesse perso la voce. Aveva le labbra incollate, la gola chiusa. Le altre donne erano così controllate, soprattutto Amber; a Jules era venuta voglia di dire qualcosa di scandaloso. Ma forse era solo colpa sua; le altre sembravano divertirsi e si meravigliavano davanti alla torta al cioccolato che aveva preparato la colf. Non che Jules avesse visto la domestica. "Oh, no, non lavora quasi mai di sera" aveva detto Amber, spostando la coda sull'altra spalla con un guizzo. Forse era solo che Jules non si sentiva a proprio agio: la maggior parte di loro aveva circa tre figli ciascuna, e soltanto una lavorava, erano truccate e avevano i capelli lucidi e curati, perfettamente in ordine come quella villetta. Delle scale di legno portano a un pianerottolo con la balaustra di vetro, oltre il quale ci sono le camere da letto. Altre conducono giù, nel seminterrato. Amber ha fatto fare a Jules il "grand tour" della casa su tre piani durante l'incontro del gruppo di lettura. In fondo al soggiorno c'è una cucina con porte di vetro scorrevoli. Le due stanze sono separate da un'isola con il piano in marmo.

Amber prende un calice di champagne dal vassoio che la domestica sta facendo girare; lo mette in mano a Jules. Il sorriso forzato di Amber è pieno di denti forti e dritti.

«Oh, no, io non...»

«È una festa!» ribatte in malo modo Amber.

Jules apre la bocca per rispondere qualcos'altro, ma Amber sta già andando verso la domestica con il vassoio.

La faccia della colf è un ovale di pelle simile a porcellana, però è dalle sue orecchie, trafitte da cerchi d'oro, che Jules non riesce a distogliere lo sguardo. Deve averle fatto male. Jules si tocca il naso e il buchino che non è mai scomparso. Ha sofferto le pene d'inferno per quel minuscolo rubino, ma all'epoca lei era una persona diversa. Appoggia pesantemente il bicchiere su un tavolino traboccante di patatine e salse.

David sta parlando con il marito di Amber, Tor, un norvegese leggermente curvo, con un cespuglio solitario di ciocche d'argento sul davanti della testa quasi calva. Sembra che si vesta sempre di lino. Torreggia su David, che risponde alla sfida sulla statura con i suoi capelli dritti in piedi e le guance rosse. Tor deve chinarsi per sentire quel che dice David, mentre gli occhiali dalla montatura di metallo gli scivolano giù dal naso. Deve avere almeno dieci anni più della moglie.

Passa la domestica con un nuovo giro di champagne. C'è un frenetico afferrare di bicchieri, scuotere di bollicine. Il vassoio ondeggia finché non vi rimane altro che del liquido sul metallo cromato. Lei vede le mani vuote di Jules. «Le vado a prendere qualcosa da bere, signora.»

«Fantastico, grazie. Una limonata o, be', qualunque cosa.»

La domestica va in cucina. Indossa una gonna nera al ginocchio, incrostata di impasto per dolci, con una spilla da balia che sporge da un lato. Torna con un bicchiere e una lattina di 7 Up aperta.

«Grazie» dice Jules. Esamina la stanza.

Un uomo sta fissando la cameriera, profilo schiacciato e naso un tempo rotto, gli occhi che saettano su e giù. Vorrebbe essere così fortunato. Si accorge che Jules lo sta guardando e le si avvicina.

«Bel paio di gambe» dice a Jules. È australiano.

La cameriera si allontana.

«Come ha detto?» chiede Jules.

«L'ho vista in piscina, e lei ha davvero un paio di gambe fantastiche, accidenti.» La sua lingua spunta fuori e inumidisce le labbra.

Jules resiste alla tentazione di guardarsi le ginocchia nodose. «Be', ehm, grazie.»

Nota il tavolo da pranzo, pieno di piatti di vol-au-vent ripieni di ragù, bliny di salmone affumicato e fette di roast beef. Ecco la scusa per scappare.

«Penso che andrò a mangiare qualcosa» dice e si allontana da lui. Prende un'oliva e se la mette in bocca. L'uomo si infila in un altro gruppetto di persone, ma continua a mangiarsi Jules con gli occhi. Lei distoglie lo sguardo. La domestica dispone altre teglie di cibo sul tavolo. «Come ti chiami?» le domanda Jules.

La domestica le sorride, senza dire niente.

«Io sono Jules, e tu?»

«Dolly, signora.»

«Ciao, Dolly.» Jules sorride; il nome si addice ai suoi bei lineamenti da bambolina.

Amber arriva accanto a loro. «Servono altre bibite qui» ordina, in tono tagliente.

«Sì, signora» risponde Dolly. Torna in cucina.

Jules mastica rumorosamente una patatina da una manciata che ha in mano e osserva un barattolo di marmellata senza coperchio.

«Confettura di mirtilli rossi» spiega Amber. «Tor ha bisogno di avere un sapore di Lillehammer.» Afferra di scatto il polso di Jules, facendo cadere le patatine. «Voglio presentarti una persona.» Trascina Jules tra la ressa.

Una donna dagli occhi castani sta ballando, muovendosi ritmicamente su e giù, sporgendo in fuori le labbra. Ha i capelli raccolti in uno chignon, ma le forcine non stanno facendo il loro dovere.

«Lei è Maeve» dice Amber.

«Ciao» saluta Maeve, continuando a ballare.

«Ah, io sono Jules.»

«Diminutivo di Julie?» chiede Maeve, con accento cockney.

«Proprio Jules. Mi chiamano tutti così, a parte gli altri soprannomi.»

«Sì? E quali?»

"Acciuga. Professionista della paranoia" potrebbe rispondere, ma se Maeve assomiglia in qualche modo alle altre donne, la sua faccia rimarrà impassibile e calerà un silenzio imbarazzato.

Jules si porta una mano al collo per soffocare la battuta. «Oh, niente di particolare» replica invece.

Maeve smette di ballare e le presenta suo marito, Gavin, il viscido di prima, che si guarda in giro poi comincia a dimenarsi sulle note di James Brown in sottofondo.

«Jules è la recluta più recente del gruppo di lettura» dice Amber.

«Davvero?» commenta Maeve.

«Non eri presente alla prima volta di Jules, Maeve.»

«Il prossimo è *The Help*, o sbaglio?» chiede Maeve.

«Sì.» Amber sorride.

Jules è a metà del libro, ma sta già pensando a una scusa per non andare. La musica continua a martellare. Jules osserva la gente che balla, battendo il sandalo a tempo.

«Dove sono i tuoi figli?» le domanda poi Maeve.

Amber risponde al posto suo. «Jules non ha figli.»

«Beata te» dice Maeve scoppiando a ridere. «Ma c'è ancora tempo per...» La fine della sua frase viene ingoiata dal ritmo crescente di *Sex Machine*.

«Quanti ne vuoi?» chiede Amber a Jules.

«Di cosa?»

«Di bambini, naturalmente.» Amber ride.

«Non ne voglio.»

«Oh, adesso dici così...» continua Amber. «Il mio secondo l'ho avuto solo a quarantun anni.» Un ampio sorriso le attraversa la faccia.

Gavin si allontana furtivamente.

«Da quanto state insieme te e tuo marito?» chiede Maeve, e si forma una "V" profonda tra le sue sopracciglia scolpite.

«Undici anni» risponde Jules.

«Ah.» La "V" diventa ancora più accentuata.

Jules comincia a blaterare al di sopra della supplica sempre più disperata di James Brown di "*get on up*". «Io e David ci siamo conosciuti in un locale schifoso alla periferia di Londra. Eravamo soltanto dei ragazzi. Poi siamo andati entrambi via per frequentare l'università e dopo un po' ci siamo persi di vista. Grazie al cielo esiste Google, vero?»

«In che senso?» domanda Maeve.

«David mi ha rintracciato, quello stalker!» Dalla bocca di Jules prorompe una risata.

Maeve e Amber rimangono con la faccia impietrita. Meno male che Jules non ha detto una parolaccia. Qualcuno abbassa per un attimo la musica e il vocio confuso aumenta di volume. Subito dopo dallo stereo rimbomba un'altra canzone.

Amber si schiarisce la voce. «Jules lavora nell'assistenza sanitaria.»

«Anch'io» dice Maeve, tenendo il bicchiere con entrambe le mani mentre lo sorseggia. «Lavoro nel bar di un ospedale... cioè, lavoravo. Sai...» Ridacchia e si china verso l'orecchio sinistro di Jules per farsi sentire. «Ora sono una mantenuta. Invece di cosa ti occupavi tu?»

Un bambino biondo, con una macchia rossa sulla pelle, tira Amber per un braccio, distraendole. I cubetti di ghiaccio tintinnano nel bicchiere di Amber mentre si allontana con lui.

Maeve inarca le sopracciglia. «È l'ultimo di Amber. Probabilmente si starà lamentando del fratello maggiore, il piccolo selvaggio. È un vero incubo, una volta ha dato un pugno sulla bocca a mia figlia.»

Un'altra donna si avvicina a Maeve e cominciano a parlare. Jules si estrania e batte più forte il piede. Oh, quanto le mancano i suoi veri amici, e l'ospedale in cui lavorava a

Londra, con quelle neomamme che prendevano in braccio per la prima volta i loro preziosi fagottini, con la felicità negli occhi. Pensa alle siringhe per la fecondazione in vitro buttate in quel secchio giallo nella loro nuova casa qui, e sospira.

In cucina, Jules beve un bicchier d'acqua mentre osserva i resti degli antipasti mezzi mangiati. Non c'è più molta gente alla festa, ma fuori nel cortile parecchie persone sono ancora sedute a chiacchierare.

Sulla parete in fondo alla cucina c'è una tenda azzurra. Probabilmente, se è più o meno come l'appartamento di Jules, dietro ci sarà un piccolo corridoio che conduce a un bagnetto e a un ripostiglio con le pareti in cemento armato e una pesante porta di metallo.

L'agente immobiliare che ha mostrato a Jules la casa che poi hanno affittato, aveva indicato il ripostiglio dicendo: "Quando prenderete una domestica, dormirà lì dentro, nel rifugio antiatomico". Jules aveva risposto qualcosa tipo: "Ma non ci sono finestre" e "Non c'è acqua calda". E l'agente immobiliare aveva risposto: "Non hanno bisogno di cose del genere". Le stesse parole di quel terribile blog, di una certa Vanda, in cui lei è incappata per caso ieri, che elencava tutte quelle regole ridicole a proposito delle domestiche, come confiscare loro il passaporto e impedire che abbiano fidanzati. Qui le cose andranno di sicuro in maniera diversa.

Una voce maschile dall'accento australiano rimbomba in quel momento dietro la tenda. «Oh, ma dài!»

La tenda si gonfia e qualcuno vi rimane aggrovigliato all'interno. Una mano sposta a tentoni la stoffa. Jules riconosce il volto abbronzato. L'uomo si sfrega gli occhi, scuotendo la testa. Lei cerca di ricordarsi come si chiama.

Lui si accorge di Jules e si stringe nelle spalle. «Donne» dice.

Esce in cortile e si siede tra gli invitati rimasti. Solo in quell'istante le viene in mente che si chiama Gavin.

2

A Dolly si serra lo stomaco mentre si avvicina al negozio che vende le pillole illegali. La data del suo check-up è segnata sul calendario della villa dove lavora. "Giovedì 13: visita medica di Dolly."

Mancano otto settimane. La signora Amber ha tracciato un cerchio rosso intorno a quelle parole, con un grosso punto esclamativo come se fosse qualcosa da aspettare con impazienza. Ma Dolly dovrà sottoporsi a un test come fa ogni sei mesi. E quando l'agenzia di collocamento scoprirà che è incinta, la espelleranno, esattamente come tutte le altre.

Soffia via una ciocca di capelli neri dalla faccia e continua a camminare, passando davanti alle vetrine: un laboratorio di tatuaggi e un negozio che vende parrucche.

Ci sono clienti ovunque nel centro commerciale dall'illuminazione vivace, con sacchetti di plastica e cellulari in mano, e uomini che si riempiono le guance di polpette di *sotong*, le seppie. C'è una chiazza di unto sulla T-shirt di un uomo, e gli luccica il mento. L'odore dei ravioli al vapore impregna l'aria.

A Dolly si riempie la bocca di saliva, ma non riesce a vedere un bagno per le donne, quindi si ferma un attimo, cercando di riprendersi, respira a fondo e deglutisce. Lo stimolo di vomitare passa.

Si infila nei calzoni corti la maglietta di un giallo brillante, con tracciato sopra uno smile in nero, e ricomincia a camminare, con le infradito che schioccano. Il negozio delle medicine è avanti sulla sinistra.

Dolly vuole togliersi il pensiero perciò affretta il passo, superando un chiosco di souvenir che vende Merlion intrappolati nelle sfere di vetro che spumeggiano di brillantini quando le scuoti, e sottobicchieri con la bandiera di Singapore. Dalle porte aperte rimbomba una canzone di Katy Perry.

Ed eccolo profilarsi, con il poster esterno che danza nell'aria condizionata: "Riflessologia, massaggio indiano della testa e Tui Na". File di teiere decorate con lettere cinesi e pacchetti di pillole e gelatine sono allineati sugli scaffali da un lato. Dall'altro ci sono mazzi di guanti di gomma e borsoni quadrettati coperti di fiori.

«Ti piacciono?» chiede la commessa, con i cappelli cortissimi. Un pelo aguzzo le spunta da una narice come una setola.

Dolly infila una mano in tasca e tocca la banconota da cento dollari che le ha dato Gavin, mormorando: "Mia moglie non lo deve assolutamente sapere". «Ho dei disturbi gastrici» dice Dolly, tenendo gli occhi fissi sul pavimento di linoleum con dei tagli.

La donna guarda fuori, non c'è nessuno in giro. «Vieni con me.» Si volta.

Il grembiule da lavoro a scacchi le tira sulla schiena. Per sbaglio Dolly dà un calcio sulla caviglia alla donna, che fa un verso contrariato. Girano intorno a un pallet che straborda di saponi a forma di fiori. Sulle mensole ci sono barattoli di vitamine e tè alle erbe, ma niente di così forte come ciò che è custodito dietro la porta d'acciaio che la donna sta aprendo ora.

Dentro, la stanza è buia. La donna fa scattare un interruttore e la luce si accende a intermittenza finché il locale viene inondato da un chiarore abbagliante. La porta d'acciaio si chiude con un *clic*. Non ci sono finestre. Il cuore di Dolly vibra come una zanzara intrappolata. Boccette di vetro senza etichetta, alcune senza coperchio, sono impilate su un mobiletto.

«Allora, di quanto sei?»

«Sei settimane.»

La donna sgrana gli occhi castani e Dolly deve distogliere lo sguardo. È stata incredibilmente stupida, ma aveva i suoi buoni motivi, e non è troppo tardi per sistemare quello sbaglio, poi le cose andranno avanti come prima.

La donna sospira, apre un cassetto e tira fuori due compresse bianche e gessose da un blister su cui è stampata una ventina di volte la parola "Cytotec". Fa scivolare le pastiglie sul tavolo di metallo verso Dolly. «Settantacinque dollari» dice.

Dolly se le mette nella tasca dei calzoncini e passa i soldi alla donna, che fruga nel grembiule e le dà il resto. Poi spegne la luce. Dolly rimane lì al buio prima che la donna apra la porta e filtri all'interno la luce dal negozio. Dolly non vede l'ora di uscire.

Non guarda indietro. Cammina così velocemente che quando arriva alla scala mobile ha il fiatone. Estrae il portafogli dalla borsa malconcia e lo apre. Una piccola fotografia di sua figlia la fissa. I codini neri, il viso paffuto e raggiante con la fessura tra i denti, e gli occhi castani che osservano ogni cosa. Sono passati due anni dall'ultima volta che l'ha vista. Spinge le banconote rosse nello scomparto sul retro del portafogli, poi chiude la borsa. Dovrà stare più attenta in futuro. Sua figlia conta su di lei; Dolly non può permettersi di commettere altri errori.

Scende dalla scala mobile e passa davanti a una macchinina che ondeggia accanto alla porta aperta di un negozio di giocattoli. Una bambina è aggrappata al volante, controllata da una filippina dalla faccia tonda. La vetrina è allestita con i personaggi di *Cattivissimo me*: Gru e un gruppetto di

Minions gialli. Dolly entra e prende un Minion dalla vetrina. Usa il resto dei soldi per le pillole per pagarlo. Un raro regalo per sua figlia.

Poi esce dal centro commerciale, e l'afa la ingoia. Sul lato opposto di Orchard Road c'è un enorme centro commerciale scintillante che sembra rivestito da una lamina di diamanti. Si gira verso quello da cui è appena uscita. L'insegna "Lucky Plaza" sopra le porte abbaglia con il suo giallo acceso. Donne filippine, indiane e indonesiane fluttuano su e giù dai gradini. "Siamo tutte qui per lo stesso motivo" pensa Dolly. "Curiamo i figli di qualcun altro per dare ai nostri un futuro."

Quando Dolly arrivò a Singapore, la signora Amber era incinta di Sam. Dopo che nacque, tre mesi e mezzo più tardi, la signora lo portò a casa e lo mise in braccio a Dolly. A Dolly, sentendolo piangere, fece male il cuore. La signora Amber era seduta in poltrona con dei coni di plastica sulle tette nude. "Non fissarmi" le disse. Una macchina gialla ronzava e i coni pompavano, facendo sgorgare il latte in una bottiglietta di plastica accanto a lei. "Ma che baccano!" esclamò la signora Amber. "Che stress, accidenti!" E Dolly guardò Sam con la sua pelle di pesca e la bocca a forma di cuore. Era il bambino a stressare la signora Amber, oppure la macchina? Dolly non ne era sicura.

Aprì la bocca per chiederlo ma, invece di parlare, fece un profondo respiro e trattenne il fiato. Poi serrò le labbra come uno di quei sacchetti a chiusura ermetica che la signora Amber compra all'ingrosso all'Ikea, e continuò a cullare Sam tra le braccia.

Due giorni dopo, quella macchina era in una borsa di plastica vicino all'ingresso. E la signora Amber disse a Dolly di dormire di sopra accanto a Sam perché lei "non era tanto tagliata per quelle stupidaggini".

E così Dolly cullò il piccolo Sam in quelle notti insonni,

lui con la pelle tutta crema Nivea, lei che moriva dalla voglia di essere di nuovo nella stanza con la sua bambina. Metteva il biberon in bocca al piccolo Sam e lo osservava succhiare, e fingeva di essere a casa.

A volte udiva la signora Amber russare attraverso la parete, ed era come una mano che le stringeva la gola. "Continua a respirare" si diceva. E così faceva. Inspirava ed espirava nelle mattine come sabbie mobili, e nei pomeriggi grigi malgrado tutto quel sole. E ora Sammy ha cinque anni e riempie il cuore a Dolly con quel sorriso e gli occhi di grandezze diverse, e i capelli d'argento come l'acqua alla luce. La segue ovunque, saltando nella sua ombra.

La figlia di Dolly, Mallie, era nata dieci settimane prima che lei partisse per Singapore. Aveva partorito in una stanza quasi immersa nel silenzio, piena di donne in barella. Avevano la faccia rossa e contratta mentre spingevano. Altre tenevano in braccio un neonato avvolto in asciugamani macchiati mentre un'ostetrica correva da una all'altra. Il dolore schiacciava le viscere di Dolly, minacciando di squarciarla, ma lei soffriva in silenzio e si faceva coraggio. "Posso farcela" sussurrava.

Il padre di Mallie, Nimuel, all'epoca se n'era già andato, quindi Dolly aveva dovuto dire addio solo alla madre e a Mallie alla fermata dell'autobus. Aveva chiuso la mano intorno al piccolo pugno di Mallie e lo aveva baciato. Le aveva baciato il naso, e la bocca, inalando il suo profumo di vaniglia. Aveva impresso nella mente ogni piccola fattezza di Mallie e si era ripromessa di portarla con sé per tutti i chilometri che avrebbe percorso.

Aveva cercato di non pensare che non avrebbe più rivisto il viso da neonata di sua figlia, né annusato quella pelle nuova, ma l'idea la faceva stare male lo stesso. Ci sarebbero state telefonate via Skype e fotografie, ma la prossima volta che Dolly avrebbe rivisto sua figlia, la bambina sarebbe stata diversa.

Era come se qualcuno le stesse strappando la faccia, eppure Dolly aveva ingoiato le lacrime. Perché tutte le altre donne che erano partite prima di lei avevano pianto, ma l'autobus le aveva comunque portate via dai loro figli.

Era salita a bordo, aveva trovato un posto. Il finestrino si era appannato per il suo respiro, così aveva pulito un buco e guardato. Gli occhi castani di Mallie, il suo nasino schiacciato, quello stupido berretto di lana che la mamma aveva insistito perché Mallie indossasse anche se fuori c'erano trentatré gradi.

L'autobus era partito, con il motore che rombava come il dolore contenuto dalla pelle di Dolly, dalle sue costole. E Mallie era diventata sempre più piccola attraverso il finestrino, finché era finita in niente.

La signora Amber si aggira ora per il soggiorno, con il dito coperto di polvere. Ha il telefono premuto contro l'orecchio e gli occhi alzati al cielo.

«No, mamma, quattro settimane non vanno bene a luglio. Insomma, abbiamo prenotato un viaggio a Siem Reap per quel periodo.»

Va da Dolly, le mette sotto il naso il dito impolverato e si stringe nelle spalle, la fronte corrucciata per la rabbia.

«Sì, dovremo fare in agosto, anche se non sono sicura che andrà...»

La signora Amber cammina avanti e indietro, poi si ferma e si porta una mano sopra la testa.

«Comunque, in questo momento sono proprio indaffarata, mamma... Sì, okay.»

Manda un bacio sonoro nel telefono e riappende. Poi prende in mano la fotografia incorniciata della sua famiglia: il padre dall'aria severa seduto, con la barba che gli fascia il mento e niente baffi, la moglie dalla corporatura di uno scricciolo in piedi accanto a lui, insieme al fratello maggiore della signora Amber, oggi un multimilionario che vive a Long Island. La signora Amber, da giovane, è brufolosa, con le trecce strette e un sorriso triste.

«Accidenti, Dolly, perché ti ostini a rimetterla fuori?» Chiude la fotografia in un cassetto.

Dolly continua a sbattere il burro con la farina. Il piano della cucina trabocca già di cupcake. La signora Amber entra in cucina e si ferma. Sta guardando la pancia di Dolly? Dolly si gira. La padrona comincia a scrivere sulla lista dei lavori da fare appesa al frigo.

«Stupida penna.» La scuote e ci riprova.

È agitata per il pomeriggio con gli amici che ha organizzato per il figlio di dieci anni, Colby. Alcune donne occidentali del condominio chiamano Colby "il piccolo selvaggio", ma la signora Amber non ammetterà mai che c'è qualcosa che non va.

Ha il fiatone come quando torna dopo avere corso nella palestra condominiale, le guance rosse come la carne cruda che Dolly compra per il signor Tor. La signora Amber è dimagrita nelle ultime settimane, il viso più scavato di prima, la ruga sulla fronte più accentuata. Corti capelli grigi le spuntano dalla scriminatura come le foglie di una carota. Ma ogni mattina si mette in tiro. Si trucca appena sveglia; il phon ronza. Abiti di marca. L'anta dell'armadio fatica a chiudersi per tutti i vestiti che ha, e possiede più paia di scarpe di Imelda Marcos. Ha due numeri più di Dolly, che prova sempre le scarpe nuove di Amber: i sandali bassi con le gemme, l'ennesimo paio di zeppe, queste ultime rosse.

La signora Amber, come molte altre donne bianche, fa il possibile per essere affascinante anche nel calore tropicale a cui non è abituata. Forse è questo che contribuisce a stressarla. Forse è per questo che le sue labbra si tendono sui denti quando il piccolo Sammy dice: «Mamma, giochiamo a prenderci» e Colby dice: «Ti odio» e il signor Tor dice: «Faccio tardi al lavoro anche stasera».

La signora Amber nota i cupcake sul piano della cucina.

«Non puoi continuare a sfornare tutti questi dolci. Non voglio diventare gr... cioè, non voglio che i bambini si rimpinzino.»

Si sventola con una rivista.

«Non so proprio come fate voi a sopportare questo caldo.»

Prende in mano il telecomando dell'aria condizionata e la accende. Poi va davanti allo specchio e gira la testa da una parte e dall'altra per esaminarsi i denti. Tira indietro la pelle della faccia e guarda il proprio riflesso più teso. Sospira.

Intorno a lei la casa è di un bianco luminoso; non c'è nemmeno un oggetto fuori posto. Il soggiorno ha il soffitto alto e a un'estremità non ci sono pareti, solo vetrate scorrevoli e, oltre quelle, palme e una piscina immensa. Assomiglia al Fullerton Bay Hotel con i suoi pavimenti di marmo e le scale di legno.

La famiglia va al Fullerton ogni due weekend per il brunch. La signora Amber beve champagne e ride più forte del solito. E i bambini appoggiano i gomiti sul tavolo, finché Dolly non li porta nella sala giochi. Mentre i videogame scaricano colpi a raffica e musica elettronica, Sam a volte si siede sulle ginocchia di Dolly e lei esamina le etichette dei suoi vestiti. Ralph Lauren; Armani Junior. Quando gli diventeranno stretti, Dolly farà in modo che li abbia Mallie. Ha sei mesi più di Sam, però è molto più piccola.

Dolly apre lo sportello del forno e sistema dentro un altro vassoio di dolci. In fondo alla cucina piccola e ingombra è appesa una tenda. Dietro c'è un corto corridoio da cui si accede al suo bagnetto grande come uno sgabuzzino, con la porta di plastica a soffietto. All'interno c'è una tazza e, sopra, fissato alla parete, il soffione rotto di una doccia da cui esce soltanto acqua fredda. Quando Dolly apre il getto, si bagna tutto: le bottiglie di disinfettante per terra, lo spazzolone e la tazza.

Di fianco al bagno c'è il bugigattolo dove dorme. È un rifugio antiatomico, senza finestre, con un cartello attaccato alla spessa porta di metallo. "Questa stanza è un rifugio di protezione civile, previsto dalla normativa del 1997 sui rifugi di protezione civile." La camera è piena delle cose di Dolly, e c'è un lettino appoggiato a una parete. Un armadio stretto in cui tiene i vestiti e i libri. Scatoloni sotto il letto e fotografie su una bacheca di sughero. Su tutta la lunghezza del muro sono appese delle mensole e, malgrado il condotto di ventilazione vicino al soffitto, l'aria nella stanzetta piena è soffocante.

Il forno suona e qualcuno bussa alla porta d'ingresso. La signora Amber va ad aprire e sulla soglia c'è Rita con le mani sulle spalle di un bambino.

«Ah, sì, ciao, Roy» dice la signora Amber, con un sorriso forzato sul viso incipriato.

Il bambino, con i capelli di un nero lucido, entra tenendo stretta al petto una grande scatola, come uno scudo. Rita riesce appena ad accennare un saluto con la mano prima che la pesante porta di rovere si chiuda sbattendole sulla faccia.

«Ti aiuto a portarla» dice la signora Amber, afferrando la scatola.

Il bambino si ritrae, stringendola.

«Colby, tesoro! È arrivato Roy!» grida la signora, poi si lancia in una risata frivola.

Alcuni passi scendono dai gradini.

«Sam!» grida Roy e corre verso le scale, mentre i contenitori di plastica tintinnano dentro la scatola.

Il sorriso tirato sul viso della signora Amber se n'è ormai andato, e lei si rivolge a Dolly. «Dovrai portare fuori Sam, a nuotare o da qualche altra parte» le sibila. «Insomma, Roy dovrebbe essere qui per giocare con Colby, non con Sam.» Le vene sul collo della signora Amber sporgono sull'attenti.

«Roy è più vicino a Sam come età» dice Dolly. «Quei due sono spesso...»

«Porta Sam a nuotare e basta!»

La signora Amber batte le palpebre, e il suo respiro è rapido e ansimante. Dolly le appoggia una mano sul braccio nudo, ma la padrona la scaccia via in malo modo e si dirige spedita verso le scale, facendo due gradini alla volta.

Dolly la segue. Si ferma davanti alla stanza di Colby e Sam, l'odore di scarpe da ginnastica sudate le riempie le narici. L'aria condizionata è a livelli da frigorifero, e le sue lame oscillano su e giù. La finestra occupa tutta una parete, e sotto c'è una panchetta con un lungo cuscino di velluto rosso. Su ogni muro ci sono poster con personaggi dei fumetti, e quel quadretto che ha comprato Dolly di un bambino che bacia un coniglio e la scritta "Siate gentili".

La signora Amber è inginocchiata per terra, con il vestito bianco che le sale sulle cosce. Sono coperte da una peluria scura. Colby è seduto in fondo alla stanza, sul letto a castello in basso. La frangia di capelli castani è storta, e ha la faccia disseminata di lentiggini. La voglia sul naso ha la forma e il colore di una monetina da un dollaro. Guarda in cagnesco Sam, che sta tirando fuori i gettoni dalla scatola di Forza 4 di Roy. Colby sta facendo ballare le ginocchia coperte di croste.

«Devo fare la pipì» dice Roy, saltellando da un piede all'altro.

«Ce l'ha Colby la Wii, Roy» replica la signora Amber, che non ha capito. Le è tornato il sorriso irritato. «Una Wii con Mario Kart e tutto il resto. Vero, Colby?»

«Me la sto facendo addosso!» dice Roy.

«Vieni, Roy; ti faccio vedere dov'è il bagno» interviene Dolly allungando una mano.

Roy corre verso di lei, ma non le prende la mano.

«No, no, lo accompagno io» dice la signora Amber. Si rimette in piedi ed esce dalla porta, spingendo da parte Dolly. «Tu pensa a preparare le cose di nuoto di Sam e portalo fuori.»

«Ma io voglio giocare con Roy!» dice Sam, gli occhi gonfi di lacrime di rabbia.

Colby lo guarda storto.

«Tutto bene, tesoro?» chiede Dolly a Colby, che continua ad avere uno sguardo torvo.

«Io resto qui» dice Sam, a gambe larghe, incrociando le braccia.

«Piccolo Sammy, non siamo obbligati ad andare a nuotare. Andiamo al parco giochi, invece. Solo per un po'» dice Dolly.

Lo prende per mano; lui la ritrae. Dolly esce dalla stanza, sperando che lui la segua. La porta si chiude sbattendo dietro di lei, facendo vibrare la maniglia. Uno strillo acuto trafigge l'aria.

«Dolly!» grida Sam attraverso il legno.

Dolly appoggia la mano sul rovere, prova ad abbassare la maniglia, ma non si sposta.

«Dol-ly!» La voce di Sam è rotta da un singhiozzo.

Ora la signora Amber è accanto a lei, il corpo rigido, la testa inclinata. «Cosa diavolo sta succedendo?»

«È Colby, signora, ha chiuso a chiave la porta.»

Altri strilli. Sul pianerottolo si sta scatenando la tempesta del panico della signora Amber.

«Voglio andare a casa» dice Roy, che è appena tornato dal bagno. Gli è finita una ciocca di capelli in un occhio.

«Ora vedranno!» sbotta la signora Amber. Ha i piedi ben piantati sul pavimento di marmo. «Apri subito la porta, Colby Moe.»

«Mamma!» grida Sam.

«Immediatamente!» urla la signora.

«Colby, tesoro, apri la porta, fammi entrare» dice Dolly a voce alta, ma neanche poi tanto.

Rimangono lì, zitte, sospese, in attesa. Poi Sam si mette a strillare.

«Apri la porta, cazzo!» grida la signora Amber. La manica lunga e larga del vestito le è scivolata giù dalla spalla, dove la bretellina del reggiseno bianco ha fatto un'incisione rossa.

«Voglio la mia zia» dice Roy.

«Va bene, tesoro» dice Dolly. «Dammi solo un minuto e ti riaccompagno a casa.»

«Fa' qualcosa, Dolly» dice la signora Amber, la palpebra che freme per uno spasmo.

Dolly scende le scale, apre l'armadietto sotto il lavandino ed estrae il grande portachiavi. Ne tira fuori una con l'etichetta "stanza dei bambini", poi torna di sopra, verso il borbottio della signora Amber.

«Sbrigati» le ordina, con voce roca. Le strappa di mano la chiave e la muove nella serratura.

Ma non la spinge abbastanza a fondo e la chiave non gira. «Figlio di puttana!» sbotta.

Dolly lancia un'occhiata a Roy, che con gli incisivi mordicchia il labbro inferiore. Esasperata, la signora Amber si prende la testa tra le mani. Dolly spinge bene a fondo la chiave nella serratura, la gira, poi la tira fuori; dalla gola della signora Amber esce un fiotto d'aria sonora.

Dolly apre la porta e lì c'è Colby con le dita nei capelli di Sam, inginocchiato per terra. I piedi nudi della signora Amber attraversano schioccando il marmo, e il suo busto si solleva e si gonfia. Allontana Colby e solleva la mano come se stesse per servire nella sua lezione di tennis bisettimanale. Dà uno schiaffo in faccia a Colby. Lui si lamenta e corre verso il letto a castello.

«Piccolo stronzetto. Cosa c'è che non va in te?»

Sam si precipita da Dolly e le si avvinghia a una gamba. Lei lo prende in braccio e lo stringe, gli tocca i capelli alla ricerca di sangue, ma non ce n'è. La signora Amber allunga una mano verso di lui, che però si stringe ancora di più a Dolly, la avvolge con le gambe e con le braccia.

«Vieni dalla mamma» dice la signora Amber.

«Voglio Dolly» ribatte lui.

«Voglio andare a casa» ripete Roy, tirando i calzoncini di Dolly.

«Sì, sì, Dolly deve riaccompagnare a casa Roy, Sammy» dice la signora Amber, atteggiando la bocca a un sorriso tirato.

Dolly scioglie le braccia di Sam che le circondano il collo e cerca di spingerlo tra quelle della signora Amber. Lui scalcia per farsi mettere a terra, poi scappa via. La signora Amber lo rincorre, l'orlo del vestito rivoltato all'indietro.

«Non mi piace stare qui» dice Roy rimettendo il Forza 4 nella scatola.

Colby è a faccia in giù sul lettino in basso, con un cuscino schiacciato sul capo. Dolly gli si avvicina e gli mette una mano sulla spalla. «Colby?»

Gli accarezza la schiena e avvicina la faccia alla sua. Il collo sudato del bambino emana calore e un'emozione chiude lo stomaco a Dolly, ma non solo per lui. È passato tanto tempo dall'ultima volta che ha visto sua figlia, e quando era tornata finalmente a casa, la bambina sembrava non capire che Dolly era sua mamma.

«Va tutto bene, Colby» dice Dolly.

«Io vado» dice Roy.

«Aspetta!» Dolly si siede e sposta la mano dalla schiena di Colby.

Roy si avvia giù per le scale, i gettoni nella scatola che tintinnano come sassolini in una tazza. Dolly gli corre dietro. Lui si infila le Crocs azzurre davanti alla porta d'ingresso ed esce, camminando veloce, e la distanza tra loro due aumenta. Inciampa, ma si raddrizza all'entrata del condominio, dove Dolly riesce a raggiungerlo.

Il bambino ha il fiatone, e la sua bocca contratta sta per scoppiare a piangere.

«Chiamo la zia Rita, le dico di venire a prenderti.»

Roy si ferma, tirando su con il naso la sua delusione moccolosa e premendo un piede scalzo sulla Croc.

Dolly tira fuori il cellulare dalla tasca. C'è un messaggio non letto.

"Vediamoci stasera."

Lei ignora il messaggio e compone il numero di Rita, poi si preme il telefono sull'orecchio.

– IL BLOG DI VANDA –

Vivere con una colf straniera

Regole domestiche essenziali per le colf straniere

Regola 1. La sicurezza: le domestiche possono rivelarsi un vero problema per la sicurezza. Ecco perché è essenziale tenere sotto chiave il passaporto della vostra colf, specialmente se deve badare ai vostri figli.

3

Tala è seduta sul materasso singolo appoggiato sul pavimento del ripostiglio che è anche la sua camera da letto. Lancia un'occhiata sospettosa al ventilatore che sibila, la schiena nuda incurvata. Sono sei anni che chiede di avere l'aria condizionata lì dentro, e ieri la sua padrona di casa, la signora Heng, alla fine le ha dato un ventilatore usato. Non scalfisce quasi la densa umidità. L'asciugabiancheria, accanto alla lavatrice, gira vorticosamente e ronza. La fronte di Tala è fradicia di sudore. Una ciocca dei suoi capelli neri e lucidi è incollata a una guancia.

Il reggiseno beige cede sotto il peso del suo seno cadente, e la pancia straborda come una pagnotta lievitata sulla gonna a pieghe arancione. Non aiuta che Dolly, sua sorella minore, continui a sfornare quelle torte e che Tala non riesca a smettere di mangiarle. Grazie a Dio esistono i vestiti con gli elastici.

Si sistema il vecchio computer portatile nero sulle cosce voluminose. Glielo ha regalato anni prima una delle sue precedenti datrici di lavoro e, anche se è lento e talvolta rumoroso come un aereo che sta per decollare, c'è scaricato Skype, così lei può parlare con i figli due volte al mese e tenere sotto controllo il veleno che quella Vanda sputa quotidianamente sul suo blog.

Tala digita l'indirizzo e il blog di Vanda tappezza lo schermo di farfalle rosse. "Vivere con una colf straniera." Tutti quei caratteri arzigogolati, come il frontespizio di un romanzo storico. Dal modo in cui si comporta Vanda, dà l'impressione di una persona che vive nell'Ottocento. C'è un nuovo post: "Regole domestiche essenziali per le colf straniere".

Tala fruga nella sua borsa piena di cianfrusaglie; e lì, tra il metro a nastro, le forbici in miniatura e il cacciavite, ci sono i suoi occhiali, con una catenella dorata che pende dalle stanghette chiuse. Dipana la catenella e inforca gli occhiali dalla montatura a gatto nera pesante. Fissa lo schermo del computer.

> Tenete un diario degli errori della vostra domestica. Fateglielo firmare, perché sappia che se ripete uno sbaglio, per esempio dimenticarsi di chiudere a chiave la porta d'ingresso, dovrete licenziarla.

Ma chi è Vanda? Tala ha continuato a porsi questa domanda da quando è stato aperto il blog, diciotto mesi fa. È qualcuno con un sacco di tempo a disposizione, questo è certo; scrive post quasi ogni giorno, articoli d'opinione su quanto sia facile licenziare una domestica, come pure interviste a datori di lavoro irritati. Ma i peggiori sono quelli che Vanda dedica alle cattive domestiche, pubblicando le loro fotografie, i loro nomi e il numero di permesso di soggiorno per lavoro, elencando tutti i loro errori. La missione di Tala è scoprire chi sia Vanda. Ha curiosato in giro per le case di tutte le donne per cui lavora per capire se sia una di loro, ma è ancora molto lontana dallo scoprire la sua vera identità.

Tala clicca sul suo account Hotmail e c'è una e-mail di suo figlio maggiore, Ace, con un allegato: "Il tuo primo nipote". Lo apre e si ritrova davanti una fotografia ingrandita di una pancia, che appartiene alla fidanzata incinta di Ace, simile a una mongolfiera di carne. Il primo nipote di Tala sarà probabilmente un bestione; i suoi figli, Ace e Marlon, pesavano entrambi intorno ai quattro chili e mezzo quando sono venuti al mondo. Si guarda la pancia, argentata per le smagliature, poi chiude di scatto il coperchio del portatile.

Frugando di nuovo nella borsa, estrae il barattolo di crema idratante e comincia a spalmarsela in cerchi sul collo. C'è un quadretto sul tavolino di fianco al letto. Strisce di sabbia e il mare, la pittura addensata e ruvida in alcuni punti. C'è una fotografia formato passaporto dell'artista caduta a faccia in giù per l'aria del ventilatore. La gira. Suo figlio minore, Marlon, la guarda dritto negli occhi: il mento con la fossetta, le poche lentiggini sul naso e l'altezza... anche se, ovviamente, questo ritratto a mezzobusto non la mostra. Marlon, l'artista di famiglia. Disegna e dipinge su ogni superficie disponibile: pezzi di legno vecchio, l'interno della scatola dei cereali.

Oh, se fa caldo. Regola il ventilatore a batteria nella posizione più forte e l'aria le fa volare i capelli, una ciocca le si attacca alla faccia come se avesse la barba. Lei la scosta e spegne l'apparecchio.

"C'è qualcosa che non va in questo affare. Perché poi la signora Heng me lo avrà dato dopo tutto questo tempo?"

L'adesivo "I love Singapore" su un lato del ventilatore è talmente rovinato che in effetti si legge "I love po". Come povertà. Ma la povertà è in cima alla lista delle cose che Tala non ama... seguita subito dopo dal cucinare. Scava ancora nella sua borsa. C'è il libretto di risparmio giallo, che ora contiene un saldo a quattro cifre, insieme a quel pendaglio speciale di metallo che elimina l'odore di aglio dalle mani. Peccato che funzioni solo con l'aglio. Lancia un'occhiata accusatoria ai propri piedi. Poi le sue dita trovano quello che sta cercando, il piccolo cacciavite.

Traffica e armeggia finché il ventilatore finisce in due pezzi sul suo grembo, sputando fuori un groviglio di fili. Tala si porta una mano al petto. Lì in mezzo, la fissa una telecamera di sicurezza in miniatura. Si mette seduta più dritta, tirando in dentro la pancia, il crocifisso d'oro che le brilla sul seno. Mio Dio, la signora Heng l'ha osservata per tutta l'ora appena trascorsa. I pezzi del ventilatore cadono sferragliando sul pavimento di legno mentre Tala si alza a fatica dal materasso. Avanza verso la porta macchiata fremendo e tenendo stretta la telecamera.

«Quella donna!»

Apre la porta e una zaffata di pesce fritto le riempie le narici. Arretra di due passi, afferra la T-shirt dal letto e se la infila dalla testa. Le sue dita tozze, le vene in rilievo, non vedono l'ora di puntarsi contro la signora Heng e darle quello che si merita.

Percorre il corridoio passando davanti a tre piastrelle di terracotta sulla parete, dipinte male, che rappresentano guerrieri con i capelli folti in vari stadi di una lotta. La signora Heng è un'artista in erba, però terribile. Tala serra di più il pugno.

Il cuore le batte troppo velocemente, il sudore le scivola giù per la schiena, le cosce. I suoi piedi fanno *cic ciac* sul pavimento di marmo finché arrivano sulla moquette marrone del soggiorno. Annusa l'odore d'incenso di sandalo che brucia e i suoi occhi si riempiono della cupezza dei mobili color mogano e della tappezzeria con motivi di gigli verdi.

La signora Heng è in piedi davanti a una scrivania e volta la schiena di satin rosa a Tala; sta pestando sui tasti del suo Apple iMac argento. Il cuore arrabbiato di Tala sfrigola, però deve conservare questo posto per vivere, quindi dovrà cucirsi la bocca. D'altronde la signora Heng scoprirà presto che lei ha tolto la microcamera. Tala se la infila nella tasca della gonna.

«Stupido affare!» La scrivania trema sotto l'ira della signora Heng. «Computer *ta ma de.*»

Tala si schiarisce la voce e la signora Heng si volta di scatto sui tacchi delle sue ciabatte rosa di maglia elastica. La sua bocca, un cimitero di denti gialli, si apre quando vede Tala. Si muove di lato come se stesse facendo il riscaldamento in una lezione di ginnastica per anziani, con gli occhi inviperiti.

«Guarda!» Solleva il braccio ossuto, facendo scivolare indietro la manica corta della camicia, e indica le vetrate scure. «Sono sporche!»

I capelli grigi le ricadono folti sulle spalle, e ha la faccia a chiazze per la collera. Il completo camicia e pantaloni tre-quarti è cosparso di grandi fiori marroni.

«Be', che cosa stai aspettando, ragazza?» Le narici del suo naso schiacciato fremono.

Tala si ritira nella sua camera da letto per prendere il secchio e la scala.

Ritorna barcollando in soggiorno, sistema la scala, ci sale e comincia a pulire senza troppo entusiasmo con una spugna bagnata.

«Vedi di togliere quell'enorme macchia là!» grida la signora Heng.

«Non c'è nessuna macchia là, signora.»

«Proprio là!» La signora Heng indica con un dito nodoso.

Con l'altra mano, dà dei colpetti sulla chiazza scura nella fessura tra i suoi denti. Sale sulla scala dietro a Tala, le strappa la spugna di mano e la lancia contro il vetro, spargendo delle gocce.

«Sei cieca, ragazza? Là, sembra una grossa ombra di grasso!»

Tala recupera la spugna dalla moquette ora umida e ci riprova, bagnando il vetro che è già splendente. Intorno a loro, su tavolini rotondi, ci sono draghi e alberi di giada feng shui. Un gatto d'oro a pile agita una zampa avanti e indietro, riempiendo di *clic* la stanza. Ci sono tre sedie a braccioli con una fantasia di fiori e foglie di velluto rosso.

«No, no!» urla la signora Heng. «A destra!»

È ora di sfoderare l'artiglieria pesante. Tala scende dalla scala e va nel cucinino. Prende una bottiglia di aceto da sotto il lavandino e ne imbeve un panno. La puzza le fa lacrimare gli occhi, ma si incolla un sorriso sulla faccia e risale la scala.

La faccia della signora Heng è irrigidita in un disprezzo raggrinzito, per niente scalfito dal tanfo dell'aceto. Come il suo udito selettivo, anche il naso non sembra funzionare bene. Tala fa scivolare il panno in cerchi come se il suo braccio guidasse una bicicletta.

«No, ce n'è ancora un po' là» dice la signora Heng.

Il sorriso di Tala è moscio come una foglia di lattuga lasciata fuori dal frigo per una settimana, però almeno sta facendo fare un po' di ginnastica alle braccia flaccide. Si ferma e scende.

«Può andare, credo» dice la signora Heng.

Tala ripercorre il corridoio con la scala che sbatte sulla spalla.

La signora Heng e Tala hanno un rapporto lavorativo illegale. A Singapore, le collaboratrici domestiche straniere devono lavorare per un unico padrone, ma Tala si è stufata di guadagnare così poco e la signora Heng ha acconsentito ad aiutarla dietro un lauto compenso. Tala fa i mestieri e cucina per lei, abita con lei e fa le pulizie in altre undici case, dove viene pagata in contanti sull'unghia. La signora Heng ha dichiarato al ministero del Lavoro di essere l'unica datrice di lavoro di Tala, e in cambio Tala le dà una percentuale dei suoi guadagni mensili. "Vantaggi reciproci" ha sentenziato la signora Heng, che trae un gran profitto da quello che le paga Tala. Ma chi altri mentirebbe per lei?

Nella sua stanza, Tala lascia cadere per terra la piccola telecamera e la schiaccia sotto il piede calzato in uno dei suoi sandali di strass. Va a sedersi sul materasso, però è più basso di quel che pensa e le sue gambe volano per aria come le zampe di una tartaruga capovolta.

«*Ay nako!*»

Prende il computer, riapre il post sul blog di Vanda e comincia a digitare nel riquadro dei commenti. Si ferma, inspira a fondo e cancella quello che ha scritto. Vanda non ha mai pubblicato nessun commento di Tala. Dev'esserci qualche altro modo per far recepire il suo punto di vista.

Fa un po' di ricerche, googlando le parole "domestica" e "Singapore". Clicca e legge. Ci sono più di duecentotrentamila lavoratrici domestiche straniere a Singapore. La maggior parte viene dalle Filippine e dall'Indonesia. Tala non riesce a trovare le cifre esatte, ma gruppi minori di donne arrivano anche da Sri Lanka, Birmania, India e Bangladesh. Sono un sacco di donne in balìa delle infamie di Vanda, e dove possono raccontare le loro storie?

Un pensiero si insinua, sottile e inconsistente. Tala clicca di nuovo sul blog di Vanda. È uno di quelli gratis su WordPress.

Poi clicca sulla homepage di WordPress e legge che i blog hanno bisogno di un argomento: "Hemingway", "editori indipendenti", "aiuto"... di quest'ultimo avrebbe proprio bisogno. Rimane lì seduta a leggere come aprire il proprio blog. Poi si alza e cammina avanti e indietro, battendosi un dito sulla bocca e lasciando impronte sudate sul pavimento. "Domestica a Singapore." "Guai di una domestica." "Domestiche per voi." No, no, nessuno di questi va bene. Sembrano una manica di agenzie di collocamento. "Voce dalla domestica." "Aiuto agli aiutanti." "Colfhacker."

"Colfhacker": questo non è male, no? "Colfhacker."

Digita il titolo. Crea anche un menu. "Te la farò vedere." Inserisce il primo post. Impiega molto tempo, usando un solo dito grassoccio, ma le parole le vengono.

IL BLOG DI COLFHACKER

Cosa significa essere una collaboratrice domestica

Luci, motore, azione!

Mi piace ficcare il naso nella vita delle altre persone, a voi no?

È a questo che servono gli ambulatori dei medici. Quando il piccolo Agamennone (sì, gli espatriati scelgono per i loro figli nomi persino più strani di noi filippini) ha il naso che cola, ne approfitto per buttarmi a pesce sulle riviste di gossip. J-Lo con un pezzettino di oliva incastrato tra gli incisivi; Madonna che inciampa sulle scale... c'è di tutto. Ma non sono solo i ricchi a essere delle star.

Alzate lo sguardo sul soffitto sotto cui vivete e magari vedrete una lucina rossa che lampeggia nell'angolo. È improbabile che quella luce faccia parte di un sistema di sicurezza... insomma, siete a Singapore, dove la cosa peggiore che può succedere alla signora Fawcett-Smythe è di spezzarsi un'unghia, quindi a chi serve un allarme antifurto? No, quella luce potrebbe essere la vostra padrona che vi spia con una telecamera nascosta.

Non sono io – Colfhacker – ad avere delle manie di sensazionalismo come quelle riviste patinate. Una ricerca ha rivelato che a Singapore un datore di lavoro su cinque usa telecamere di sorveglianza per sbirciare le sue domestiche mentre sono in camera (rivoltate armadi, squarciate il divano in soggiorno). E visto che siamo duecentotrentamila domestiche qui nella "Lion City", si fa un gran bel spiare.

Quindi la prossima volta che userete la spugna con cui pulite l'asse del gabinetto per dare una passata al bicchiere degli spazzolini da denti, fermatevi e battete le ciglia perché i padroni non sempre mettono le telecamere nei posti più ovvi.

Un nuovo soprammobile a forma di pappagallino nella stanza dei giochi della piccola Araminta? Una telecamera... fidatevi! Cucine, toilette, bagni: nessun posto è off limits.

Pensateci bene prima di prendere un goccino dello shampoo Aveda della signora, o fregare il wok con lo sgrassatore, perché il Grande Boss probabilmente vi sta guardando. State in guardia, donne. E fate ciao con la mano.

Preme "pubblica".

Beccati questa, Vanda! Il pensiero le pompa nelle vene insieme a un altro. Se qualcuno scopre che è stata lei a scriverlo, ci saranno delle conseguenze. Ce ne sono sempre per le persone che criticano Singapore. E ci saranno domande. Il ministero del Lavoro potrebbe venire a sapere che lei ha impieghi illegali. La butteranno fuori o, peggio ancora, in prigione.

Chiude di scatto il computer e si spruzza i piedi con il suo deodorante Scholl. Rimane lì seduta nella nebbia che si è sprigionata, chiedendosi come fa a riuscire ancora a respirare.

Tala sta spolverando nella stanza degli ospiti della signora Maeve quando nota il portatile argentato aperto sulla scrivania, dove ci sono un pacchetto di Marlboro rosse e una scatola lucida con scritto sopra "Spazzola a ultrasuoni per la pulizia del viso – per uomo". Tocca il mouse e lo schermo si illumina. Dal soggiorno arriva la voce della signora Maeve. "È il caso che lo faccia?" Tala chiude la porta della camera da letto, e il profumo di spray per i mobili si diffonde nell'aria. "È il caso." Va su Firefox e sposta il cursore sulla cronologia. "Prezzi delle materie prime in Borsa." "Daily Mail." "Il blog di Vanda."

Clicca sull'ultimo link e guarda lo schermo, anche i suoi occhiali macchiati avrebbero bisogno di una spruzzata di detergente. La funzione "modifica" del blog è bloccata; nessuno è loggato, però questo non significa che la signora Maeve non ne sia l'autrice. Potrebbe essere uscita dalla pagina.

Sente grattare sulla porta del bagno adiacente alla camera, che si apre. E… oh, ecco il signor Gavin con in mano una rivista piegata in due su una pagina con fotografie di uomini abbronzati e muscolosi. Tala si gira e preme la valvola della bomboletta, inondando di schiuma la scrivania. Il profumo della formula naturale per lucidare si mescola a un'altra puzza più forte.

«Ah, sei stata qui tutto il tempo?» chiede il signor Gavin, sbattendo la porta dietro di sé.

Tala lo guarda; indossa una camicia bianca a maniche corte, con dei cerchi di sudore sotto le ascelle, e una cravatta blu elettrico. «Io, ehm...»

Il signor Gavin si avvicina alla scrivania, prende una boccetta quadrata di dopobarba e se lo spruzza sul collo robusto, poi nell'aria tra lui e Tala. «Stavi dando un'occhiata a internet, vero?»

Lei fa una risata eccessivamente allegra, in realtà più uno strillo. «Oh, non capisco niente di computer, Gavin.»

«Meglio "signor", grazie.»

«Sì, certo. Volevo dire "signor Gavin".»

Lui osserva la fede nuziale in rame di Tala e le strizza l'occhio. «Tuo marito è un uomo davvero fortunato.»

«Cosa?»

«Con un po' di trucco, scommetto che fai la tua bella figura.»

Si volta di lato e comincia a esaminare nello specchio a figura intera la pelata in cima alla sua piccola testa, la camicia bianca che si tende sulla schiena.

«Non voglio trattenerti» dice, girandosi di nuovo verso di lei, con un sorrisetto stampato sulla faccia pallida.

Tala si mette in salvo fuori dalla stanza e si avvia per il corridoio. Entra nel bagno principale e si chiude a chiave. Lì dentro è tutto dorato. Uno specchio enorme con la cornice d'oro, rubinetti d'oro, persino uno sciacquone dorato sopra il gabinetto, e marmo ovunque. Osserva il proprio riflesso.

Ha i capelli lisci, neri e lunghi, e la bocca con le rughe ai lati. Non che sia vecchia. Ha quarantotto anni, ma non li dimostra. E i suoi incisivi, grandi, bianchi e dritti, be', vale la pena di mostrarli sorridendo. Oh, ora si sta vantando. Però se una donna non può neanche farsi un complimento da sola... Suo marito Bong raramente gliene faceva, quello è certo. "La mitragliatrice", ecco come la chiamava, annuendo con la testa, gli occhi che vagavano sfuggenti verso un punto sopra la spalla di lei. Ma qualunque cosa lui dicesse sul suo modo di parlare, doveva ammettere che Dio in compenso le aveva dato anche il dono di saper ascoltare. Ascoltare tutte le sue amiche bevendosi ogni dettaglio dei loro guai, per poi trascrivere ogni cosa sul suo diario.

Le amiche la chiamano "la salvatrice", ma lei liquida quel soprannome con un'alzata di spalle. Tala cerca solo di aiutare le domestiche come lei, tutto lì. È a Singapore da più tempo della maggior parte delle altre. Sa come raggirare il sistema, come farsi sentire e alzare la voce. Ha fatto allontanare a furia di minacce l'ex fidanzato di Rita, uno stalker che continuava a seguirla dopo che lei aveva chiuso con lui. E Tala era riuscita a recuperare un sacco di passaporti dai datori di lavoro che li avevano messi sotto chiave... indossando la gonna della festa, bussando alla loro porta con gli occhiali sulla punta del naso all'insù, come se fosse una persona importante di un ente assistenziale che rivendicava i diritti dei lavoratori domestici. Teneva stretto al petto gonfio il portablocco, con la voce tremante che raggiungeva livelli da martello pneumatico.

Proprio come quando April Joy era morta cadendo dalla finestra dell'appartamento dove lavorava. Un volo di nove piani. April Joy si era lamentata per mesi con Tala della sua padrona, che la costringeva a stare in equilibrio sui davanzali per poter pulire i vetri all'esterno. "Basta che ti rifiuti di farlo, ragazza!" la esortava Tala. Ma April non lo aveva fatto. Dopo la sua morte, Tala aveva portato alla polizia il diario con tutti i particolari che le aveva raccontato April Joy, però l'uomo dietro al bancone aveva alzato gli occhi al cielo e risposto che no, certo che non avrebbe fotocopiato le pagine. Ma questo non aveva impedito a Tala di provare a fare arrestare la padrona di April Joy.

Tantissime donne. Alcune sono come Tala e Dolly, e hanno lasciato i figli a casa. Altre sono l'unica fonte di reddito della famiglia, e i loro anni fertili si sciolgono come un ghiacciolo al sole mentre lavorano.

Tala è lontana dai suoi figli da diciotto anni, eppure li tiene stretti al cuore, con le loro grida e le loro corse.

Ace e Marlon avevano dieci e otto anni quando lei se n'è andata. È una chiacchierona, ma nei giorni che avevano preceduto la sua partenza da Tagudin era stata di poche parole. Aveva preparato il borsone di tela, poi aveva tirato fuori tutto. Non ci riusciva; non poteva lasciare i suoi ragazzi. Si era infilata nel portafogli tre fotografie di loro due e aveva cercato di memorizzare le loro facce. Tenendo tra le mani le loro guance, aveva tracciato con le dita la superficie dei loro nasi, delle labbra. Il camion si era fermato fuori e Marlon l'aveva abbracciata. "Voglio che resti" aveva detto. "Non si può fare altrimenti" aveva risposto lei. Si era avvicinata a Ace che si era lasciato abbracciare, poi aveva sistemato la borsa nel cassone del camion.

Mentre si arrampicava sul suo sedile, Marlon le aveva messo in mano qualcosa: una conchiglia tortile beige e lucida. "È la cosa più bella che ho" aveva detto. Si erano guardati negli occhi: lui con le folte sopracciglia unite in un'espressione accigliata e gli occhi privi di luce, lei con la gola piena di ciottoli di fiume. Tala aveva toccato un'altra volta la faccia giovane del figlio e aveva sbattuto la portiera, poi il camion si era allontanato traballando.

Ora estrae una cartolina dalla tasca posteriore dei calzoncini corti: le è arrivata ieri. Macchie di carboncino rosa e verde. Deve fissarla per un minuto prima di riconoscersi: i capelli legati indietro con un grosso elastico rosa, la distesa dei campi alle spalle. Marlon ha cucito un filo bianco intorno ai bordi, come ha cominciato a fare di recente. "Sarebbe potuto diventare qualcuno." Quel pensiero le smorza il sorriso.

Si infila di nuovo il disegno in tasca e spruzza del disinfettante sui lavandini di lui e di lei. Oh, via un altro flacone vuoto nel cestino della spazzatura. L'odore di limone finto riempie l'aria.

Va in soggiorno, qua e là tavolini di vetro dai bordi dorati, con statuette di legno su ciascuno; è come se la signora Maeve facesse a gara con i soprammobili feng shui della signora Heng. La signora Maeve e la sua amica sono sedute a gambe accavallate, una di fronte all'altra, e mormorano parole che Tala non riesce ad afferrare. Sembrano fin troppo eleganti per un tè. Bracciali d'oro decorano il polso della signora Maeve, che ha le mani intrecciate sulla gonna a sbuffo. L'altra si gratta la faccia con un dito decorato da un diamante, le ciglia così false e lunghe che è come se un paio di ragni dalla schiena rossa le si fossero arrampicati sulle palpebre. Tala raccoglie i piatti delle donne, ripuliti dalle briciole di torta, senza che loro le rivolgano la parola.

"Nido d'uccello", è così che Tala chiama la signora Maeve, con quei capelli raccolti in uno chignon con delle ciocche che spuntano. Li ha spesso avvolti nei bigodini quando Tala è per casa, ma non sono capelli che si domano. Sono selvaggi come la statua del leone a bocca aperta in piedi sulle zampe posteriori fuori dalla porta d'ingresso. Lì seduta, con un top leopardato e le ballerine leopardate, non sembrerebbe fuori posto allo zoo di Singapore. Tala spolvera uno dei quadri appesi alle pareti, un cuore formato da parole inglesi rosse e rosa intrecciate insieme, come "gentilezza", "famiglia" e "bambini".

Tala continua a rimuginare mentre le donne parlano. In dodici anni ha lavorato per sette famiglie, vivendo dietro le quinte delle loro case, facendo le pulizie e cucinando, prima che le venisse una grande idea. È stato allora che ha preso una stanza dalla signora Heng e ha cominciato a guadagnarsi da vivere facendo lavori part time illegali.

La signora Maeve si tiene la faccia tra le mani e tira indietro la pelle finché le labbra diventano una linea retta allungata.

«Basta che mangi di più. Mettere su un paio di chili è meglio della chirurgia plastica» le dice l'amica.

Il signor Gavin entra con calma in soggiorno con un paio di scarpe senza lacci. «Esco.»

Si china e bacia la signora Maeve sulla guancia. Lei fa una smorfia come se avesse sbucciato un lime e se lo fosse mangiato intero. Pulisce con le unghie scarlatte il punto in cui lui l'ha baciata. Lo smalto non sarebbe così perfetto se lei battesse ogni giorno sui tasti del computer, però Tala non è ancora disposta a escludere che sia lei Vanda.

La porta d'ingresso sbatte. Le due donne si scambiano uno sguardo.

«Cosa ci faceva a casa?»

La signora Maeve abbassa la voce. «Il suo intestino irritabile si è fatto risentire.»

«Oooooooh.» L'amica scuote la testa. «Vanno meglio le cose tra voi due?»

«Potresti fare la camera da letto?» sbotta la signora Maeve. «Stiamo parlando qui.»

«Sì, signora.»

Tala si avvia verso la camera da letto padronale, un quadrato di marmo con un letto contro la parete e quella tavola d'oro intagliata dove appoggiano la testa. C'è un grosso lampadario al soffitto, anche quello d'oro naturalmente, con tanti piccoli paralumi. È la cosa più brutta che Tala abbia mai visto. Persino i comodini sono dipinti d'oro. In quel posto c'è più oro che in Australia.

Tala si mette al lavoro, piegando e sistemando i vestiti per terra. Il reggiseno, così piccolo che Tala si chiede come mai si dia la pena di indossarlo, gli abiti: uno nero senza spalline e una cosina corta con sottili bretelline rosse. Tala sente odore di formaggio. Stilton o camembert che si scioglie. Avrebbe dovuto infilare in borsa il deodorante Scholl per le scarpe.

La voce della signora Maeve filtra in camera da letto.

«Capelli neri per tutto il pavimento dopo che se ne va. Una volta l'ho sorpresa a usare il bagno in camera. Ero seccatissima. Insomma, non mi va che la sua passera si avvicini al sedile del mio gabinetto.»

Echi di risate.

«Dovrebbe avere i sottotitoli» continua la signora Maeve. «Dille di fare qualcosa ed è tutto un "Cosa?", "Disgustoso" e "Due qui" e "Due là".»

«Due?»

«Sì, Due. Sai, come porco Due» spiega la signora Maeve.

«Ah, Dio, sì.»

Tala prende una fotografia accanto al letto e seppellisce la testa del signor Gavin sotto una patina di lucido. Cerca di dire "Dio" con l'accento della signora.

Infila il crocifisso d'oro sotto la maglietta e gli assesta un colpetto. Sul comodino ci sono delle monete e lei ci spolvera intorno, sollevando una foto della signora Maeve con un vestito bianco e il signor Gavin con il suo naso schiacciato e storto. Sorridono entrambi, anche se nessuno dei due sembra felice, persino allora. Spruzza del lucido su uno scatto dei bambini. La figlia adolescente e alta e il figlio molto più piccolo.

Tala va a prendere lo spolverino in soggiorno. Avverte su di sé i loro occhi e il silenzio rimbomba contro le pareti. Dove l'ha cacciato quell'affare? Eccolo lì sul tavolo, giallo, logoro e sporco.

«Oh, Cristo, mettilo via» dice la signora Maeve. «Dobbiamo cominciare con il vino?»

L'altra donna guarda l'ora. «Be', sono le dodici meno un quarto.» E bisogna riconoscere che Nido d'uccello non chiede a Tala di fare gli onori di casa. Va a prendere lei stessa il vino in frigo. In fondo non deve fare altro che aprire il tappo.

Tala torna in camera da letto e le donne mormorano.

«Sembra una Barbie filippina» dice la signora Maeve.

Tala resta in ascolto.
«Be', Dolly è piuttosto bella.»
La camera da letto può aspettare; Tala va in corridoio e comincia a lucidare una finestra già pulita, con le orecchie in allerta.
«Ah, no, non direi bella; carina come sono le ragazzine» ribatte la signora Maeve con voce stridula.
«Sì, ma ti fideresti a lasciare tuo marito con una del genere? Se vivesse in casa, ci sarebbero un sacco di occasioni.»
«Scommetto che è un vecchio caprone arrapato, quel Tor» commenta la signora Maeve.
Ay nako! Stanno parlando dell'uomo per cui lavora Dolly. Ha una storia con lui? Se la signora Amber lo scopre, di sicuro licenzierà Dolly.
Arrivano risate acute dalla signora Maeve e la sua amica.
«Vuoi un altro bicchiere?»
«Oooh, sì, grazie.»
«Taylor!» chiama la signora Maeve.
Anche dopo tutto questo tempo, non ha ancora imparato bene il nome di Tala.

4

Jules lavora alla reception di un ambulatorio medico, dietro il bancone con il suo camice bianco. Una donna con una faccia tesa e liscia sbircia sul piano, la mano con la french manicure premuta sulla formica. Jules clicca il mouse e trova il nome della donna sullo schermo del computer.

«Oh, eccola qui. Si sieda pure, la chiamerà la dottoressa Wong.»

Jules appoggia un palmo sulla pancia. Durante l'ultimo ciclo di fecondazione artificiale fallita, ha trascorso tre giorni sdraiata, quindi questa volta ha deciso di fare tutto come al solito. In questo momento ci sono due ovuli fecondati dentro di lei. *Due*. Due piccole possibilità. Chiude gli occhi. Riesce a sentire qualcosa che attecchisce? Che gorgoglia? Oh, basta.

La donna, con due diamanti rettangolari che brillano sui lobi, va a sedersi di fianco a un'adolescente sulla panchetta di pelle color crema che gira intorno alle pareti dell'ambulatorio come una striscia. La ragazza, che indossa calzoncini corti a fiori, prende una rivista patinata da uno scaffale alla parete. La donna serra le mascelle, accarezzandosi il collo con la mano; la dottoressa Wong si occupa di lifting facciale.

Un bambino spinge una macchinina sul tappeto su cui sono disegnate case e strade. La colf che bada a lui è seduta lì vicino su un'altra panchetta, e fa ruotare intorno al polso un braccialetto dell'amicizia rosso e giallo.

Persino gli ambulatori medici si trovano nei centri commerciali, qui. Questo è tra un nail bar e una panetteria. Jules pesca dal barattolo sul bancone un Ferrero Rocher, lo apre e se lo infila in bocca.

«Oooh ambasciatore, lei ci sta davvero viziando con questi Ferrero Rocher» mormora.

L'altra receptionist è in pausa e non c'è molto da fare, quindi Jules accede al suo account di Instagram. Cinque Like su quell'ultima fotografia: un bastoncino d'incenso a spirale appeso davanti a quel tempio buddhista. Un monaco, avvolto nella tunica, passava di lì per caso, aggiungendo una macchia arancione sullo sfondo.

Un fotografo che lei segue ha postato una foto di una domestica straniera in bilico sul davanzale di una finestra al quinto piano, con in mano un tergivetro. C'è una didascalia: "Un nuovo blog racconta la verità sulle domestiche #Colfhacker". Jules cerca su Google "Colfhacker" e clicca sul link.

IL BLOG DI COLFHACKER

Cosa significa essere una collaboratrice domestica

Perché le domestiche hanno bisogno del giorno libero

Ci sono poster affissi ovunque in questo paese che mirano ad alzare il tasso di natalità in caduta verticale. Bene, signore, a quanto pare la mancanza di bambini è dovuta a noi domestiche. O, per lo meno, è quello che sostiene Vanda.

"Se avessimo domestiche migliori, il tasso delle nascite in calo potrebbe invertire la tendenza" dice Vanda.

Non rendete le donne che lavorano nelle vostre case il capro espiatorio delle vostre scelte. Se davvero volete avere figli, fateli, e noi faremo del nostro meglio per curarli.

Anche se lo faremmo molto meglio se avessimo in cambio un giorno libero. Non intendo il giorno libero in cui dobbiamo rientrare per le sei del pomeriggio. In fondo vogliamo goderci la nostra libertà e sederci per un attimo. Il riposo ha un vantaggio anche per voi padrone: riusciremmo a concentrarci di più, che è utile quando curiamo i vostri figli. La sicurezza è meglio del lavoro schiavista, non credete?

Jules si aggiunge alle centinaia di persone che hanno già messo la stella di gradimento al post di Colfhacker.

«Mi fa malissimo la faccia» dice la donna della chirurgia plastica con un accento inglese cristallino. La figlia adolescente alza gli occhi al cielo.

La dottoressa Zainab emerge da dietro una porta scorrevole di rovere, il pancione che tende il tessuto del suo vestito di satin rosso. Porge una cartella a Jules.

Dalla panchetta di pelle, Jules sente di nuovo la voce forbita. «Non so proprio perché guardi quelle riviste di gossip. Quasi tutte le attrici e le modelle sono completamente photoshoppate.»

La ragazza adolescente si sposta, mettendo un po' di distanza tra sé e la madre.

Il cellulare di Jules vibra. Lei fruga nella borsa.

"Visto che sei troppo occupata per rispondere al telefono, potresti almeno farmi sapere se verrai al gruppo di lettura!"

Il messaggio è di Amber. "A quella donna serve un lavoro!" pensa Jules.

Lascia cadere di nuovo il cellulare nella borsa, ma il messaggio la innervosisce. Si domanda quale sia il problema di Amber.

"Sto solo lavorando, tutto qui" digita Jules. "Ci sarò."

La dottoressa Wong esce dallo studio con i suoi mocassini silenziosi.

«La signora Woods per la dottoressa Wong» chiama Jules.

La donna con la faccia dolente si alza e la figlia la segue.

«No, tu stai qui, tesoro» dice la donna, e la ragazza riprende in mano la copia di «Grazia».

'Fanculo, adesso non c'è più nessuno in sala d'attesa tranne la ragazza adolescente, concentrata sulla sua rivista, e il bambino sul tappeto, con la babysitter. Jules socchiude la grande porta di metallo su un lato dell'ambulatorio ed entra nel labirinto di scaffali dove ci sono le cartelle. Fa scorrere le dita lungo i bordi di carta. "M", "M", "M", la trova sul terzo ripiano dal basso e la apre.

Sopra, scritto a mano con l'inchiostro nero, c'è il nome: "Amber Moe". Jules lancia qualche occhiata furtiva in sala d'attesa: nessuno guarda dalla sua parte. Non dovrebbe farlo; Dio sa che lei non è una ficcanaso, ma lo fa per il bene comune, no? O per lo meno per quello di Amber; se Jules scopre di più su di lei, quella donna potrebbe perfino arrivare a piacerle.

Sfoglia le carte. Due anni fa, Amber ha sofferto di calcoli renali. Ha avuto anche un micoplasma. E c'è la parola LUSTRAL in maiuscolo. Li sta prendendo ora, vede Jules: antidepressivi. Forse è per questo che Amber le invia messaggi disperati anche se Jules la conosce da appena quattro settimane.

«Il prossimo paziente, per favore» dice la dottoressa Zainab a Jules.

Lei esce dal labirinto e chiama il nome del bambino che gioca sul tappeto. La babysitter si alza e lo prende per mano, poi seguono la dottoressa Zainab in uno degli studi medici.

L'altra receptionist torna dalla pausa e butta la borsa accanto a Jules.

«Adesso vai a casa?» le chiede.

«Sì, penso di sì» risponde Jules.

Afferra la borsa e infila di nuovo la mano nel barattolo dei cioccolatini mentre esce.

Sale sull'ascensore per andare a pianterreno. Le porte si aprono e lei esce al sole. La gente le passa accanto, con l'ombrello aperto per farsi ombra alla testa. I taxi sfrecciano lungo la curva della strada, ma lei non vuole prenderne uno, le basta stare fuori. Non avere mai freddo, è una cosa fantastica, no? Perché lei ha sempre patito il freddo. Alzava il termostato nel loro appartamento di Balham pieno di spifferi, poi David tornava a casa dal lavoro, si lamentava che faceva troppo caldo e lo riabbassava. Borse dell'acqua calda infilate sotto il maglione fino a giugno. Oh, si era sentita a terra durante quelle giornate grigie e quelle fredde notti invernali. Tutta la sua vita era diventata buia, sembrava che gli anni passassero lenti senza che lei rimanesse incinta. Molti dei suoi amici erano diventati genitori; non volevano più andare a ballare; nessuno si dava più appuntamento per bere qualcosa insieme. Soltanto lei e David si avventuravano fuori: pub e ristoranti, talvolta un locale dove lei guardava persone di dieci anni più giovani scatenarsi sulla pista da ballo. Non aveva neanche voglia di battere il tempo con un piede. Si sentiva completamente giù di morale dopo il primo tentativo fallito di inseminazione artificiale, poi il secondo. Telefonava alle amiche, però loro la stavano ad ascoltare distrattamente perché i figli piccoli assorbivano tutta la loro attenzione. Jules non apparteneva più a quel mondo. Ma non ne aveva un altro in cui entrare.

Così quando a David si era presentata l'occasione di trasferirsi a Singapore per lavoro, Jules aveva fatto i salti di gioia. "Un'avventura" aveva detto. "Più che altro una fuga" aveva ribattuto David.

Hanno un elenco di posti che vogliono visitare in Asia: Angkor Wat, Hoi An, Bali. Altro che Puerto Pollensa o Fuerteventura, sono qui i veri paradisi. Eppure... Cammina verso le curve color crema del Tanglin Mall, con il suo pinnacolo di terracotta. Potrebbe anche starsene sdraiata su una spiaggia sotto il sole cocente, dopo avere appena vinto la lotteria, e non sarebbe contenta lo stesso perché non ha il bambino che desidera così ardentemente.

Dentro il centro commerciale prende la scala mobile verso il Café Beviamo. Le persone sono sedute ai tavolini quadrati. Colonne di mogano svettano verso il soffitto; conversazioni sussurrate si riversano fuori dai lati aperti. Una cameriera con un grembiulino legato in vita si muove tra i tavoli, con una matita infilata dietro l'orecchio. Uno chef con un alto cappello bianco lavora dietro il bancone, con una macchia di farina sulla faccia. Una donna alla cassa conta i soldi.

Jules guarda le file colorate di cupcake nella vetrina del bancone. Hanno sopra delle alte spirali di glassa.

«Uno di quelli, grazie» dice, indicando quello cosparso di marshmallow.

Di fianco alla vetrinetta c'è una pila di riviste gratis in un contenitore di cartone. Ne infila una in borsa.

Donne con gli occhiali da sole scivolano su per la scala mobile accanto a lei che sta scendendo. Abiti di seta senza spalline, unghie lucide di smalto. Abbassa lo sguardo sulla sua divisa bianca dell'ambulatorio, con ancora attaccato il badge. "Jules Harris."

Esce dalle porte scorrevoli e cerca in borsa gli occhiali da sole, che non sono nella custodia. Soffia via la polvere e li inforca. Tornerà a piedi al condominio.

L'omino verde fa *bip* e lei attraversa l'asfalto intatto. Questo posto, con i suoi negozi immacolati, i lampadari e il caldo perenne, è molto lontano da Westminster Bridge Road, con i sacchetti vuoti di patatine nei canaletti di scolo, il cielo basso e coperto.

Tira fuori il cupcake dal sacchetto di carta e vi affonda i denti. Mmm, tutto questo zucchero. Forse non dovrebbe mangiarlo, ma è un'alternativa salutare paragonata a ciò che ha fatto in passato. Sbronze folli quando andava in giro per locali e pillole in quantità. Eppure, nel corso degli ultimi anni, lei ha stabilito una serie di regole di vita sana da poter competere con Gwyneth Paltrow. La dieta senza glutine, quella senza latticini e adesso è diventata vegetariana, tutto in vista della maternità. Quindi al diavolo... mastica il dolce un po' più in fretta.

Si avvia per il lungo marciapiede dritto, mentre le auto le sfrecciano accanto in Holland Road. Apre la rivista intanto che cammina, le pagine patinate piene zeppe di pubblicità. C'è la fotografia di una donna con una borsa del ghiaccio sulla testa. Sotto c'è una domanda: "La tua domestica ti fa venire il mal di testa?". È la pubblicità di un'agenzia di collocamento che piazza collaboratrici familiari.

Continua a sfogliare, camminando piano e dando ogni tanto un'occhiata al marciapiede per non inciampare.

"Potresti prendere in affido un bambino?"

Questo è un articolo, praticamente l'unico della rivista, accompagnato dalla fotografia di una donna che spinge una carrozzina. Si chiama Sue, ha tre figli e si occupa dei bambini che non possono stare con la madre per diversi motivi, che l'articolo non specifica. Sue ha già allevato dieci bambini, di età dalle tre settimane ai due anni.

Jules inciampa e ritrova l'equilibrio. Appoggia una mano sulla pancia, poi rimette la rivista in borsa. Le batte forte il cuore. È bagnata in tutte le pieghe: sotto il seno, sotto le ascelle, nelle mutande. Non si è nemmeno portata una bottiglietta d'acqua. Non va bene. Non c'è da stupirsi se non è mai andata a correre qui... le bastano i venti minuti ogni tanto sull'ellittica nella palestra nel seminterrato, piccola e quasi sempre vuota, tranne quando David si allena con foga sul tapis roulant accanto a lei. E quel tizio che è sempre lì, a rimirarsi i muscoli allo specchio. Che cosa aveva detto Amber a proposito di quel posto? "I tappetini sono disgustosi. È una vergogna." Ma una sala fitness nel seminterrato del tuo condominio non è certo una palestra di Brixton. Amber e il suo senso del privilegio; a Jules fa venire voglia di strapparle i capelli. Però in fondo quella donna prende gli antidepressivi; probabilmente Jules dovrebbe cercare di essere più tollerante.

Poco più avanti i grattacieli ministeriali dell'Housing and Development Board circondano il mercato Ghim Moh con il suo enorme tetto di metallo, sotto cui ci sono i chioschi con gli sgabelli e i tavolini rotondi. Le arriva l'odore del riso al curry con pollo. Intorno al mercato ci sono altre bancarelle con i tendoni bianchi; alcune espongono cover dei cellulari, altre vendono piante, frutta e verdura. Una pila di durian verdi e spinosi, ceste di rambutan e di papaya e ananas giganti. Una radio gracchia.

Prosegue su per la collina, camminando sul cemento fiancheggiato da un lungo canale di scolo, e ovunque vegetazione, ibisco arancione, rododendri viola di Singapore e alberi di fichi dal gambo giallo. C'è una scuola che sembra un enorme autosilo bianco. Passa davanti ad alcune case con terrazze sostenute da colonne dietro cancelli sbarrati, e lunghe piscine strette nel cortile anteriore. Raccoglie un fiore viola da un'esplosione di buganvillea. Un passaggio pedonale comincia a fare *bip* quando una donna che trascina un trolley preme il pulsante, poi compare l'omino verde.

Entra nel condominio e costeggia le piscine. Sono entrambe vuote, con l'acqua liscia come vetro azzurro. Si toglie i sandali e procede verso l'acqua, spezzandone la superficie con l'alluce. Una brezza leggera si infila tra le palme. Lei guarda in alto ed esamina i balconi, ma l'unico movimento è un grande lenzuolo ripiegato su una balaustra, che si gonfia e sgonfia.

Va verso l'ascensore e sale. Dentro l'appartamento a due piani, si libera dalla divisa, che lascia in un mucchio sul pavimento di marmo del soggiorno open space. Su un lato della stanza ci sono vetrate a tutta parete. Su una parete grigia è montato un televisore a schermo piatto, e di fronte è sistemato un divano di pelle beige. Quattro sedie di legno sono disposte intorno a un tavolo da pranzo di vetro accostato a un'altra parete. Nella cucina attigua ci sono armadietti di un bianco candido e un bancone con un sottile piano in marmo su cui è appoggiato un bollitore insieme a una fila di barattoli pieni di riso e cereali.

Il calore nell'appartamento è quasi insopportabile, e lei corre nuda per un lungo corridoio, sfrecciando davanti alla camera degli ospiti in fondo, poi sale sulla scala di legno che conduce al piano superiore, dove c'è la sua austera camera da letto. Quassù c'è un'altra saletta, con vetrate scorrevoli che affacciano su un balcone dal pavimento in legno. Apre un'anta del grande armadio e fruga nei cassetti alla ricerca di un costume. Non lo trova, quindi va nel bagno, con la doccia a filo pavimento, piastrellato di ardesia, e afferra quello appeso al rubinetto, che è lì a sgocciolare da ieri ed è ormai asciutto.

Lo indossa, recupera gli occhialini dal ripiano accanto al lavandino, insieme a un asciugamano. Da basso, si ferma sul bordo della piscina e si tuffa nella parte più profonda. Si immerge e nuota sott'acqua. Una foglia danza sul fondo. Fa una vasca a rana, un'altra a stile libero, e i suoi respiri cadenzati calmano l'ansia che l'ha messa in agitazione durante queste due settimane di attesa. Gli embrioni hanno attecchito? Batte più forte le gambe, mentre l'acqua le sciaborda nelle orecchie, e sente il proprio respiro affannato. Tutto sparisce tranne il movimento. Beve una boccata di acqua al cloro e tossisce, ma continua lo stesso a nuotare. Perde il conto delle vasche dopo venticinque, però procede con determinazione. Senza fiato, si appoggia al bordo e si toglie gli occhialini.

C'è un bambino di fianco alla piscina grande. Un uccello fa *uh-uh*. Un altro risponde da lontano con un rauco stridio.

I capelli bianchi... è Sam, il figlio più piccolo di Amber, vero? Jules si guarda intorno ma, no, non c'è nessuno a tenerlo d'occhio. È in piedi nell'acqua bassa, poi si butta dentro, e la testa va subito sotto. Si agita, sommerso, e Jules gli si avvicina a nuoto.

«Ciao, Sam. Sei qui da solo?»

Sam ride, riemerge e si rituffa. La sua faccia sotto la superficie è un sorriso ingrandito. Jules si guarda intorno, ma non vede nessuno. Dove diavolo è Amber?

Poi Dolly si precipita da Sam, scrutando nell'acqua. Rivolge un cenno di saluto a Jules e sorride, con gli orecchini che brillano nella luce. Dolly si siede su una sdraio e tira fuori il cellulare. Jules osserva lei, poi Sam. Dovrebbe dire a Dolly di stare più attenta a Sam, ma non lo fa. Si limita a uscire dalla piscina e ad avvolgersi nell'asciugamano.

Di sopra, Jules beve un bicchiere di acqua calda dal rubinetto. Si guarda i polpastrelli raggrinziti. Preme le mani l'una contro l'altra e rivolge una preghiera al soffitto.

«Ti prego» sussurra.

Ripensa a suo padre, che le diceva di inginocchiarsi alla messa domenicale delle sei, però ha abbandonato quel Dio anni fa. No, invece sta mandando quel pensiero all'universo.

"Solo questo piccolo desiderio."

Si toglie il costume da bagno e fa la doccia di sopra; indossa un vestito lungo e il suo braccialetto di cuoio con il portafortuna d'argento a forma di cuore.

Afferra la macchina fotografica e riprende l'ascensore per tornare a pianterreno. Passa davanti a Dolly, e si ferma. Sam sta ancora nuotando sott'acqua, e Dolly è sempre al cellulare. "Oh, cavolo" pensa, e zooma sulla colf, catturandole il profilo e quegli orecchini scintillanti. Fa una serie di scatti poi prosegue. Dolly non se ne accorge.

Un uomo dal biancore candido con un costume nero Speedo – "Non è Gavin?" – è in piedi sul bordo della piscina nella parte poco profonda e si spalma la crema sul petto villoso. Ha le braccia gonfie di muscoli, ma le gambe magre come fuscelli.

Altre quattro domestiche si sono riunite davanti al condominio, sedute sul muretto a chiacchierare. Una piccola cascata stilla sulle rocce alle loro spalle. Una di loro sorride a Jules. Sta parlando alla sua amica.

«Vi dispiace se...?» chiede Jules, indicando la macchina fotografica, e una delle donne ridacchia.

La sua amica, invece, abbraccia un'altra donna e fa il segno della pace con le dita. Jules scatta e guarda la foto. Il tempo di esposizione non è perfetto, quindi è troppo sfocata. Riprova e l'obiettivo mette a fuoco i loro occhi, vivaci e con pagliuzze di luce.

«Grazie» dice Jules.

Esce dal condominio, in Mount Sinai Road. Su entrambi i lati ci sono villette unifamiliari con il tetto piatto, dietro giardini protetti da cancellate metalliche; foglie di bambù fanno aria alle finestre all'esterno. Una filippina con delle espadrillas nere malconce spinge su per la collina, verso Jules, un carrellino della spesa a fiori. Jules ferma un taxi azzurro.

«Dempsey Hill, per favore.»

Il tassista fa scrocchiare le nocche; l'auto cigola e avanza sobbalzando. Lei annulla il rumore guardando gli scatti sulla macchina fotografica. Quello di Dolly è buono, a fuoco solo il lato della faccia e gli orecchini. Sulla spalla ha il tatuaggio sbiadito di una farfalla. È davvero bella. Jules ripensa alla festa: "Ma cosa ci fa Dolly con un tipo come Gavin?".

Jules scende nel parcheggio e paga il tassista. Il sole sta cominciando a tramontare. Ci sono auto in ogni spazio disponibile, bar e ristoranti tutto intorno. Si avvia verso un bar che si chiama The Woods. L'aria odora di cemento e spezie, cannella.

Entra dall'ingresso laterale che porta al giardino sul retro. Gli alberi si chiudono sopra di lei. David è seduto a un tavolo rotondo, con il cellulare incollato all'orecchio.

La vede; distoglie in fretta lo sguardo. Si copre la bocca e dice piano al telefono: «Non posso parlarne adesso; devo andare».

Lo spegne e lo appoggia il più lontano possibile da lei.

Jules si siede. «Chi era?»
«Nessuno» risponde lui nel tono acuto di quando sta mentendo.
«C'è qualcosa che non va?»
«No.»
David spazza via dal tavolo della polvere invisibile, e lei si accorge che si è mangiato la pellicina delle unghie. Un uomo accanto a loro accende una sigaretta; lei si sventola con una mano.
«Vuoi che ci spostiamo?» le domanda David.
«No, a te non dà fastidio.» Osserva la sua birra.
«La polizia si è rimessa a fare gli alcol test» dice lui. «Comunque sono a posto.»
Lei sorride. «Magari non funzionerà.»
«Magari sì.»
«E se non funziona?»
«E se funziona?»
«Oh, basta.»
Lei ordina una limonata Sanpellegrino al cameriere. Tutti i tavoli fuori sono occupati. Arrivano le pizze per un gruppo di donne. Il locale è pieno anche all'interno, c'è un sacco di gente seduta dietro le vetrate dalla cornice di rame. E, aspetta un attimo, non è Tor quell'uomo dentro? Accanto a lui c'è una donna con i tacchi a spillo bianchi; dà la schiena alla vetrata e Jules non riesce a vederla in faccia. Nel gruppo ci sono altri tre uomini. Jules si alza e va verso la toilette.
Le zanzare le ronzano intorno alla testa mentre apre la porta. Emette un verso di disapprovazione vedendo la pioggia di piscio sul sedile. È l'unica toilette, quindi entra. Tornando, inciampa su un rilievo del terreno.
Tor è seduto al tavolo di fianco a David. «Ehi, ciao» la saluta, alzandosi e baciandola sulle guance.
«Oh, ciao, Tor.»
Ha esagerato con il dopobarba. Si siedono.

«Dovete provare il Pouilly Fumé del 1989» dice Tor scorrendo la lista dei vini.

«Mi va bene la birra» replica David, sollevando il bicchiere.

«Dov'è Amber?» chiede Jules.

«Domani i bambini hanno una giornata pesante. Lezione di arte, una festa. Oggi si riposa.»

«Mmm» fa Jules, e con lo sguardo scruta dentro alla ricerca degli amici di Tor. Il suo tavolo ora è occupato da una donna in taffetà rosa e un uomo in giacca e cravatta.

«Allora, David, come va il lavoro?» chiede Tor.

«Vado al lavoro con le infradito, un quarto d'ora di macchina. Va piuttosto bene» risponde lui.

Jules non ha fatto molte domande sul nuovo lavoro di David; fornisce il supporto delle banche dati ai trader.

Jules si versa ancora un po' di limonata, poi osserva suo marito sfocato attraverso il liquido torbido. Lo trangugia in un solo sorso. David parla di calcio, snocciolando i nomi di alcuni giocatori scandinavi famosi.

«Tu giochi?» chiede a Tor.

L'altro si schiarisce la voce e fa una risatina. «Ero più tagliato per lo sci di fondo, quando praticavo sport.» Si dà una pacca sulla pancia, invisibile sotto la camicia abbondante e sgualcita. Jules sente una traccia dell'accento di Tor in alcune sue parole.

«Ti manca Lillehammer?» chiede.

«È da molto tempo che non ci vivo più. Mi sono trasferito a Chicago a vent'anni.»

«È lì che hai conosciuto Amber?»

«Sì... anche se, naturalmente, è successo parecchio dopo. Lavoravamo insieme... hedge fund e management.»

«Ah, ecco.»

Tor si agita sulla sedia. «Strano, ripensandoci. Alcuni analisti chiamavano Amber "l'assassina sorridente".» Tor intreccia le sue dita enormi sotto il mento.

Le guance di David si gonfiano, poi deglutisce rumorosamente la birra. Jules sembra confusa.

«Lei era il boss, proprio una donna in carriera» spiega Tor. «Oggi è molto diversa.» Finisce il suo drink e posa il bicchiere sul tavolo. «Non so come faccia, a dire la verità. L'altra settimana è uscita, Dolly aveva un giorno libero e io sono rimasto con i bambini. Amber era in uno di quei posti che servono il brunch tutto il giorno: champagne a volontà, all you can eat. Ci siete mai stati?»

David scuote la testa. Tor guarda solo lui.

«Insomma, i ragazzi erano talmente scatenati che ho dovuto chiamare Amber per dirle di tornare a casa di corsa.»

David e Jules si scambiano un'occhiata veloce.

«Non fatevi tentare» dichiara Tor, mettendo una mano sulla spalla a David.

«Be', vedremo che cosa ci riserva il futuro» dice David, e il suo sorriso scompare prima di formarsi completamente.

Il cellulare di Tor fa *bip*. Lo prende e legge il messaggio. Impallidisce di colpo. «Santo cielo» mormora.

Si appoggia alle labbra le dita tremanti.

«Cosa succede?» chiede Jules.

Tor sta iperventilando, e ora le mani tremano ancora di più.

Jules gli afferra il polso. «Hai dolore al petto?»

Lui scuote la testa e si accascia ancora di più sulla sedia. Tossisce e si passa una mano sulla testa quasi calva.

David si sporge in avanti, sconcertato. Scambia un'occhiata con Jules. «Cosa ti senti, Tor?»

«Un calo di zuccheri o qualcosa del genere. Oh, Signore, che imbarazzo. Forse non ho mangiato abbastanza.»

«Sei sicuro di non avere un dolore al petto?» domanda Jules.

«No, e neanche formicolio nelle braccia» risponde Tor. «Non è un infarto. Prenderò un altro drink. Sistemerà tutto.» Fa un cenno al cameriere. «Un whisky doppio.»

David ordina un'altra birra. È buio adesso, e il cielo nero

sopra di loro è disseminato di stelle. Quando arriva la consumazione, Tor tracanna il suo drink e ne ordina un altro. Il fremito sulla sua faccia è scomparso, ma il bicchiere gli trema nella mano. Un po' di whisky si rovescia oltre il bordo.

Tor ne ordina un terzo e, quando il cameriere glielo posa davanti, dice: «Un altro uguale». Avvicina la sedia al tavolo e una coscia preme contro quella di Jules.

Lei accavalla le gambe dall'altra parte rispetto a lui, incrocia lo sguardo di David e gli dice sottovoce: «Andiamo».

David manda un messaggio per chiamare un taxi e fa cenno al cameriere di portargli il conto. Gli allunga tre banconote e si alza. Jules raccoglie la borsa da terra e anche lei si alza. Tor apre la bocca per parlare; batte piano le palpebre. David lo blocca.

«Andiamo, Tor. Sta arrivando un taxi. Vieni con noi.»

All'arrivo del taxi, tre donne si precipitano verso il finestrino del tassista, ma David ha già aperto la portiera posteriore. «Questo è nostro, signore, mi dispiace.»

Jules si siede davanti e sbatte la portiera. Gli uomini salgono dietro. Lei si volta e vede Tor con la testa che urta il vetro e David chino in avanti per allacciargli la cintura di sicurezza. Passano davanti a una fontana, alla piazza piena di ristoranti e auto. Il tassista accende la radio e i violini suonano una melodia che Jules riconosce essere di qualche film di guerra.

«Aaah» biascica Tor. «Adagio per archi.»

Una macchina suona il clacson, e il loro taxi accelera nella luce confusa. Tor ha gli occhi chiusi. David è soprappensiero. Il taxi puzza di fiato rancido.

Marito e moglie faticano per far scendere Tor, una volta davanti al condominio con le sue colonne di cemento e i riquadri di vetri che coprono la portineria. Il tassista guarda nello specchietto retrovisore. Con un ultimo sforzo, Tor esce barcollando. I tre avanzano con passo malfermo lungo il vialetto che costeggia la piscina, ondeggiano verso sinistra, tanto che David calpesta i fiori. "Potrebbero esserci serpenti?" pensa Jules. Prova a spingere la porta d'ingresso di Tor, che si apre.

«Grazie al cielo nessuno bada molto alla sicurezza» dice lei.

David fa entrare Tor e lo segue. Jules rimane fuori, con la schiena appoggiata alla parete bianca e liscia. Sono le sette di sera e si cuoce ancora. Si soffia l'aria sulla faccia e ruota la vera. "Harris. Jules Harris." Solo adesso ha iniziato a usare il cognome da sposata. All'ospedale era sempre Kinsella. Sta provando qualcosa di nuovo, e allora? Di certo la sua vecchia identità non sembra appartenerle più molto. Andare una volta al mese a casa della suocera per il pranzo della domenica e liquidare con una risata le parole infelici di Beryl mentre serviva le patate arrosto. "Avere figli è l'unico scopo della vita." Presenziare al battesimo dei figli degli amici. Mandare giù un boccone amaro quando una delle sue pazienti le chiedeva: "Allora, chi bada ai suoi figli mentre è al lavoro qui?".

Quando David torna, le rivolge un sorriso tirato. La porta di rovere si chiude con un *clic* dietro di lui.

«Perché si comporta così?» gli chiede lei mentre camminano.

«Forse dipende dal fatto che sua moglie è un pezzo di ghiaccio.»

«Non è poi così male.»

«No? Le uniche volte in cui si scioglie è quando si vanta di che genitori fantastici sono lei e Tor.» David imita l'accento americano. «Oh, Tor passa ore a parlare in norvegese ai bambini. E di solito prendiamo una babysitter norvegese per delle lezioni extra durante le vacanze estive.»

«Davvero?»

«Sì.»

«Mmm, be', magari c'è un motivo se si comporta in questo modo.»

«Tipo?»

Lei ripensa al Lustral. «Tanto per cominciare, Colby è un vero incubo.»

«Per lo meno a noi non capiterà mai.»

«Invece magari sì.»

«In quel caso preferisco non avere figli, grazie» ribatte David.

Il vialetto è punteggiato di lucine, e sul tavolato intorno si intravedono le ombre delle sdraio; l'acqua della piscina è di un azzurro luminoso. Jules cammina davanti, e David la raggiunge solo quando lei si ferma per chiamare l'ascensore.

«Tutto bene?» le chiede.

«Sì» risponde lei in tono secco.

Jules sente lo sguardo del marito che indugia sulla sua faccia, ma non lo guarda. Invece continua a premere il bottone dell'ascensore finché l'unghia si piega all'indietro con una fitta dolorosa.

– IL BLOG DI VANDA –
Vivere con una colf straniera

Regole domestiche essenziali per le colf straniere
Regola 2. Fidanzati: la vostra domestica non deve avere un fidanzato. Se rimane incinta, verrà espulsa e voi sarete costrette a pagare la tariffa del volo che la riporterà a casa.

5

Mallie si sta succhiando il pollice e ha l'aria stanca, i capelli lunghi fino alle spalle infilati dietro le orecchie.

«Allora, cosa stai facendo adesso?» le chiede Dolly. Avvicina la faccia allo schermo del computer del signor Tor come se, in questo modo, riuscisse a vedere i particolari più minuscoli di sua figlia, le rughe sotto gli occhi, le unghiette.

Mallie tira fuori il pollice con uno schiocco. «Sto parlando con te, zia» le dice, un incisivo storto nel suo sorriso.

«Non è tua zia, è tua mamma» tuona la voce della madre di Dolly da qualche luogo invisibile.

Mallie ridacchia. «Quando vieni a casa?» chiede.

«Be', devo lavorare, però magari verso fine anno.»

«Le compagne a scuola dicono che tu sei un pezzo grosso» replica Mallie.

Le amiche di Mallie pensano che Dolly sia una donna in carriera perché lavora all'estero. Dolly ride.

«Dicono proprio così.» La voce di Mallie è insistente. «Gliel'ho spiegato che tu sei piccola, non grossa.»

Tra un minuto lei e Dolly dovranno salutarsi perché è ora che Mallie vada a letto. Dolly cerca di trattenere la figlia davanti allo schermo ancora qualche istante; le sue braccia ossute, i personaggi colorati che sorridono sul davanti del costume da bagno.

«Mallie, guarda! Dolly solleva davanti allo schermo il giocattolo giallo.

«Un Minion!» grida Mallie, saltando.

«Gli sussurrerò qualcosa all'orecchio e, quando te lo mando, te lo riferirà, okay?»

Il sorriso storto di Mallie si congela sullo schermo.

«Mallie!» grida Dolly.

Ma Mallie è completamente immobile, poi il computer fa *ping* ed è chiaro che la chiamata via Skype si è interrotta. Aspetta comunque lì, poi tenta di richiamarla, ma non c'è connessione, perciò risale con passo stanco le scale dal seminterrato, proprio nel momento in cui la porta d'ingresso sbatte. La signora Amber dev'essere uscita, e il signor Tor lavora fino a tardi.

Dolly va su al primo piano, dove Sam sta dormendo nel lettino in basso nella cameretta che divide con Colby; sul naso ha delle goccioline di sudore. Sale due gradini della scala a pioli, e vede che anche Colby ha gli occhi chiusi, le lentiggini sul naso. Le loro divise scolastiche, polo bianche e calzoni corti blu, sono piegate sullo schienale di una sedia. Dolly scende nella sua stanzetta nel ripostiglio e si spoglia. Si infila un paio di calzoncini e una T-shirt puliti.

Esce dalla porta d'ingresso e lì, ad appena due metri davanti a lei, c'è la piscina più grande. I faretti disposti intorno al bordo gettano fasci di luce sulla superficie dell'acqua. Una zanzara le ronza nell'orecchio. Centinaia di appartamenti circondano la piscina, e alcune delle finestre rettangolari sono illuminate. In una vede le ombre di una palma in vaso, un grande ombrellone in un'altra. Risate artificiali da un televisore rimbombano attraverso una finestra aperta. Si toglie l'elastico dai capelli. La luce riflessa si infrange mentre lei scende nell'acqua.

Cerca di nuotare, sollevando le braccia e sbattendole giù. Quando solleva i piedi dal fondale, affonda e l'acqua le entra nel naso, bruciandole la gola. Spinge fuori la testa e tossisce, intanto che gli occhi guardinghi esaminano i terreni immersi nel buio. Non c'è anima viva.

Aveva pensato di essere sola quando aveva provato a imparare a nuotare a Tagudin. Aveva allungato le braccia, cercando di stare a galla, poi aveva riappoggiato i piedi per ritrovare l'equilibrio. C'erano tre giovani uomini a riva. Si era alzata, con i vestiti sgocciolanti, e loro stavano ridendo di lei. Uno era entrato in acqua, grossi denti grigi e un berretto viola girato al contrario sulla sua testa. L'aveva raggiunta e le aveva passato un pollice ruvido sulla faccia come se cercasse di cancellare le tracce della sua personalità. Non aveva spostato la mano. Se fosse stata capace di nuotare, lei sarebbe potuta andare via. Invece era rimasta lì a pensare che il suo viso l'aveva tradita; che se fosse stata più brutta lui non le avrebbe sorriso in quel modo, o non l'avrebbe toccata. Aveva guardato gli altri sulla sabbia, poi il palmo dell'uomo era sceso sul suo seno e a lei era venuta la nausea. Un rumore d'acqua; stavano avanzando verso di lei.

Ma non erano loro; era Tala. "Togli le mani da mia sorella." Il giovane con il berretto aveva obbedito. Si era allontanato di fretta e se n'erano andati. Tala aveva preso Dolly per le spalle. "Che cosa ti hanno fatto?" le aveva chiesto. "Sei ferita?" Dolly aveva scosso la testa. Poi Tala l'aveva stretta a sé, e Dolly in quel momento aveva capito quanto fosse amata. Non aveva mai imparato a nuotare.

«Ehi tu!» grida una voce.

Le telecamere di sorveglianza devono avere rivelato la sua presenza. La guardia della sicurezza agita in aria il dito peloso. È sul bordo della piscina e la guarda dall'alto. Il suo badge, il suo portablocco, la sua camicia bianca.

«Al personale domestico non è permesso usare gli impianti, a meno che non stiano badando ai figli dei datori di lavoro» dice in un inglese stentato. «Te l'ho già detto migliaia di volte.»

Lei sale su per la scaletta, e la guardia appoggia la penna al portablocco e comincia a scrivere.

«Dovrò dirlo alla tua padrona» afferma allontanandosi.

Dolly rimane immobile, gocciolante; ha dimenticato l'asciugamano. Scaccia via con una sberla una zanzara che le si è posata sul braccio. Ronza via. Va giù in un cortile interno chiuso, con al centro un grosso stagno quadrato che ribolle di carpe koi.

Entra nella palestra con le finestre appannate e una telecamera in un angolo. Scrive il suo nome nel vapore, poi lo cancella. "Io lovvo Mallie" scrive invece.

Esce e va a sedersi sulla panchina. È come una stanza quaggiù, pareti intorno, le vetrate della palestra da un lato e un ufficio dove a volte si siede l'amministratore. Infine ci sono i bagni comuni.

Quella donna inglese magrissima sta scendendo adesso le scale. Mette una moneta nel distributore automatico di bibite e una lattina cade sbattendo. È ancora più magra di quanto ricordasse Dolly dalla festa; dei fili d'argento attraversano la sua canottiera abbondante. Quando si volta e vede Dolly, il suo volto registra la sorpresa, poi un sorriso bianco e luminoso si apre sulla sua faccia scottata dal sole.

«Oh, ciao» dice. «Ti è piaciuta la nuotata?»

Butta indietro la testa e beve la Diet-Coke, anche se non ha bisogno di stare a dieta, da ciò che può notare Dolly; ha bisogno di una torta di Dolly solo per sé. È tutta stecchini: braccia stecchine, gambe stecchine... persino il viso è lungo e magro.

«Non mi è permesso... Oh, non importa, padrona.»

La donna a quel punto ride. «Scusa, è che...»

Dolly si morde il labbro.

«Mi hai chiamato "padrona". Mi hanno dato molti nomi in vita mia, però "padrona" mi mancava.»

Dolly si agita sulla panchina e lancia un'occhiata alle scale.

La donna inglese prende un'altra bibita e si siede di fianco a Dolly. «Vuoi una lattina?»

Dolly deglutisce.

«Tè freddo al limone, Sprite, Coca-Cola?» Fa tintinnare la mano nella sua tasca.

«No, no, sono a posto così, padrona.»

«Davvero, chiamami pure Jules. Abbiamo parlato a quella festa.»

«Sì, signora, me lo ricordo.»

«Ti facevano galoppare.»

Dolly alza la testa e osserva bene la donna. Ha il naso rosa come il prosciutto, che si sta spellando; la fronte è corrugata. E pensare a tutto il gran daffare che si danno le donne asiatiche, alcune almeno, per spalmarsi in faccia creme schiarenti.

La signora Jules si tocca lo smalto arancione sull'unghia del pollice. «Da quanto tempo sei qui?»

«Cinque anni e mezzo.»

«Uau, è un sacco di tempo. Ti piace?»

«Ho una bella stanza, dei bravi datori di lavoro.» Dolly accavalla le gambe.

«Da dove vieni?»

«Dalle Filippine.»

La signora Jules va a prendere un'altra bibita, poi si lascia cadere al suo posto, a gambe aperte. «Com'è là?»

«È molto verde, non ci sono tanti palazzi dove abito io. Quanti figli ha, signora?»

L'occhio destro di Jules ha uno spasmo. «Oh, nessuno.»

I pesci si dibattono nel silenzio. La signora Jules si alza, spinge con il piede due palline abbandonate di mangime per pesci nell'acqua torbida e torna a sedersi. La panchina trema. «Quindi tornerai presto in vacanza?» le chiede.

«Non c'è niente di organizzato, padrona. E poi ogni volta che torno spendo molti soldi.»

«Il volo?»

«Quando sono a casa non guadagno niente. E i miei parenti, i vicini e gli amici si aspettano che compri dei regali per loro.»

«Ah sì, giusto. Amber ha detto che hai una figlia.»

«Sì, padrona. Mallie.»

«Quante volte la vedi?»

«Non spesso.»

«Non sarà facile.»

«Devo lavorare per mantenere mia figlia a scuola.»

«E cosa vuole fare da grande Mallie?»

«L'astronauta.»

La signora Jules ride. «Ha le idee chiare, eh. Ambiziosa.»

Dolly sorride. «Sì.»

La coda di un pesce sferza l'acqua.

«Sto cercando una persona che venga a farmi un po' di pulizie.»

Dolly sposta di scatto lo sguardo verso le scale. «Forse potrei aiutarla.»

«Bene, sì. Se ti va, potresti venire nel tuo giorno libero. Santo cielo, mi spiace chiedertelo.»

«Intendevo che potrei domandarlo a mia sorella, Tala.»

La signora Jules si acciglia. «Cosa?»

«Mia sorella è brava con le pulizie, è la migliore. Più brava di me; è splendente.»

La signora Jules sorride, mentre esamina i diversi particolari della faccia di Dolly, che distoglie lo sguardo. «Fantastico» dice.

Tira fuori il cellulare di tasca, e anche Dolly prende il suo e comincia a cercare il numero di Tala. L'unico numero che Dolly sa a memoria è quello di Gavin. Non può registrarlo tra i suoi contatti, per paura che qualcuno lo scopra. Detta il numero di Tala e la signora Jules lo digita.

«Amber dice che sei bravissima a fare dolci.»

Dolly guarda l'orologio attraverso la finestra della palestra, ma non riesce a vedere l'ora. Si alza di scatto. «Devo andare.»

«Ah, okay. Di' a Tala che la chiamerò, va bene?»
«Sì, padrona.»
«Jules, basta Jules.»
Dolly corre su per le scale, sgocciolando.
Entra dalla porta di ingresso e passa davanti all'orologio della cucina, che la informa di essere tornata appena in tempo. Gavin dovrebbe arrivare da un momento all'altro. Nella sua stanzetta buia, si toglie gli indumenti bagnati. Si asciuga con una salvietta e si infila una T-shirt pulita. La porta metallica della sua stanza cigola, e delle dita si posano sulla sua spalla.
«Merda» dice lei.
Poi le dita di Gavin si chiudono a coppa sul suo sedere nudo, attirandola verso di lui, che le ride nell'orecchio. «Sono io.»
«Mi hai fatto prendere un colpo.»
«Sto per farti prendere ben più di un colpo.»
Come sempre, è entrato da una porta laterale che nessuno usa, a parte Dolly. Lei la lascia aperta le sere in cui lui viene a trovarla. Gavin accende la luce. Ha delle rughe intorno agli occhi, come se li avessi tenuti socchiusi al sole. È troppo vecchio per lei, ma Dolly scaccia quel pensiero e si sforza di sorridere. Lui preme le labbra contro le sue, la lecca dentro la bocca.
Lei si scosta. «Aspetta.»
Chiude la porta e il calore aumenta. Lui la bacia ancora. Ha un sapore amaro come il caffè della signora Amber. Gavin tira fuori dalla tasca una confezione di preservativi e la apre con i denti. Dolly si accorge di fare una smorfia sentendo che lui si abbassa i calzoni e infila la guaina di gomma sulla sua erezione coperta di vene. Lei spegne la luce, si avvicina al letto e si sdraia. Lui le sale sopra, la bocca sul collo di Dolly, poi strofina il naso contro quello di lei, che gira la faccia dall'altra parte, cercando di non respirare il suo tanfo di fumo. Si sforza di pensare al viso di qual-

cun altro: il padre di Mallie, o quel portuale attraente con cui parla ogni tanto nei giorni liberi. Si riempie la testa del portuale, e questo riesce ad attenuare il disagio grugnente di quell'uomo sopra di lei.

La sua relazione con Gavin è iniziata una notte che lei era nella piscina del condominio. Aveva messo le mani avanti nell'acqua. Era andata sotto ed era risalita tossendo, con i capelli sulla faccia. Un puntino di luce arancione aveva descritto una curva nell'aria scura. "Ti posso insegnare" aveva detto una voce nasale.

Dolly aveva camminato fino a un lato della piscina e si era seduta sul bordo accanto allo sconosciuto che sapeva di fumo. Lui aveva i calzoni di cotone beige arrotolati sopra le caviglie bagnate, la faccia azzurra alla luce della vasca. "Mi chiamo Gavin" si era presentato. Aveva sistemato la sigaretta nella piega delle labbra carnose. "Io e te, noi dovremmo..." Aveva soffiato dalla bocca un filo di fumo, sorridendo. Lei era rientrata in acqua, con un sapore disgustoso sulla lingua, come un'aspirina masticata. Aveva cominciato ad allontanarsi; lui aveva cambiato tattica. "Potremmo divertirci insieme."

Lei si era fermata, il sangue che le rombava nella testa. Le si era presentata un'opportunità, ma l'avrebbe colta?

Non si era voltata subito. Le si era scatenata una tempesta nella pancia. Non poteva, vero? Anche solo quella breve occhiata nella direzione di lui le aveva fatto rivoltare lo stomaco. Però poteva essere un modo per aiutare Mallie... Si era girata, deglutendo a fatica.

"Può portarmi fuori a cena" gli aveva detto.

Era scoppiato a ridere. "Cazzo, stai scherzando, vero?"

Dolly aveva raggiunto la scaletta della piscina, era salita e aveva fatto per andarsene.

"Oh, accidenti" aveva mormorato lui. Lei aveva continuato ad allontanarsi. "Aspetta!" aveva gridato Gavin.

Lei si era fermata.

"Immagino che potremmo uscire" aveva aggiunto lui. "Qual è il tuo numero?" Aveva tirato fuori il cellulare.

Una settimana dopo Gavin aveva cominciato a farle dei regali. Una sciarpa con delle sfere turchesi su sfondo rosso. Sull'etichetta c'era scritto "Pura seta". Quindici giorni più tardi le aveva regalato una collana d'argento di Tiffany. Era stato a quel punto che lo aveva lasciato entrare. Era arrivato nella stanza di Dolly dalla porta laterale, e lì lei aveva aperto le gambe. Dopo che si era addormentato, lei era rimasta seduta con in mano il portafogli di Gavin, cercando di capire quanto potesse prendere senza che lui se ne accorgesse. Gavin era diventato il secondo lavoro di Dolly, il suo extra, e così lei ingoia il disgusto insieme alla sua voce e, quando gli parla, dice le cose che lui vuole sentire. "Oh, sì." "Ancora." "Dove devo toccarti?"

Sente il bisogno di sputare, però in bocca ha la lingua di lui. Gavin geme con un "Oh" prolungato, poi si sfila e butta la sua coscia sudata sulla gamba di lei. Dolly la spinge via. Le gira la testa al pensiero di sua figlia e di quella gravidanza indesiderata, capitata per via di un preservativo rotto.

Nella porta di metallo si apre uno spiraglio, e nella stanza filtra la luce del corridoio.

Dolly trattiene il fiato. «Chi è?»

Scatta a sedere. Passi che si allontanano di corsa. È già una brutta situazione, ma sarebbe ancora peggio se quella fosse la signora Amber. Nessuno della famiglia era mai entrato in camera sua di notte.

«Svegliati!» sibila.

Gavin si lamenta, sbadiglia. «Cosa?»

«Ti sei addormentato.»

Lui si siede. «Devo andare.»

Dolly si inginocchia, prende i calzoni di Gavin e li rivolta per raddrizzarli. Infila la mano in una tasca, dove trova un fazzoletto appallottolato e della carta che sembra denaro. Mette la carta sotto il letto, poi lui si riveste. Le sfiora una spalla e vi disegna con il dito delle forme, seguendo il profilo della sua farfalla tatuata. Poi vi appoggia sopra la bocca e la bacia piano.

La porta si chiude con un *clic* dietro di lui, e Dolly rimane al buio con l'orecchio teso.

Tala è in ritardo, quindi saetta attraverso la strada, con uno strano ondeggiare del bacino, il crocifisso che le rimbalza sul petto. È un raro pomeriggio di libertà per alcune domestiche, e andranno a fare un picnic insieme. Le auto sfrecciano e sibilano accanto a Tala, che continua a camminare; ogni parte di lei si muove: i fianchi ondeggiano, le braccia oscillano con vigore, la borsa sbatte. Chi ha bisogno di DVD per fare ginnastica quando usi tanta energia come Tala per spostarsi da A a B?

Una volta arrivata al ponte bianco ad arcate dei Giardini cinesi, è ormai accaldata come un pollo nel forno di una rosticceria, anche se con il vestito della festa. Indossa una maglietta color ciliegia e una gonna a fiori, con grandi papaveri rossi. Le passa accanto una donna occidentale con le gambe storte, costretta dentro una camicia bianca. Tala le sorride, ma la donna non ricambia. I piedi di Tala sono già sudati nelle infradito di oggi, ciascuna con un fiocco di plastica rosa.

Si incammina sul prato, schermandosi gli occhi con una mano per ripararli dal sole, e cerca. Eccole, le sue amiche, le sue donne, sparpagliate alla rinfusa su stuoie colorate: scacchi rosa e azzurri, alcuni con le nappe. Su una stuoia è posata una chitarra, e le voci rimbombano. C'è una raffica di risate.

«Ehi, Tala!»

Una, con dei brillantini rosa sulle palpebre, si alza e la abbraccia.

Il laghetto vicino è piatto e verde, con un ponte rosso come un sorriso capovolto. Sulla superficie ci sono parecchie lanterne rosa, grosse pietre intorno al bordo e anche un lampione. In lontananza, una pagoda rossa e bianca si protende verso il cielo.

Tala scorge Dolly in ginocchio che offre in giro una scatola di plastica piena di cupcake. Sua sorella ha trentacinque anni, ma potrebbe dimostrarne venticinque. Oggi è pallida nel suo vestito nero abbottonato; il cotone si tende sulla scollatura, che pare ancora più prosperosa del solito. Ha le labbra pitturate di rosso e sulla stuoia c'è lo scialle rosa piegato che Dolly si drappeggia sempre sulle spalle verso la fine di quei raduni, e che dà un'aria sofisticata al suo abito della festa, leggermente sbiadito. Intorno a lei c'è un arcobaleno di donne in T-shirt; una si sta facendo limare le unghie, un'altra preme sulle labbra un bicchiere di plastica.

«Ciao, Tala» dice Dolly.

«Oh, sembri gonfia.»

Dolly si porta la scatola di dolci davanti alla pancia, guarda lontano poi abbassa gli occhi sulla stuoia.

«Sei malata?»

Dolly si sistema i capelli dietro le orecchie, facendo tintinnare gli orecchini. «Sto bene. Comunque non è di me che ti dovresti preoccupare.» Inclina la testa di lato verso Rita, seduta lì vicino con un'altra scatola di dolci in grembo, il solito dente mancante a un lato della bocca. Ha delle briciole agli angoli delle labbra. Alla velocità a cui sta mangiando, non rimarrà nemmeno un dolce. Tala le si avvicina di corsa, calcia via le infradito e si lascia cadere. Rita ha gli occhi rossi.

«Quanti cupcake hai mangiato, Rita?»

«Quattro.»

«Be', quei fianchi non hanno bisogno di altra ciccia.»

Tala le afferra i fianchi e li strizza, poi affonda la mano nella scatola. Nel frattempo, Rita prende il dolcetto che Tala puntava e comincia a masticare rumorosamente.

«Solo riso per cena negli ultimi quattro giorni» dice Rita con il pan di Spagna in bocca.

«Davvero?» Tala mangia un cupcake.

«E mi fanno alzare di notte per il bambino appena arrivato.»

Rita lavora per una famiglia che abita negli stessi appartamenti dell'Housing and Development Board dove vive Tala. Un palazzone di trenta piani in un complesso urbano residenziale, con un supermercato, un ambulatorio medico e un mercato al centro della proprietà.

«Devi farti valere con loro, Rita... non puoi lavorare se non mangi abbastanza.»

«Qualunque cosa dico, mi danno della maleducata. Sono già all'ultimo richiamo.»

«*Ay nako!* Vengo all'agenzia di collocamento con te, per spiegare la situazione.»

«E per complicare la situazione, quella Vanda sta scrivendo quelle cose sui datori di lavoro che devono controllare ciò che mangiano le domestiche, per paura che costiamo troppo. Come se fossimo una manica di ghiottone.»

«Disgustoso!» commenta Tala, e dà un altro morso al cupcake.

Tala osserva Dolly, che ha la fronte imperlata di sudore. «Hai la febbre?»

«Sto bene, davvero?» risponde Dolly, trasformando l'affermazione in una domanda, come se non credesse lei stessa alle proprie parole.

Tala continua a fissarla, accigliandosi. Dolly si mangia le unghie. Ci sono tredici anni di differenza tra di loro, ma si comprendono a vicenda come gemelle. Forse sarebbe stato diverso se la loro madre non avesse abortito tutti quei bambini tra l'una e l'altra.

In quel momento arriva Caroline, con un nuovo taglio corto di capelli.

«Ciao» saluta, scuotendo i fianchi. Ci sono risate a non finire. Lei tira fuori sei lattine di birra Red Horse da un carrellino arancione. I bicchieri di plastica sulla stuoia cadono di lato mentre lei ci versa dentro la birra, Rita ne afferra uno. Dolly offre a Tala un cupcake dalla sua scatola.

«Non dovrei pensare ai dolci, visto quello che sta passando Rita» dice Tala prendendone due. «Questi sono buoni abbastanza per quella pasticceria che aprirai un giorno, Dolly.»

«Sacchetti di carta appesi a un gancio alla parete. Dolci sugli scaffali. Il mio sogno!» Dolly strizza l'occhio a Tala.

«Una pasticceria!» esclama Rita, spruzzando birra dalla bocca. «La gente come noi non apre pasticcerie!»

«Ehi, avete visto quel nuovo blog? Qualche filippina scandalizzata che sale sul pulpito» dice Caroline.

Tala tossisce nella mano. «Come avete fatto a scoprirlo?» chiede con una voce di dieci ottave più acuta del normale.

«Ne parlano tutti. Non vedo l'ora di leggere cosa scriverà prossimamente» replica Caroline.

La birra scorre sul mento di Rita.

«Questa Colfhacker sta rischiando la vita» commenta Dolly.

«Tu credi?» domanda Tala. Giocherella con la cinghia della sua borsa di camoscio giallo.

«Be', guarda cos'è successo al tizio che ha scritto quel libro sulla pena di morte» interviene Dolly.

«Cosa?» chiede Caroline.

«Ha raccontato quelle storie sul fatto che il governo impicca soprattutto i poveri e lascia in pace i ricchi» spiega Dolly.

Caroline si acciglia. «Però Colfhacker non critica il governo.»

«Sì, ma critica alcune delle sue decisioni politiche. Scrivendo che dobbiamo avere per contratto un giorno libero, che le padrone spiano le loro domestiche. Sta agitando le acque.»

«Be', io sono contenta che lo faccia» dice Caroline.

A Tala stanno uscendo gli occhi dalle orbite. Si sforza di far sembrare la propria voce vagamente normale. «E, ehm, che cosa è successo a quest'uomo di cui parlavi, Dolly?»

«È finito nella prigione di Changi.»

Che Dio assista Tala, deve sedersi sulla mano destra per trattenersi dal fare il segno della croce.

«Oh, Dolly, stai esagerando!» esclama Rita, bevendo un altro sorso di birra.

«Chi dice qualcosa di sbagliato in questo paese finisce in tribunale» insiste Dolly.

Caroline scuote la testa.

«È vero» continua Dolly. «Sarà facilissimo per le autorità scoprire chi è Colfhacker. Dopotutto non devono fare altro che rintracciare il suo indirizzo IP. E se lei non finisce in prigione, basterà portarle via il permesso di soggiorno per lavoro.»

Tala apre la cerniera della borsa, tira fuori il ventaglio di carta con le margherite e comincia a farsi aria.

«Chi credi che sia?» chiede Rita.

Tala alza lo sguardo; Rita la sta fissando.

«E io come faccio a saperlo?» strilla Tala. Agita con più vigore il ventaglio.

«Perché tu conosci tutti!» risponde Rita.

A quel punto Dolly si rivolge alla sorella. «Non la tradiresti nemmeno se tu sapessi chi è, Tala. Però, davvero, se lo sai, dille di smettere.»

«Non ne ho la minima idea.» Tala tira su con il naso. «Invece Vanda, su quella sì che ho i miei sospetti.»

«Sul serio? Chi, Tala?» Rita capovolge la sua lattina di birra e la scuote. Sgocciola. La schiaccia nella mano, si allunga verso un sacchetto e la spinge dentro.

«Be', la tua padrona e le sue amiche sono le mie principali sospettate» dice Tala a Dolly.

«Cosa, la signora Amber?»

«Be', perché no?»

«No, non penso» dice Dolly.

«Oh, scommetto che è lei» interviene Rita. «Si capisce dalla faccia. Quella faccia ha sofferto... quelle rughe e quel mento lungo e appuntito.» Risucchia in dentro le guance. «Una faccia che solo una madre riuscirebbe ad amare.»

«La signora Amber è a posto, è solo un po', be'... Oh, sentite, è una brava donna in fondo» ribatte Dolly.

«Brava?!» esclama Rita. «Ma se non ti dà quasi mai il giorno libero.»

«Oggi sono qui, no?»

«Dico solo che tutte noi dobbiamo tenere gli occhi e le orecchie ben aperti» afferma Tala. «È l'unico modo per riuscire a scoprire chi è Vanda.»

Rita prende un'altra lattina di Red Horse.

«Ha ricominciato con la solita storia» dice Caroline. «"Non lasciate uscire le vostre domestiche. Basta un pomeriggio libero perché restino incinte."»

A Dolly cade il bicchiere di succo di lime. Si rovescia. Lei stacca un foglio di carta da cucina e comincia ad asciugare la stuoia.

«Vi ricordate Florence Torres?» chiede Caroline. «Vanda ha pubblicato sul suo sito il nome e il permesso di soggiorno di Florence dopo che è rimasta incinta. È stata espulsa nel giro di due giorni.»

Dolly mette la carta da cucina nel sacchetto della spazzatura, si mangia un'unghia poi osserva la mano. C'è una gocciolina di sangue nella carne viva.

«E lei con altri due figli da mantenere a casa» dice Tala.

«Niente fidanzati!» grida Caroline. «È quello che mi ha detto Charmaine in una delle sue lezioni all'agenzia di collocamento.»

«Be', Rita non le ha dato retta!» esclama Tala.

Rita ride. «E tu, Dolly? Hai conosciuto qualcuno ultimamente?»

Dolly stringe forte il pugno, poi scuote la testa. Tala la fissa. Dolly rovescia un sacchetto di plastica. Ne escono un sacco di fasce ed elastici, rosa, viola, gialli e alcuni con dei piccoli gioielli; vi sono incastrati capelli e briciole. Lei si alza e va a sedersi dietro Rita, e inizia a farle una treccia.

«Be', Charmaine, Vanda e quella stronza della mia padrona hanno trovato pane per i loro denti in Colfhacker» dichiara Caroline.

"Colfhacker." A Tala batte così forte il cuore che è come se stesse per avere un infarto. Beve un sorso del suo succo di lime. Rita prende la chitarra e si mette a cantare una canzone popolare filippina. Le sue dita suonano note stonate e pizzicate. Mangiano e cantano. Si pettinano a vicenda, e le ore passano.

A Rita si stanno chiudendo gli occhi; ondeggia in avanti, due belle trecce nei capelli. Tala è accanto a lei. I fumi dell'alcol trasudano dalla pelle di Rita.

Tala la guarda. «Oh mio Dio» esclama, in inglese. A volte le capita di pensare in inglese invece che in tagalog, lo parla ormai da tanto tempo.

Rita scoppia a ridere, sputando saliva. «Dove hai imparato a parlare inglese così?»

«A scuola, per un periodo» risponde Tala, riprendendo a parlare in tagalog. «Dopo con le cassette.»

«Be', alla fine hai preso un accento strano» commenta Rita.

Si alza in piedi a fatica ed è come se fosse su una barca con il mare mosso. Barcolla verso un cespuglio, e Tala la segue. Dietro il cespuglio, Rita si china in avanti e vomita.

«Sei ubriaca. Quanto hai bevuto?»

«Lasciami in pace.»

Rita crolla a terra sull'erba. Con il ginocchio urta un sasso. «Ahia!»

«Non ci penso neanche! Vado a prenderti qualcosa da bere.»

«Non voglio più vedere Red Horse in vita mia.»

«Non intendevo alcol!»

Tala si allontana sculettando, riempie un bicchiere di succo di lime e prende la loro roba. Carica della sua borsa e della chitarra di Rita, appesa alla spalla per la tracolla, ritorna verso il cespuglio.

Rita butta giù il succo, poi Tala la tira in piedi. Stasera è pesante, anche se è tutta ossa e seno. Si avviano, un braccio di Rita avvinghiato al collo di Tala.

«Porto a casa questa qui!» grida Tala voltando la testa.

Dolly manda un bacio alla sorella. Qualche donna saluta con la mano. Tala e Rita avanzano barcollando lungo il marciapiede.

Tala riesce a infilare Rita nell'ascensore e insieme percorrono vacillando lo stretto ballatoio fino alla porta d'ingresso rossa della signora Heng. "Non è il caso che Rita vada a casa in quello stato" pensa Tala, soprattutto dopo quello che ha detto a proposito dell'ultimo richiamo. Quella gente non ha bisogno di altre scuse per liberarsi di lei.

«Cosa farò, Tala? Non posso continuare a vivere in questo modo» farfuglia Rita.

«Chiudi quella boccaccia, Rita, la signora Heng è a casa!»

Gira la chiave nella serratura e il calore del corridoio buio le avvolge. Lo attraversano barcollando fino al ripostiglio, e ogni passo sembra fortissimo alle orecchie di Tala. Accende la luce e Rita scivola sul materasso singolo per terra, un boccone secco di torta attaccato al petto come una spilla.

«Devi smaltire la sbornia, ragazza.»

Poi guarda l'armadio dove tiene il computer, ma Rita non è certo in grado di andare a curiosare fin là. Le si stanno chiudendo gli occhi.

Tala va in cucina in punta di piedi, e si riempie una tazza d'acqua. Schiaccia quattro formiche sul telaio di metallo della finestra.

Quando torna nella stanza, Rita sta sbavando sul cuscino. Papa Benedetto, attaccato con il nastro adesivo alla parete di fronte, guarda male Rita. Tala le solleva la testa e le preme la tazza contro le labbra. L'acqua le sgocciola sul mento, ma Rita riesce a mandarne giù un po'. Il suo rutto squarcia l'aria.

«Madre santa, vuoi fare piano?»

È solo in quel momento che Tala si accorge del taglio sul ginocchio di Rita. Fruga nella borsa, tira fuori un batuffolo di cotone e lo sfrega sul taglio, un cerchio rosso si allarga.

«Ahi, ahi!» Rita si mette a sedere.

«Non è profondo, non è il caso di fare tutte queste storie.»

«Fa male.»

«Se continui a vederti con tutti quegli uomini, non ci andrà di mezzo solo la tua gamba; fatti mettere incinta e la tua carrozzeria non sarà mai più la stessa, dammi retta.»

Tala si siede sul materasso per riprendere fiato e conta a mente quante delle sue amiche ha mandato nel negozio di Lucky Plaza che vende le pillole illegali. Non che debbano chiedere ancora a lei l'indirizzo; pare che tutte sappiano dove si trovi.

«Puoi restare a dormire stanotte, ma devi stare zitta altrimenti la signora Heng se ne accorge.»

Un'espressione divertita si disegna sul viso stanco di Rita. «Perché non ti sei mai trovata un uomo, Tala?»

«Sono sposata, ricordatelo. E poi tutte le agenzie di collocamento ci dicono che non possiamo avere fidanzati.»

«Quante regole hai infranto, Tala?» Il sorriso di Rita si allarga.

Tala sfiora la croce appesa alla collana. «C'è un motivo se esistono le regole» dice.

Se Rita scoprisse che Tala lavora illegalmente per tutte quelle altre persone, la comunità dei Pinoy lo verrebbe a sapere. Hanno tutti un soprannome nella testa di Tala. E Rita è «Abante», un giornale molto diffuso nelle Filippine. Tala sposta di nuovo lo sguardo sull'armadio.

«Sempre ad ascoltare gli altri e a fare la simpatica ma, se ci pensi bene, non sappiamo quasi niente di te.» La voce di Rita è debole.

Tala si infila la maglietta nella gonna, raddrizza la schiena e guarda il paesaggio su tela di Marlon tra la galleria di fotografie sul suo comodino. «Non c'è molto da sapere, a parte il fatto che ho due figli a casa e per me sono degli sconosciuti.»

«Almeno tu hai dei figli, Tala. Vorrei averne anch'io, ma non resta più molto tempo.» Rita si curva e si guarda il ginocchio ferito. «Sono bloccata qui a guadagnare soldi per mandare all'università le mie due sorelle. Loro sono intelligenti, non come me. È solo per questo che sono tagliata. Quando tornerò a casa, sarà ormai troppo tardi per farmi una famiglia.»

Tala disegna un cerchio sulla schiena di Rita, poi si alza. Mette degli asciugamani sul corridoietto libero per terra, sovrapponendoli per fare un po' di imbottitura. Con tutta quella che ha addosso Tala, dovrebbe stare lei per terra, però no, è troppo stanca. Rita si toglie il vestito arancione. Tala si leva la gonna, poi sguscia in corridoio per andare nel suo bagnetto, dove si lava i denti.

Quando torna indietro, Rita ha le braccia e le gambe larghe come una grande stella marina sul materasso. Ha la bocca aperta, con quei denti grossi, e russa.

Tala le scuote una spalla. «Rita.»

Lei rimane immobile, con la gola che strombetta e gorgoglia. Tala guarda la rivista in fondo al letto. Il gran sorriso del suo astrologo preferito, Russell Grant, la fissa come se stesse per mangiare un bombolone. "Oh, Russell, ti prego, falla smettere" pensa Tala.

Cerca il rotolo di carta igienica accanto al materasso, ne appallottola un po' e se la infila nelle orecchie. Spegne la luce e si sdraia, stringendosi nello spazio degli asciugamani sovrapposti. La carta igienica non serve a niente. Mio Dio, che rumore che fa Rita.

Il *bip* della sveglia di Tala perfora l'aria. Lei le dà un colpo. Rita non si muove, la bocca aperta, un braccio piegato sopra la testa. La stanza è una scatola piena di odori corporei. Armadi di legno con le maniglie argentate riempiono una parete. C'è una serie di spazzoloni appoggiati in un angolo, e sul soffitto della muffa nera. Tala si alza e apre appena la porta per lasciare filtrare nella stanza senza finestre un po' di luce dal corridoio. Il ventilatore è ancora aperto in due sul tavolino. Infila le gambe in un paio di mutande pulite e lancia la maglietta sulla testa di Rita. La polvere dell'asciugatrice le pizzica il naso. Ha la vescica così piena che se starnutisce avrà una perdita, quindi corre in bagno, premendo una mano sulle narici, l'altra sul seno nudo cadente. È quello il problema che hanno tutte le donne dal seno grosso: per anni le tette sono il tuo trofeo, poi sassi in un calzino bagnato.

Si siede di lato sulla tazza per evitare i flaconi di detersivo allineati lungo una parete del cubicolo. Una piastrella crepata le taglia la pianta del piede. Tornando nella stanza sente il cigolio delle pantofole di gomma della signora Heng sul pavimento di marmo. È in piedi con l'orecchio enorme appoggiato alla porta chiusa della stanza di Tala. Sobbalza vedendo Tala.

«Non pensare che io non sappia cosa sta succedendo, ragazza!» dice scuotendo la testa infilata nella retina per capelli.

Tala si irrigidisce, a corto di scuse, stringendo ancora di più le braccia al petto flaccido.

«Basta, Tala. Donne, donne *ta ma de*, sempre in casa mia, e tutte pigre come bradipi!»

«Mi scusi, signora Heng.»

«Basta scusarsi, Tala.» Agita un dito nell'aria. «Questo non è un rifugio per donne. E riordinati.»

La signora Heng gira sui tacchi. Tala sfrega via il sonno dall'occhio sinistro e osserva la signora Heng che si allontana, la vestaglia di nylon che svolazza intorno a lei come delle ali.

6

Dolly passa il dito sulla pelle lacerata della spalla, nel punto in cui Colby l'ha morsicata stamattina. Eccolo, che corre nella sabbia verso il cavo del gioco della teleferica, seguito da Sam. Sono ancora entrambi vestiti con la divisa scolastica.

Colby dà un pugno a Sam, ma la signora Amber e il signor Tor, in piedi ad alcuni metri di distanza da Dolly sul marciapiede del parco giochi, non se ne accorgono. Sam si strofina il braccio e guarda Dolly, che gli sorride e annuisce incoraggiante. Osserva la fronte del bambino distendersi, la bocca che si solleva agli angoli. Gli basta che lei abbia visto.

Colby afferra il cavo, si siede a cavalcioni sul seggiolino. «Mamma!» grida.

La signora Amber sta fissando con rabbia il signor Tor, e la sua testa pelata brilla come un globo argentato.

Sam va verso la struttura per arrampicarsi, fatta di corde di diversi colori. Intorno ci sono oggetti di plastica su cui salire, come treni e aerei.

«Non voglio più continuare» dice il signor Tor.

Dolly trattiene il fiato, così da poter origliare meglio.

«Non prendo ordini da te» ribatte la signora Amber. Calza due scarpe con le zeppe diverse, una azzurra e l'altra verde scuro. "Deve essere ancora più stressata del solito per averle abbinate male" pensa Dolly. Si concentra di più per ascoltare la conversazione della coppia. Il signor Tor aggiunge qualcos'altro, ma Dolly non riesce a coglierlo. La signora Amber si sfrega un occhio con il pugno, creando una macchia di mascara da panda.

«Questo non è un matrimonio» dichiara il signor Tor.

La signora Amber borbotta. Dolly si sposta dal vialetto di cemento sulla sabbia.

«Smettila di tergiversare» dice il signor Tor.

«Vaffanculo, Tor.»

«Abbassa la voce.»

La signora Amber si mette a piangere, la sua faccia un panno rosa pestato. «Non puoi lasciarmi. Ti porterò via i bambini. Non faranno più parte della tua vita. Li vedrai solo qualche giorno durante le vacanze, poco e niente.»

Il signor Tor scuote la testa. La signora Amber si avvia verso il parcheggio, sbandando. Con una mano lui si liscia all'indietro quel che resta dei suoi capelli.

Un ragazzo balza giù dalla teleferica, che ondeggia a metà del cavo. Dolly corre da quella parte, afferra il cavo e accelera. Salta in alto e le infradito sbattono sulla sabbia sotto. Sfreccia verso la piattaforma di legno dove Sam e Colby stanno aspettando. Colby sta ciondolando, e tende le braccia impazienti verso Dolly. Colby sale e fila via.

«Forza, Colby!»

Rimane bloccato a metà del cavo, e Dolly corre ad aiutarlo. Gli prende i piedi e lo trascina avanti, sferzata dall'aria, con il cuore che martella. Lui si butta giù e Dolly lo guarda, la sua faccia lentigginosa e sorridente lucida di sudore. Gli accarezza i capelli castani e ricci. Il sorriso del bambino svanisce.

«Ti ho visto con il mio papà.»

Dolly aggrotta le sopracciglia.

«L'altra notte» precisa Colby.

«Cosa vuoi dire?»

«Il papà era senza vestiti; era nel tuo letto.»

«Non è quello che hai visto.»
«Invece sì.»
«Non è quello che hai visto, Colby.»
«Sì.»
«Merda.» Lancia un'occhiata al signor Tor, che ha le mani sulla testa.
«Era solo un amico, tutto qui.»
«Un amico nudo.»
Le sue parole rimangono sospese nel calore. Lei vorrebbe afferrarle, metterle via, ma non può.
«Mi prendo cura di te, giusto?»
«Sì.»
«Vuoi che continui a farlo?»
Lui annuisce.
«Allora, tesoro, non devi raccontare a nessuno quello che hai visto.»
«Perché no?»
«Perché la tua mamma mi licenzierebbe.»
«Ma...»
«Ti prego, Colby, devi fidarti di me. Non voglio abbandonarti; non voglio abbandonare nemmeno Sam.»
Il bambino sposta gli occhi sul padre, poi di nuovo su Dolly.
Lei lo stringe in un abbraccio. «Ti voglio bene» gli sussurra, però Colby la spinge via e corre verso la struttura per arrampicarsi.
Dolly si massaggia la fronte, il cuore batte contro le costole. Ritorna verso il signor Tor, che ha l'orlo dei calzoni incastrato sotto le Birkenstock.
«È andata via in macchina» le dice. «Oh, Signore.» Si pulisce la bocca con una mano. Dolly si guarda intorno. Colby si sta arrampicando, ma non c'è traccia di Sam.
«Dov'è Sam?»
«Non lo so» risponde il signor Tor.
Lui corre verso la teleferica. Dolly fa lo stesso e lo supera. Controlla sotto i blocchi di legno, ma Sam non c'è.

«Sam!» grida il signor Tor. «Sam!»

«Dov'è Sam?» urla Dolly a Colby.

Lui la guarda e alza le spalle. Dolly ha la bocca secca come il giorno che ha perso Sam al Lion Plaza. Era andata a cercarlo chiamandolo, passando davanti all'agenzia di collocamento che l'aveva formata. Aveva sperato che la titolare dell'agenzia, Charmaine, non la vedesse... non era una bella referenza perdere un bambino. Lo aveva trovato dieci minuti dopo, in un negozio di strumenti musicali, che osservava la commessa battere le bacchette su un tamburo.

«Sammy!» grida.

«Dov'è?» chiede il signor Tor. La sua faccia è bianca come la farina.

Dolly va verso l'automobilina giocattolo. Sam non è lì. Non è in cima ai tronchi oscillanti né dentro il castello. Sam è sparito. La luce si sta affievolendo; presto farà buio. Dolly gira in tondo; una macchia confusa di bambini e persone con gli occhiali da sole.

«Sam!» urla il signor Tor.

«Sam!» Questa volta è Dolly a gridarlo. La gente la guarda.

Ed è in quel momento che lo vede. I suoi capelli chiari che svolazzano nella brezza, appeso al muro da arrampicata.

«È là!» strilla. Corre da lui e lo solleva mentre scalcia.

«Voglio salire» protesta Sam.

«Pensavamo di averti perso. Sei sparito nel nulla» dice Dolly.

«Come la mamma.»

Dolly lo bacia sui capelli folti e argentei, che sanno di shampoo. E con il pensiero va a Mallie e al profumo del sapone che usavano a Tagudin.

«Dov'è la mamma?»

«È dovuta tornare a casa.»

«Perché?»

Il signor Tor arriva da loro e si schiarisce la voce. «Grazie, mia cara.»

Abbraccia entrambi. Le spalle di Dolly si rilassano e si appoggia a lui, e sembra quasi che sia il signor Tor a sostenerla. Volta appena la testa e lì c'è la sua mano grande, con la sottile linea bianca sul dito dove prima c'era la fede nuziale. Fa caldo tra le sue braccia; non c'è molta aria, eppure lei non lo allontana.

Dolly guarda in lontananza, e i suoi occhi incontrano quelli di Colby. Sono verdi e arrabbiati, e fissano dritto dentro di lei.

«Pulisci il pavimento, Dolly, poi prepara quelle quiche» dice la signora Amber. Ha gli occhi rossi. Avrà pianto?

Le basi di sfoglia sono già allineate sul piano della cucina. Dolly passa lo straccio sul pavimento di marmo. La signora Amber è in soggiorno, che sta sprimacciando i cuscini sul divano di pelle bianca. Quando ha finito, si morde il labbro. La palpebra destra ha uno spasmo. Guarda l'ora e comincia a camminare avanti e indietro. Di solito non è così agitata quando ospita il gruppo di lettura.

Dolly strizza lo straccio nel cestello del secchio, poi lo passa di nuovo, eliminando due formiche. Amber allarga le braccia. Indossa un ampio abito a mantella bianco, le maniche che sembrano ali.

«Miu Miu» dice.

Dolly aggrotta la fronte, poi fa un sorriso titubante.

«È nuovo» aggiunge la signora.

Dolly inarca le sopracciglia e annuisce. Sam esce dalla cucina, ancora con la divisa scolastica, i capelli scompigliati.

«Posso dipingere, mamma?»

«Dove sei stato?»

«Nella camera di Dolly.»

«Ti ho detto che non ci devi andare.»

«Ma mi piace là.»

La signora Amber fa un verso di disapprovazione.

«Voglio dipingere!»

«Non voglio che metti in disordine la casa, o che sporchi

la divisa della scuola. Resta pulito almeno finché non saranno arrivati tutti.» La sua voce è piena di spigoli e sospiri.

Sam si lascia cadere sul divano e comincia a giocare con la DS. Parte una musica elettronica; le sue dita si muovono. Passi pesanti e irregolari rimbombano sulle scale, poi Colby irrompe in soggiorno con le Crocs e tira un colpo sul televisore.

«Colby!» grida la signora Amber.

Lui alza il volume del televisore e un ragazzo dei cartoni con i capelli dritti in piedi salta nell'aria, con una smorfia. Colby si siede sul divano, poi si ribalta, con i piedi sospesi sopra la schiena.

«Dovrai spegnerla quando arrivano le signore» dice la signora Amber.

Lui ha gli occhi fissi sullo schermo. La signora va di sopra, un sacco svolazzante di cotone bianco.

«Colby, tesoro, mi farebbe comodo se mi aiutassi a preparare le patatine» dice Dolly appoggiandosi allo spazzolone. Inspira a fondo. Lui si volta verso di lei e fa una smorfia.

«Colby, vieni.» Riesce a sentire la falsa autorità nella sua voce fragile.

Lui si prende la faccia lentigginosa tra le mani e scuote forte la testa. Dolly si avvicina e lui affonda le dita nelle guance.

«Mi hai detto di non dirlo.»

Dolly sbarra gli occhi; dà un'occhiata verso le scale, ma non c'è nessuno. Poi si rivolge a Colby, sforzandosi di mantenere la faccia liscia come un ciottolo. Si concede di guardare un attimo Sam, che sta ancora pestando sulla piccola console.

«Sam, vieni con me» gli dice. «Ho un lavoretto per te.»

«Cos'è?»

«Rompere le uova.»

Si arrischia a lanciare un'altra occhiata a Colby; ha dei graffi sulle guance. Lui la osserva mentre va in cucina, seguita da Sam.

Dolly lega un grembiule sulla schiena a Sam, che versa le uova in una ciotola. Poco dopo inizia a sbatacchiare la forchetta nel composto, riempiendosi i capelli e la polo di macchioline.

«Merda, no, Sam.»

«Merda, merda, merda» ripete lui.

«Volevo dire merenda.»

Gli toglie di mano la forchetta, mette il composto nelle basi di sfoglia e le infila in forno. In quel momento bussano alla porta, due timidi colpetti. Colby è andato via dal soggiorno, e Dolly prende il telecomando per spegnere il televisore. Va ad aprire la porta d'ingresso di rovere.

Sulla soglia c'è la signora Jules, con un paio di calzoncini di jeans sfrangiati e una maglietta rosa che le scende da una spalla. Ha in mano un regalo avvolto in una carta rossa a pois. Lo porge a Dolly.

«Vado a chiamare la padrona.»

«È per te.»

«Per me?»

«Sì, non so... sono entrata in questo negozio nell'Holland Village e ho pensato a te. Potrebbe diventare un bel ricettario.»

«In che senso?»

«Amber mi ha detto che hai tutti questi fogli con delle ricette di dolci; ho immaginato che potresti incollarli qui sopra.»

Dolly guarda il pacchetto, poi la signora Jules. Con la coda dell'occhio nota la signora Amber scendere le scale.

«Jules, che piacere» esordisce la signora Amber.

Dolly mormora «grazie».

La signora Jules si china verso la signora Amber, che comincia a baciare l'aria. Sono l'opposto: la signora Jules tutta strappata e la signora Amber vestita come se dovesse andare a un matrimonio.

Arrivano altre donne. Saluti e baci. Una indossa un abito verde e cerchi d'argento al polso. Dolly ricorda che si chiama signora Kathryn. Un'altra, con un vestito lungo a fiori, si chiama signora Yi Ling. Arriva anche la signora Jemima. Ha una tuta elasticizzata che non è proprio della taglia giusta, e la stoffa nera tira e si rigonfia all'inguine. Apre la borsa e appoggia un libro sul tavolino. *The Help*. Forse è come quello che Tala le ha dato da leggere. *The Secret*. Dovrebbe risolvere tutti i tuoi problemi, ma finora non ha realizzato nessun sogno di Dolly. Lancia un'occhiata alle scale, di Colby non c'è traccia.

«Cosa ne pensate?» chiede la signora Amber, sfiorando con lo sguardo il libro.

«Meraviglioso» risponde la signora Jemima. Tutte, tranne la signora Amber, si sono sedute sui divani.

«Una cosa del passato, grazie a Dio. Quelle storie sui bagni. Terribile» afferma la signora Amber. Si accomoda sul bracciolo di un divano.

«Be', era proprio così» dice la signora Jemima.

«È proprio così» precisa la signora Kathryn.

«Cosa intendi?» chiede la signora Amber.

La signora Kathryn alza lo sguardo su Dolly, che va in cucina e mette il regalo della signora Jules sul piano di lavoro. Sam non si vede da nessuna parte.

«Be', tutte le domestiche hanno un bagno separato» risponde la signora Kathryn.

«Non è proprio la stessa cosa» ribatte la signora Amber.

«Certo che lo è» dice la signora Kathryn.

Sull'etichetta del regalo c'è scritto: "Con affetto, Jules". Dolly tira fuori dal forno le quiche e le porta in tavola insieme all'insalata. Riempie i bicchieri di cordiale ai fiori di sambuco e li offre su un vassoio. Dal piano di sopra arriva il rumore di qualcosa che cade e si rompe. La signora Amber si alza, sospirando.

«Mi è piaciuto più dell'ultimo libro, comunque» interviene la signora Jemima. «*Dobbiamo parlare di Kevin*. Non è proprio il mio genere.»

«Dobbiamo parlare di Gavin, piuttosto» dice la signora Kathryn.

Dolly torna lentamente in cucina, per ascoltare. La signora Jemima fa una risatina maliziosa.

«Cosa intendi?» domanda la signora Jules.

In quel momento ricompare la signora Amber e si siede. «Per tornare al libro, non è proprio la stessa cosa che qui. Insomma, là era nel profondo Sud negli anni Sessanta.»

«Sto solo dicendo che si può fare un paragone.»

«Ma *The Help* ha tutto uno sfondo di linciaggi e roba del genere.»

«Chi ha bisogno di fruste quando c'è quella terribile Vanda?» chiede la signora Kathryn.

«Si può capire il suo punto di vista, però» commenta la signora Amber.

«Sì?» domanda la signora Kathryn, restando a bocca aperta.

Dolly esce dalla cucina e comincia a sistemare i piatti sulla tavola. La signora Jules si alza e si avvicina; prende un pezzetto di quiche e lo assaggia. Le cadono delle briciole sul mento.

«Be', mi riferisco alla regola sui fidanzati. È una bella cosa» afferma la signora Amber. «Non voglio che la mia domestica venga messa incinta sotto la mia sorveglianza.»

La signora Jules alza gli occhi al cielo. Dolly si guarda la pancia che preme leggermente contro la cintura dei calzoncini. Tira fuori la T-shirt che aveva infilato dentro e la lascia ricadere molle sui fianchi.

La donna con il vestito a fiori, la signora Yi Ling, dice: «Non è giusto, però, pubblicare i nomi delle donne. Ne va del loro sostentamento».

«Mi chiedo chi sarà Vanda» commenta la signora Amber con quel sorrisetto sulla faccia.

Non è possibile che Tala abbia ragione; di certo la signora Amber non è Vanda.

«Probabilmente è qualche casalinga annoiata che non ha niente di meglio da fare» replica la signora Jules. Si mette un altro pezzo di quiche nel piatto e per il minuto che segue l'unico suono è il suo masticare.

«Sì, be'...» dice la signora Amber alla fine.

«Sono d'accordo, troppo tempo a disposizione» sentenzia la signora Yi Ling.

«Vanda potrà anche sembrare eccessivamente prescrittiva, ma bisogna spiegare tutto per filo e per segno a queste ragazze» dice la signora Amber. «Insomma, sono paesane, che vengono da posti sperduti, senza istruzione.»

«Be', per lo meno quell'altro blog sta dando del filo da torcere a Vanda» dice la signora Jules.

«Quale blog?» chiede la signora Yi Ling.

«Colfhacker. Farà girare un sacco le scatole a Vanda» spiega la signora Jules.

«Oh, non durerà. È soltanto qualche domestica che ce l'ha con il mondo intero» ribatte la signora Amber.

«Non ne sarei tanto sicura» insiste la signora Jules. «Avete visto i commenti? È chiaro che ha toccato un tasto dolente per le persone.»

Dolly offre qualche fetta di quiche. Qualcosa cade per terra dalle parti della sua stanza. Le donne voltano di scatto la testa. Dolly va nella sua camera. Tra le sue pareti claustrofobiche, Sam è inginocchiato di fianco al letto e sta frugando nella sua scatola da scarpe.

«Sam, cosa stai facendo?»

«Gioielli» dice lui.

Ha in una mano il Minion di Mallie. Intrecciata alle dita dell'altra invece c'è la sua collana d'oro bianco di Tiffany con il ciondolo a forma di cuore, un regalo di Gavin. La banconota da cinquanta dollari che gli ha sfilato di tasca l'altra notte è piegata sul letto, e anche la cartolina fatta da Mallie con un cupcake disegnato davanti.

Dolly prende la collana e la lascia cadere nella scatola. Chiude la mano intorno ai soldi, il motivo cartaceo per cui fa sesso con quell'uomo quasi ogni notte. Il motivo per cui finge un sentimento che non prova quando lo guarda, e si ripulisce subito dal suo liquido scivoloso dopo. Solo una volta lui ha accennato ai soldi che gli mancano quando la va a trovare. "Lo so che mi hai preso qualcosa" aveva detto con un sorrisetto furbo. Ma quando era andato da lei la volta successiva, aveva ancora il portafogli infilato nella tasca dei calzoni, quindi lei ha continuato a rubargli soldi. Gavin è una piccola entrata, tutto qui, un modo per fare un po' di extra. Ripone la banconota nella scatola e ci posa sopra la cartolina di Mallie.

«Andiamo» dice a Sam. «Ho bisogno che mi aiuti.» Gli toglie di mano il Minion, con delicatezza, e lo appoggia sul letto. È impossibile avere un minimo di privacy se non c'è la serratura alla porta.

In cucina, sistema le patatine in una ciotola e Sam ne prende una manciata dopo l'altra.

«Offrile alle signore.»

Sbircia da dietro la porta e vede la signora Amber scrutare i vestiti in disordine di Sam, la sua faccia.

«Non hai ancora una domestica fissa?» chiede in quel momento la signora Amber alla signora Jules.

«Ehm, no.» La signora Jules prende una manciata di patatine dalla ciotola di Sam.

«Non so come fai.»

«Be', siamo solo io e David.» Jules si stringe nelle spalle.

«Ma tu lavori e ci sono tutti quei pavimenti. Insomma, fa parte dello stile di vita qui» replica la signora Amber.

La ciotola di Sam si sfracella al suolo spargendo in giro cocci e patatine.

«Oh, Sammy, che stupido bambino!» esclama la signora Amber, poi ride coprendosi la bocca. «Che scemotto» aggiunge in tono più gentile.

Si alza e lo prende per mano. Lui la ritrae.

«Dolly, portalo fuori. È annoiato.»

«Sì, signora.»

Dolly recupera scopa e paletta e raccoglie le patatine e i frammenti della ciotola.

«Andiamo in piscina» dice Sam.

Lei va in cucina e fa scivolare i cocci nella spazzatura. Sam le tira la T-shirt larga.

«Per favore.»

Dolly lo prende per mano e lo accompagna di sopra, passando davanti alle donne che ora stanno parlando tutte insieme; una risata, una crepa in una tazza.

Nella camera dei bambini, Colby sta tirando fuori un libro dagli scaffali sulla parete. Lo apre, poi lo butta per terra e ne afferra un altro.

«Colby, vuoi venire in piscina?» gli chiede Dolly.

«Era senza vestiti» dice Colby, con dei libri in entrambe le mani.

«Tesoro, io...» mormora Dolly.

«Chi era senza vestiti?» domanda Sam.

Colby butta per terra un volume dopo l'altro.

«Nessuno» gli risponde Dolly.

«Chi?» insiste Sam, il mento rivolto verso di lei.

«Lasciatemi in pace!» grida Colby. Ha la faccia rossa mentre scaglia per terra altri libri, ora con più foga.

«Non arrabbiarti, Colby» dice Sam, che lascia andare le dita di Dolly e tocca la schiena al fratello. Colby si volta di scatto, afferra la mano di Sam e la morde. Sam strilla.

«Smettila, Colby!» gli ordina Dolly.

Esamina la mano di Sam. Sopra c'è inciso un semicerchio di denti. La massaggia e Sam scoppia a piangere. Dolly lo prende in braccio e lo culla. I libri continuano a cadere per terra.

«Va tutto bene, Sam» dice Dolly.

Colby borbotta. Lei raccatta il costume di Sam da un cassetto ed esce dalla stanza, tenendo ancora in braccio il bambino. Lo posa a terra e scendono le scale.

La signora Amber è seduta sul bordo del divano, con la schiena dritta, un bicchiere in equilibrio sulla coscia. Le donne smettono di parlare e si voltano verso Sam, che adesso si è calmato un po'.

«Colby mi ha morsicato!» esclama.

Dolly si tocca la pancia. "Non nominare la parola 'nudo'. Non farlo."

«È stanco» dice la signora Amber. Dà un buffetto sulla mano di Sam, poi si alza, prende un piatto di quiche a fette e le offre.

Sam si avvia verso la camera di Dolly e lei lo segue. Si spogliano e si infilano il costume.

«Quella è mia sorella» dice Sam indicando la fotografia sulla bacheca appesa alla parete in fondo al letto.

«Quella è la mia Mallie.»

Nella fotografia la bambina è molto piccola, seduta in una bacinella azzurra piena d'acqua, con un sorriso tutto gengive.

«Tu sei la mia mamma, quindi lei è mia sorella.»

«Io sono la tua zietta, piccolo Sammy, non la tua mamma.»

«Mamma.» Stringe il suo corpicino contro Dolly, che si accovaccia e lo abbraccia.

«Sei grassa» le dice Sam.

«No» ribatte lei.

Lui appoggia la mano calda sulla pancia di Dolly. «Sì, sei grassa.»

Escono. La piscina è deserta a parte la signora Maeve, che prende il sole con un bikini nero accanto alla figlia adolescente; suo figlio continua a saltare nell'acqua. La signora Maeve deve avere rifiutato l'invito al gruppo di lettura di questo mese.

Sam corre e salta dentro. Dolly scende dalla scaletta, e l'acqua si chiude su di lei. Cammina lungo il fondale, disegnando dei cerchi con le braccia, mentre Sam si allontana a nuoto.

«Merda» dice Dolly.

Va fino in fondo alla piscina, vicino al figlio della signora Maeve che prova a tuffarsi, mancando per un pelo Sam. Dolly esce dall'acqua e cammina sul bordo per avvicinarsi a Sam. Lui torna indietro a nuoto verso la parte meno profonda della piscina, quindi anche lei torna e rientra in acqua.

«Prova a muovere le braccia così, Dolly. Stacca i piedi dal fondo.» Le sue ciglia appiccicate sono triangoli bagnati.

Dolly allunga le braccia e solleva i piedi come gli ha detto Sam. E, per un attimo perfetto, galleggia. Poi il suo naso va sotto la superficie, e lei riappoggia i piedi sul fondo e tossisce. Sam ride.

«Ce l'hai fatta, Dolly!»

Lei lo attira a sé e gli butta indietro la testa finché tocca l'acqua. Lo lascia andare e gli afferra i piedi, poi lo fa girare in cerchio sull'acqua.

«Sei il mio sirenetto.»

In fondo alla vasca, la guardia della sicurezza è in piedi di fianco alla signora Maeve, che ha i capelli bagnati in disordine e dritti sulla testa. Lei sta indicando Dolly e scuote la testa. La guardia della sicurezza le si avvicina.

«Esci subito!» le ordina mostrando i denti.

«Ma sto curando il bambino.»

«Devi avere il costume.»

«Ce l'ho.»

«Hai sopra i calzoncini. Non sono permessi!»

Dolly sospira, si arrampica fuori dalla scaletta e si siede sul bordo, gocciolante. Sam fa le capriole nell'acqua.

La guardia della sicurezza si dirige verso la signora Maeve e le fa un cenno. Lei gli dice qualcosa, poi si stende di nuovo sulla sdraio e prende in mano il suo libro.

Più tardi, le donne del gruppo di lettura se ne sono andate. È rimasta solo la signora Jules. Dolly mette in tavola davanti a Sam un piatto di sandwich al formaggio. La signora Amber prende in mano il regalo di Dolly e legge l'etichetta.

«Grazie, Jules, non avevo capito che era per me» le dice.

La signora Jules risponde: «Oh, è per...». E guarda Dolly, che scuote la testa.

La signora Amber strappa la carta. «Che bello!»

Il taccuino è coperto di quadratini di materiali diversi, lustrini, strisce e spirali dorate. La signora Amber porge la guancia alla signora Jules, che la bacia.

«Figurati» le dice.

Mentre si avvia verso l'ingresso, la signora Jules si ferma davanti a un tavolino pieno di grossi libri, che di solito la signora Amber tiene in una credenza: *Cento interni inglesi*, *New York nei quadri*...

La signora Jules appoggia una mano su uno di quei volumi.

«Oh, devi leggerlo» dichiara la signora Amber.

«No. È solo che ho uno di questi libri di Avedon a casa.»

«A casa? In uno scatolone da qualche parte, vuoi dire. Prendilo.»

«No, sul serio.»

«Insisto.»

La signora Amber spinge il libro in mano alla signora Jules e ricominciano a salutarsi con quei baci impacciati, poi la signora Jules se ne va.

Dolly raccoglie i piatti sporchi e guarda la signora Amber che sale le scale con il taccuino in mano, il taccuino di Dolly.

Quando ha finito di riordinare, Dolly va di sopra. Attraverso la porta socchiusa della camera padronale, vede la signora che si sdraia con un panno bagnato sugli occhi. Dolly entra nella cameretta dei bambini. Colby è seduto per terra e scarabocchia con foga su un blocco. Gli scaffali sono vuoti, e i libri sparsi per terra. Dolly si siede vicino a lui e gli toglie di mano il blocco.

Sulla carta ci sono pesanti linee di matita grigia.

"AIUTAMI."

Volta la pagina. La stessa parola. Gira un'altra pagina e poi un'altra ancora. L'intero blocco è pieno della medesima supplica.

Dolly abbraccia il bambino. Lui le appoggia la testa sulla spalla e scoppia a piangere.

7

Stanno suonando alla porta. Jules si allunga a prendere la sveglia: le dieci di mattina. Ha un dolore al ventre; le mutande sono bagnate. Non è possibile, vero? Forse sono solo gli ovuli che si stanno impiantando. Oggi avrebbe fatto il test di gravidanza. Il campanello suona di nuovo; se ne andranno. Va in bagno, si tira giù gli slip. Il tassello di stoffa è rosso, fradicio. Non ci sono dubbi; la FIVET, la fecondazione in vitro, non ha funzionato. Nemmeno i diecimila dollari; la terza e ultima volta.

«Cazzo» dice, digrignando i denti.

Non possono permettersi di rifarla. Accidenti, non se lo potevano permettere nemmeno stavolta. Hanno attinto a tutti i loro risparmi. Che spreco.

Prende un Tampax da un cassetto e se lo infila. Il campanello continua a suonare.

«Oh, vaffanculo!» sbotta, poi si ricorda chi è. La sua donna delle pulizie part time inizia oggi.

Afferra un paio di mutande e dei calzoncini corti da un cassetto traboccante. Mentre indossa una canottiera, corre di sotto proprio quando il suo cellulare inizia a squillare. Apre la porta d'ingresso.

«Mi scusi tanto, signora. Non sapevo se era in casa» dice Tala, con il cellulare in mano.

Jules si fa da parte per lasciarla entrare. Tala calcia via le sue infradito, con un diamante falso che brilla nel punto in cui si incontrano i listelli, e appoggia su una sedia la borsa gialla.

«Grazie per essere venuta» dice Jules.

Le rughe si raccolgono intorno agli occhi di Tala mentre sorride. Ha un abito coperto di girasoli.

«Ah... ecco, ho comprato l'occorrente per pulire» le spiega Jules indicando il sacchetto in cucina.

Tala si avvia verso il corridoietto che parte dalla cucina. «Mi cambierò lì dentro» dice indicando il rifugio antiatomico dove Jules tiene le valigie, gli scatoloni svuotati a metà e un aspirapolvere tenuto insieme con lo scotch.

«Okay, anche se è un casino.»

Jules pensava che sarebbe stata diversa lì con le sue poche cose, invece è sempre un disastro. Ha aperto alcuni scatoloni, ha tirato fuori la macchina fotografica e gli obiettivi, poi li ha richiusi.

"Non ha funzionato." Questo pensiero martella dentro di lei.

Quando Tala ritorna, indossa una canottiera marrone e dei calzoni corti beige. Regge un secchio e stracci per la polvere. Jules addenta una mela e tira su una delle veneziane delle vetrate a tutta parete che danno sul giardino e sulle piscine. Tala, che sta spolverando la televisione a muro, si ferma.

«Ehm, signora, non voglio che mi veda nessuno. Per favore.»

Jules si blocca con la mela a mezz'aria.

«Potrei finire nei guai se qualcuno mi vede.»

Jules deglutisce il boccone e riabbassa la veneziana. Si srotola e la base sbatte sul pavimento.

Tala prende una cornice e la pulisce. Mentre spolvera il ritratto dei genitori di Jules abbracciati su qualche collina della Regione dei Laghi, Jules prova l'impulso di correre per la casa a nascondere gli effetti personali: la maschera per il viso vicino al letto, i salvaslip nel cestino della spazzatura di sopra. E quel barattolo di siringhe usate; che assoluta perdita di tempo. Ma ci sono cose peggiori. Sarà che avere figli non fa per lei; troverà qualcos'altro. Cosa, però? Non si immagina a fare di nuovo l'ostetrica per mettere al mondo i bambini di altre donne sapendo che lei non ne potrà mai avere. Ne uscirebbe distrutta, no? Ma se non lo fa, la sua formazione, tutto ciò che l'ha resa quello che è, andrà perduto.

Corre lungo il corridoio, passa davanti alla stanza degli ospiti e va di sopra. Dopo avere buttato il torsolo della mela nel cestino, prende il barattolo di siringhe e lo spinge in fondo a un armadietto.

«Bastarde!» sibila.

Entra nel bagno attiguo e rimane davanti allo specchio che occupa una parete intera. Afferra lo stick del test di gravidanza dalla confezione di plastica e cerca di spezzarlo in due. Non si rompe, allora ci riprova, stringendo i denti e grugnendo. Si spacca a metà, e ne escono una plastica rettangolare e del tessuto bianco. Lascia cadere i pezzi nel cestino, contrae la faccia per piangere, ma inutilmente. I suoi capelli sono paglia e lei li tira, li tira forte, e per un momento le dà sollievo farsi del male. Avrebbe voglia di cioccolato, una barretta di Galaxy, cazzo. Oppure una bottiglia di Sauvignon Blanc solo per lei. Lo ha già fatto la prima volta che l'inseminazione è fallita. L'autocommiserazione l'ha lasciata soltanto con un mal di testa da sbornia. Sorride tra sé: una mela stavolta, mio Dio, com'è diventata sobria.

Va nel soggiorno del piano superiore con il tavolo di marmo sottile contro una parete, un divano di stoffa grigia a L appoggiato a quella opposta. La sua divisa dell'ambulatorio è ammucchiata sul divano, il badge sul tavolo. Clicca sul MacBook Air. Immagini di cantanti e band della collezione iTunes di David riempiono lo schermo. Chiude l'applicazione e apre il suo account di Instagram. La fotografia di quel portuale con una tuta da lavoro arancione, con lo sguardo fisso mentre tiene in mano il casco di protezione, ha ricevuto quattordici Like. Carica i suoi scatti più belli su iCloud e condivide i suoi preferiti: quel primo piano di Dolly con tutti quegli orecchini, il tatuaggio sulla spalla.

Aggiunge una didascalia: *#ColfSingapore*.

Esce sul balcone e trascina una sedia di legno in una sottile fetta d'ombra. Amber è sdraiata vicino alla piscina, a faccia in giù; ha il bikini slacciato e la schiena con il segno bianco brilla al sole. Maeve è dall'altra parte della vasca concentrata a leggere una rivista. Jules è sorpresa che le due donne siano sedute così lontane. Non dovrebbero essere amiche? Sam sta giocando nell'acqua bassa, incustodito. Jules le fissa, Amber che muove la caviglia in aria, Maeve piena di macchie e immobile.

Scende da basso, e trova Tala davanti al piano di lavoro della cucina che passa uno straccio sullo scolapiatti sospeso, quell'affare contro cui Jules sbatte la testa ogni volta che lava i piatti. Tala si sposta strascicando i piedi e comincia a lucidare la grande finestra scorrevole.

Jules si immagina la finestra che si apre, Tala che scivola, perde l'equilibrio e si schianta a terra, morta. Oh, Cristo, non riesce proprio a trattenersi.

«Stai attenta lassù.»

«Mi scusi, signora.»

«Non devi scusarti; solo, non cadere.»

Tala si gira e ride, un sorriso bianchissimo. Fa venire voglia di sorridere anche a Jules. Che cos'ha di speciale quella donna? È lì da appena mezz'ora e Jules si sente già un po' meglio, nonostante il dolore nelle viscere, nonostante un altro fallimento. Fertility Friends. Per rimanere incinta.com. Perché si è presa la briga di guardare quei siti? Perché si è illusa di poter essere così fortunata? Controlla che la finestra sia chiusa, sta per allontanarsi e poi ricontrolla.

Va nel bagno al piano di sotto e riordina i flaconi intorno al lavandino bianco. Cammina avanti e indietro.

Dopo un po' torna in corridoio e vede Tala nella stanza degli ospiti, con il letto matrimoniale addossato a una parete rivestita di legno. Tala ha in mano una fotografia della nipotina di Jules da piccola, e dalla sua bocca sta uscendo una serie di suoni gorgoglianti incomprensibili.

Lei alza lo sguardo e sorride. «È sua figlia?»

«Mia nipote» risponde Jules.

«Lei ha figli?»

"Non oggi." «No.»

Tala inarca le sopracciglia. Continua a spolverare. Jules cerca di regolarizzare il respiro. Grazie al cielo c'è la sorella maggiore di David, Rach, che è una vera macchina per sfornare figli. La nipote e i tre nipoti hanno alleviato un po' di pressione da parte di sua suocera. I suoi genitori, invece, hanno creduto alla sua affermazione che non ha tempo per farsi una famiglia. Non l'hanno mai stressata, anche se è la loro unica speranza di diventare nonni: la sola cosa che Steve, il fratello minore di Jules, potrebbe aggiungere al loro albero genealogico sarebbero altri rettili per fare compagnia al suo serpente e alle sue due tartarughe.

«Quando avrà un bambino tutto suo?» chiede Tala dando le spalle a Jules.

«Oh, noi...» Jules inspira. «Noi siamo felici così.»

«Meglio non far passare troppo tempo.»

«Senti chi parla.» Jules ride, ma non sta sorridendo. «Hai figli?»

«Ho due maschi, ma ormai sono adulti. Sto per diventare nonna. E c'è anche la figlia di mia sorella.» Tala spinge lo straccio per la polvere nelle scanalature del legno.

«Ah, giusto. Sì.» Jules annuisce, poi esce dalla stanza.

Torna di sopra, esce di nuovo sul balcone e tira fuori dalla borsa la rivista gratuita per gli espatriati.

Amber se n'è andata dalla piscina. Maeve è ancora lì, e ora si è messa un cappello di paglia a tesa larga. Ci sono diverse sdraio vuote disposte in modo disordinato. Una donna cammina scalza lungo un vialetto, porta un paio di calzoncini bianchi tagliati, con delle nappe sfilacciate, che fanno sembrare le sue gambe ancora più abbronzate. Le nuvole si ammassano nel cielo azzurro.

Una risata maschile infrange l'aria. È David là in basso in tenuta da lavoro. Cosa ci fa a casa così presto? Trascina i piedi, avanzando a testa bassa. Lo osserva mentre passa accanto a Dolly, che si pettina con le dita i lunghi capelli neri. Dolly ha lo sguardo fisso su David.

Jules rientra in casa e rilegge l'articolo sui bambini che devono essere dati in affido. Fino a quel momento non ha mai considerato l'affido, soltanto l'adozione. Ha chiesto informazioni a tre agenzie specializzate dopo il fallimento della seconda FIVET. Ha studiato le pagine delle loro brochure: tutte quelle fotografie di gruppi di fratelli e di bambini sopra i cinque anni, ma era un neonato che lei desiderava. Aveva aiutato a far nascere centinaia di bambini, quella fatica da parte delle madri, il travaglio, poi la felicità euforica. Era quello che voleva: l'amore incondizionato, la crosta lattea, il seno dolente che gocciola latte. Farebbe qualsiasi cosa per un neonato tutto suo, eppure il suo corpo continua a deluderla. "Ci sono altri modi" ha detto David più di una volta. Dopo ogni tentativo fallito di fecondazione, hanno passato ore a valutare le altre possibilità: maternità surrogata, donazione degli ovuli e sempre, come ultima spiaggia, l'adozione. Forse era quello il loro destino. Forse l'affido poteva essere una prova.

Ha intenzione di farlo; si offrirà come volontaria. Sarebbe una pazzia, vero?, curare un bambino dopo quello che le era appena successo. Però sarebbe una distrazione, come la fotografia. Prende il cellulare e digita il numero.

«Rifugio dei bambini!» esordisce una voce all'altro capo del filo.

«Io... ehm, ho visto la vostra pubblicità, sì, l'articolo sul "Finder". E vorrei offrirmi come volontaria.»

«Siamo sempre alla ricerca di volontari. Ha dato un'occhiata al nostro sito?»

«Ehm, no.» Se è un test, forse lei ha sbagliato al primo ostacolo.

«Bene, non deve fare altro che compilare il nostro modulo di iscrizione. Le basta cliccare sull'icona del download.»

«Okay.»

«Mi può lasciare il suo nome?»

«Sì, sono Jules, Jules Kinsella» risponde, poi aggiunge: «Be', in realtà Jules Harris. E, ehm, sono un'ostetrica.»

«Oh, fantastico... Anche se la maggior parte delle nostre volontarie non lavorano.»

«Neanch'io lavoro, non proprio.»

«Bene, scriva il suo numero di telefono sulla domanda di iscrizione.»

«Vorrei farlo il prima possibile.»

«Bene, okay, ho annotato il suo nome, e me lo segnerò.»

Jules chiude la telefonata e si infila il cellulare in tasca. Digita l'indirizzo web sul computer. David sta tossendo di sotto. Sulla homepage c'è un paio di piedini racchiusi nelle mani di un uomo, piegate a forma di cuore. Scorrono delle frasi: "Incinta e sola", "Non sai come prenderti cura del bambino"... Scarica il modulo e comincia a compilarlo. Lo ricontrolla sei volte, poi lo invia. Il suo cellulare vibra. Fruga nella tasca.

"Siamo sempre d'accordo per vederci per un caffè mercoledì? Per favore rispondi appena possibile!"

È di nuovo Amber. Che maniaca del controllo, ma d'altronde tra Colby e la sua depressione, Jules dovrebbe concedere a quella donna una possibilità.

"Certo" scrive Jules, anche se è una da tè, lei.

Afferra la macchina fotografica e scende al piano inferiore. David è seduto sul divano e sta digitando sul cellulare, chino in avanti.

«Oh... Jules!» dice grattandosi la testa.

«Già a casa?»

«Pensavo... pensavo che tu lavorassi oggi» le dice.

«No.»

«È che, ehm... non c'era molto da fare in ufficio, quindi ho pensato di tornare a casa prima.»

«Ah, sì?»

Tala comincia a canticchiare in un'altra stanza dell'appartamento. La melodia filtra in soggiorno.

«Chi è che canta?»

«La nostra donna delle pulizie. Ha iniziato oggi.»

«Ah.» Sospira.

Jules si accomoda vicino a lui. «Cosa sta succedendo?»

«Cosa? Santo cielo, Jules, che brutta cera che hai.»

Lei inspira a fondo. «Non ha funzionato.»

«Merda.» Incrocia le braccia, poi le scioglie e posa una mano sulla sua.

«Eri così ottimista, ma io sapevo che non sarebbe andata bene» dice Jules.

«Ci riproveremo.»

«Non possiamo continuare così.»

«Funzionerà... prima o poi.»

«Io ci rinuncio. Ho chiuso.» Allontana la mano da quella di David, la stringe sul grembo.

«Allora proveremo qualcos'altro.» C'è una nota isterica nella sua voce. David, che è sempre così attento a nasconderle quello che desidera davvero.

«Penserai che sono pazza.»

«Perché?»

«Mi sono offerta come volontaria per questo ente di affido.»

«Ah, sì?» Sbarra gli occhi. «Per fare cosa, esattamente?»

«Per curare un bambino.»

«Ma perché dovrebbero...?»

«A quanto pare qui le madri nubili non hanno gli stessi sussidi di quelle sposate, quindi se sei povera e senza marito, e non hai il sostegno della tua famiglia, è probabile che tu debba rinunciare al bambino.»

«Oddio. E quando pensi di farlo?»
«Ho appena dato il mio nome.»
«Potremmo adottare un bambino?»
«Non ne sono sicura.»
«Perché, sai, ci eravamo detti che avremmo riflettuto sulla possibilità dell'adozione; sarebbe stato il passo successivo.»
«Lo so...»
«Insomma, saremmo capaci di amare un bambino che non ha legami di sangue con noi, no?»
«L'adozione potrebbe darci molte delusioni e molto stress. Potrebbero rifiutarci, e a quel punto?»
«Oppure potrebbero accettarci.»
«È che continuo a sperare che possa accadere il miracolo, che saremo fortunati, che non dovremo affrontare quel calvario.»
«E allora tutti i bambini che stanno soffrendo le pene dell'inferno? Genitori che non li curano, persone che abusano di loro; scommetto che anche loro stanno sperando in un miracolo.»
Lei sente il petto schiacciato dalla disperazione. In quel momento entra Tala in soggiorno.
David si alza in piedi. «Ciao, sono David.» Sfoggia la sua voce allegra da dj. Allunga la mano.
Tala la stringe, guardandolo dal basso con un gran sorriso. «Tala, signore.» Fa una risatina, indica la cucina e sparisce dalla vista.
David si volta di nuovo verso Jules. «Potrebbe essere l'inizio di qualcos'altro, Jules.» Rimane a guardarla con comprensione.
Lei si sforza di sorridere. «Be', sono sicura che dovremo superare un sacco di ostacoli prima che ci lascino un bambino in affido, comunque.»
Lui le sistema una ciocca di capelli dietro l'orecchio, la bacia, poi sparisce in corridoio, i suoi passi sulle scale. Ju-

les prende in mano la macchina fotografica e comincia a trafficare.

Quando Tala esce dal rifugio antiatomico, indossa di nuovo il vestito con i girasoli, la borsa della spesa sul braccio, gli occhiali appesi a una catenella al collo insieme a un crocifisso d'oro che cattura la luce. Jules non le chiede niente; armeggia con l'obiettivo, poi scatta. La macchina fa circa venti foto di fila.

«Oh mio Dio!» grida Tala, battendosi una mano sul petto.

«Scusa, non volevo spaventarti.»

«Perché mi ha fotografato?»

«Perché...»

«Allora?» Tala si mette una mano sul fianco, e rimane lì ferma, a gambe aperte. Abbassa le spalle, tocca la croce. «Non che sia un gran problema» aggiunge sforzandosi di ridere.

«È solo che sembravi così, non so, così felice.»

«Io, felice? Oh mio Dio.» Tala butta indietro la testa e ride, una vera risata di denti quasi tutti bianchi, solo un paio di otturazioni sul fondo. «Ci vediamo la settimana prossima» dice, scuotendo la testa.

La porta d'ingresso si chiude dietro di lei, ed è come se la luce fosse stata risucchiata dalla stanza.

– IL BLOG DI VANDA –

Vivere con una colf straniera

Regole domestiche essenziali per le colf straniere

Regola 3. Il cibo: la vostra domestica dovrebbe tenere il cibo in un armadietto separato rispetto al vostro, in modo che non si confonda su ciò che può mangiare. Per esempio, io bevo il caffè Illy, che è troppo costoso per dividerlo con la mia domestica.

8

Malcolm, il cane cieco della signora Jemima, corre sbandando e abbaiando verso Tala. La signora Jemima avanza nel corridoio.

«Oh, Tala, sei arrivata. Ascolta, ho una riunione di lavoro tra mezz'ora e Malcolm, il mio povero amorino, ha un bisogno disperato di fare una passeggiata.»

«Sì, certo, signora.»

Tala si sforza talmente di incollarsi il sorriso finto sulla faccia che le fanno male le guance. La signora Jemima potrà anche definirsi alla moda, però Tala non ha mai visto una mise come quella che indossa oggi. Un completo bianco con vulcani rossi sul bordo delle maniche. La signora Jemima la fissa con uno sguardo interrogativo, e Tala si accorge di avere inarcato di scatto le sopracciglia.

«Sembra Michael Jackson» le dice Tala.

Nel ripostiglio, Tala si cambia e indossa i vestiti beige. Armata del suo arsenale per pulire in un secchio nero, si trascina intorno alla signora Jemima, che è ancora in corridoio a osservare il suo tentativo fallito di haute couture.

La signora Jemima poi si allontana, apre la trousse dei trucchi e comincia ad applicare freneticamente il mascara davanti allo specchio dorato.

Il cane, con le orecchie marroni pendule e la lingua ballonzolante, si avvinghia con le zampe a una gamba di Tala e inizia a strusciarsi.

«Disgustoso!» esclama Tala, e aggiunge: «Oh, Malcolm, tesoro, ti porto subito a fare una passeggiata.»

Dire una cosa brutta a Malcolm è come dirla alla signora Jemima, e Tala non deve versare altro sale su una ferita già aperta. La signora Jemima si volta verso Tala e sorride, una spessa linea nera intorno alle labbra. "Mio Dio." Tala spera di non averlo detto a voce alta. Scuote via il cane, cercando senza riuscirci di coprire i suoi guaiti con una risata acuta.

Malcolm scappa dalla signora Jemima, che si china su di lui protendendo le labbra. Lui fa un saltello e tocca con il naso nero le labbra grinzose della padrona.

«Oh, il mio piccolino. Mancherai tantissimo alla tua mamma. Ci vediamo la settimana prossima, Tala!» dice. «Oh, a proposito, c'è uno scatolone di vestiti che non uso più. Prendi pure quello che vuoi.»

La pesante porta d'acero si chiude alle sue spalle, e il cane ulula. Su un tavolino ci sono già i soldi per Tala. Sotto c'è uno scatolone. Tala si accovaccia, con le ginocchia che scrocchiano, e lo apre... solo per curiosità. È un'esplosione di colori: una borsa verde a pois bianchi, un paio di sandali bianchi con il tacco alto. Una camicia gialla con un fiocco e altre cose. Lascia tutto dentro e richiude i lembi.

La casa è come un film in bianco e nero. Fotografie, pareti bianche, tessuti bianchi e finestre enormi. La signora Jemima fa un lavoro importante che implica parole come "utile netto" e "titoli".

Tala non capisce perché qualcuno dovrebbe avere voglia di guardare così tante fotografie di se stesso, ma eccola lì, appollaiata in cima a una roccia in qualche canyon, con indosso scarponi da trekking. In un'altra è sfocata e abbraccia Malcolm. Perché mai quella donna abbia preso un cane è incomprensibile per Tala. Trascorre la maggior parte del tempo al lavoro e quel bastardino – che cos'è, uno shih tzu o qualcosa del genere? – rimane chiuso in casa per tutto il tempo. Tala non è mai stata una grande amante degli animali, a dire la verità. Quando era piccola, avevano un cane alla fattoria, ma gatti e cani come questo misero esemplare non facevano per lei.

Passa davanti a una foto della signora Jemima a gambe incrociate su uno sgabello, ritoccata a tal punto da sembrare inanimata. La bella donna dalla pelle liscia di questa foto non ha nulla a che vedere con la persona reale, con i capelli radi e la faccia rugosa. Malgrado questo, trasuda una sicurezza di sé che Tala invidia. "Sono una ragazza single" aveva detto a Tala il giorno in cui si erano conosciute. Tenendo in braccio Malcolm e dicendogli in tono sdolcinato "Il mio amorino", lo aveva baciato sul naso e gli aveva sussurrato: "La mamma ti vuole bene" in un orecchio all'erta. Poi c'era stata la volta in cui aveva detto a Tala che lasciava dormire Malcolm sul cuscino. "Ooooh," aveva esclamato "il suo pennellino spunta fuori di mattina." "Mio Dio," aveva pensato Tala "questa donna ha bisogno di un uomo."

Tala va nello studio con i due computer. Non si arrischia ad accenderli, ma sfoglia le carte sulla scrivania. Vanda scriverà pure degli appunti per il suo blog. Numeri e fatture; vecchie copie della rivista «Time». Una cartellina con su scritto: "Privato". Tala dà un'occhiata dentro, ma ci sono solo altri documenti pieni di numeri.

Nota un taccuino con una grossa "J" sulla copertina e lo apre. "Idee per le vacanze." E cos'è questo qui? "*The Help*. Hilly. Vanda."

Vanda? Potrebbe essere la signora Jemima? Quando Tala scoprirà chi è davvero Vanda, e avrà raccolto abbastanza prove, intende denunciare quella persona pubblicandone il nome sul suo blog, forse, o scrivendo una lettera a un giornale, per metterla a tacere per sempre, si spera.

Delle zampe grattano i polpacci di Tala, che sobbalza.

«Giù, subito!» grida a Malcolm. Lui inclina la testa, con una frangia di pelo negli occhi sporgenti.

Si riconcentra sui documenti, cercando di ricordarsi com'erano sistemati. Li sposta un po'.

"La signora Jemima, potrebbe sul serio essere lei?"

Tala va in cucina e scodella della carne in gelatina da una scatoletta. Non ha un profumo buonissimo. Il cane si ingozza. Riempie d'acqua una ciotola di metallo e la posa per terra. Si lega indietro i capelli e fa le pulizie. Lucida e spruzza, ma l'odore di cane persiste. Posa sul piano della cucina un sacchetto di plastica per raccogliere la cacca e mette il guinzaglio al collo di Malcolm.

Ha bisogno di bere un bicchier d'acqua, quindi blocca l'impugnatura del guinzaglio sotto il piede e si allunga. Perde l'equilibrio, tira fuori il piede dall'impugnatura e il guinzaglio sfreccia verso il cane con la forza di una corda risucchiata in un aspirapolvere. Malcolm fa un saltello di lato per l'impatto.

Escono e passano davanti a una cancellata su cui si arrampicano fiori d'acciaio. Oltre una staccionata Tala vede una piscina, una statua di Buddha e una veranda con sotto una fila di sedie di plastica. Malcolm tira al guinzaglio, e si sente un rumore secco quando va a sbattere con il muso contro il tronco di un albero. Camminano lungo il marciapiede, fiancheggiato dalle auto parcheggiate; avanzano nella calura del giorno.

A Tala avvampano le guance se pensa che Caroline legge il suo blog. Caroline ha detto che anche altre donne lo stavano leggendo. Sorride, poi si ricorda che Dolly ha detto che il ministero può facilmente scoprire chi è Colfhacker. Le si stringe lo stomaco.

Una donna occidentale con grandi occhiali da sole neri avvolgenti punta il cellulare verso Tala e scatta.

"Oh santo cielo, qualcuno del ministero è già venuto a cercarmi."

«Adesso basta» dice la donna.

Tala rimane lì immobile aspettandosi le manette di plastica.

«Perché è davvero allucinante» continua la donna. «E qui ho la prova.» Si avvicina a Tala con i suoi sandali francescani e le soffia in faccia il suo alito acido.

"Cancellerò i post sul mio blog. Poco male."

Il guinzaglio tira il braccio di Tala. Abbassa lo sguardo e vede delle palline dure e marroni sotto Malcolm. L'unghia dell'alluce della donna è rigata e macchiata per una micosi.

«No, scusa, ne ho proprio abbastanza. Per chi lavori? Voglio nome e indirizzo.»

«Adesso la raccolgo.»

Tala infila la mano in tasca, ma il sacchetto di plastica non c'è.

«Davvero? E con cosa di preciso?»

Tala indietreggia di un passo in modo che la donna non le aliti più addosso.

«L'ho visto fin troppe volte, voi ragazze non raccogliete le schifezze dei cani dal marciapiede. Be', questa volta andrà sul libro nero.»

«Cosa?»

«Il blog di Vanda. Voi ragazze non ascoltate mai ed è inaccettabile, molto male.»

La parola "male" aleggia e prende la mira.

«Io non faccio niente di male» dice Tala. È come se qualcuno avesse acceso al massimo la sua rabbia. Sta puntando l'indice contro la faccia della donna.

«Be', invece sì» ribatte quella.

«Non dica così.»

«Voglio il tuo indirizzo.»

Tala fissa gli occhiali da sole. Vede riflessa la propria faccia, tremante eppure con un atteggiamento di sfida. Si volta e si allontana. Il cane non si muove e la tira indietro.

«Be', qualcuno ti riconoscerà quando manderò questa foto a Vanda. Che gente.»

Tala dà uno strattone al guinzaglio e risale la collina, sentendo su di sé a ogni passo lo sguardo della donna.

Più tardi, Tala finisce di fare le pulizie a casa della signora Jemima. Malcolm le salta addosso, uggiolando. Povera palla di pelo. Lei esce dalla porta d'ingresso e riesce a richiuderla senza schiacciarci in mezzo Malcolm. Quante ore dovrà restare lì da solo?

Si avvia su per la strada e i pipistrelli le volano bassi intorno al capo. I suoi piedi numero trentasette nelle infradito sono larghi, ma carini con quello smalto "Accendi la notte". Le apparenze possono ingannare, però. Da sempre tutti si lamentano della puzza dei suoi piedi. Lei ha provato qualsiasi cosa: borotalco, amamelide; una volta li ha persino immersi nella candeggina. "Basta accettarsi per come si è." La voce astrologica di Russell Grant le gira in testa. E lui ha ragione perché i piedi non si possono cambiare. Anche se lui ha detto che Tala sarebbe andata incontro a un grosso cambiamento con la Luna in Venere. Dio, lei vorrebbe che la sua Luna fosse ovunque tranne che lì. Cambiamento. Magari il suo blog può cambiare qualcosa. Mostrando alla gente che le collaboratrici domestiche non sono tutte come le descrive Vanda.

Sale sull'autobus e si appisola, ma la testa le cade in avanti e si sveglia di scatto. Le auto sono appiccicate l'una all'altra sul vialone a quattro corsie. Una donna con degli zoccoli bianchi attraversa la strada. Tala si massaggia le braccia con la pelle d'oca per l'aria condizionata troppo forte, poi scende e attraversa con passo pesante i giardini degli alti palazzi gialli dell'Housing and Development Board.

Il pappagallino sta svolazzando nella gabbia esterna. Ed ecco che arriva Rita con il bambino appena nato della sua padrona.

«Vanno meglio le cose?»

Rita fa cenno di no. Le narici di Tala si dilatano. Lei guarda nella carrozzina.

«Quanto tempo ha adesso?» chiede, mettendosi una mano davanti alla bocca per soffocare i versi ridicoli che fa quando ci sono dei bambini piccoli.

«Sei settimane, è così carina» dice Rita.

«E come si chiama?»

«Angel.»

«Oh, poverina.»

Rita ride mostrando la fessura tra i denti.

«Per lo meno non l'hanno chiamata con il nome di un paese» replica Tala. «Tipo India, ma si può?» Allunga la mano verso la bambina e le dà un pizzicottino sulla guancia. «Ehi, ciao, Filippine. Come va la vita lì dentro?»

La neonata senza denti sbadiglia.

«Ssh» dice Rita sorridendo. «Sto cercando di farla addormentare.»

Spinge via la carrozzina. Quella donna è come uno scheletro che cammina, e anche i suoi denti sembrano quelli di un teschio.

Tala prende l'ascensore e apre la porta, da cui esce un tanfo di zuppa di costine di maiale. La casa è silenziosa a parte il ronzio del frigo. Questa sera la signora Heng rimarrà come ogni settimana fino a tardi dalla figlia, che abita a Pasir Ris, a una quarantina di minuti di macchina.

Tala si arrampica su una sedia e cerca a tastoni il suo diario e il portatile, sul ripiano più alto dell'armadio. Aggiunge il nome di Rita al suo taccuino delle lamentele delle domestiche. Ci sono Marifé Mendoza, schiaffeggiata dalla sua padrona quattro mesi fa, e Lydia Ramos, che ha lasciato il suo primo impiego dopo che il marito della signora le aveva dato un pizzicotto sul sedere. E tutte le altre: pagine di nomi e lagnanze. Chiude il quaderno e accende il computer.

Skype si apre automaticamente. Qualche secondo dopo, nella stanza polverosa si sente uno scampanellio: sta chiamando Ace. Tala clicca e di fronte a lei appare la faccia sorridente e butterata del figlio. Qualcuno si sta muovendo sullo sfondo.

«Ciao, mamma!»

«Hai avuto il lavoro?»

«Si erano candidate più di venti persone. Che probabilità avevo?» Ace alza le spalle, allargando le braccia.

Tala cerca di non pensarci, ma l'idea si forma lo stesso dentro di lei: la sta chiamando per chiederle dei soldi, e come fa lei a rifiutarglieli visto che suo nipote nascerà tra pochissimo?

«Sei andato al colloquio?»

«Mi sto dando da fare.» Lui distoglie lo sguardo. «Davvero.»

Si appoggia allo schienale della sedia e si porta i palmi dietro la nuca da cui spunta un codino. Sulla sua maglietta c'è una faccia con le sopracciglia corrugate e un fumetto che dice "POW!". Il figlio avrebbe potuto essere in cima a quella lista se fosse rimasto a scuola.

Prima che Tala abbia la possibilità di parlare, lui si alza e va verso la persona sullo sfondo. La tira verso il video. Alice. Lei batte le palpebre, rifiutandosi di guardare lo schermo. Il suo naso è una freccia puntata verso il basso.

«Alice» dice Tala. «Come ti senti?»

«Sto bene, nonna, grazie.»

"Nonna? Ma che...?" Tala non diventerà nonna finché non sarà nato il bambino.

Ace fa mettere di profilo la sua ragazza. «È una bambina, mamma.»

«Cosa?»

«Abbiamo fatto l'ecografia e...»

Lo schermo sfrigola di chiazze bianche e nere. Tala dà dei colpi forti sul vecchio computer, ma non succede niente; si è interrotta la linea. Probabilmente è un'altra di quelle interruzioni di corrente di Tagudin. Di certo non può essere colpa del computer di Ace, che lei gli ha comprato sei mesi fa con i suoi risparmi.

Prova a fare il suo numero su Skype, ma la telefonata cade, quindi si collega al suo blog. Oh santo cielo. Il suo primo post sulle telecamere di sorveglianza ha avuto trecentosette Like. Ci sono cinque commenti che aspettano di essere approvati prima di apparire sulla pagina.

IL BLOG DI COLFHACKER

Cosa significa essere una collaboratrice domestica

Lasciate che mangino dolci!

Le donne di Singapore con i loro vestiti taglia 0 e i piedi come le Barbie sono sufficienti a far venire alle donne occidentali l'expatoressia.
Come ogni filippina che è andata a fare shopping con la sua padrona occidentale sa, la domanda: "Ce l'ha nella mia taglia?" riceve spesso la risposta: "Non teniamo la XXXL".
Ecco cosa succede di conseguenza:
– Silenzio.
– Il cigolare di una bilancia dietro la porta chiusa del bagno.
La vostra padrona che si lamenta delle porzioni troppo abbondanti che servite. (Sento continuamente queste lamentele, ma è un'altra storia. Diciamo solo che in questo blog non farò uno speciale sulle ricette.)
– E, se sfornate dolci, diventerete la nemica numero uno.
Badate bene, non esiste la filippinoressia. Noi possiamo avere sederi e pance di varie dimensioni, però la maggior parte di noi è extra small.
E poi ci diamo da fare: tutto quel pulire e lucidare, aspirare e lavare auto, be', avrete bisogno di un sacco di calorie per andare avanti. Altrimenti diventerete sottili come il foglio su cui è stato stampato il vostro contratto.
L'altra settimana Vanda ha pubblicato un post su quanto cibo dovrebbe dare una padrona a una domestica. Be', signore cape, una scodella di riso per cena non è sufficiente.

La vostra colf finirà per essere costretta ad andare dal dottore e voi non sarete molto contente di dover pagare quelle parcelle mediche. Il rendimento orario della vostra domestica crollerà. Pulire e far brillare la casa da cima a fondo in quattro ore nette? Scordatevelo. E sarà impossibile che la vostra domestica conservi sul volto quel sorriso bianco smagliante.

Le collaboratrici domestiche hanno bisogno di proteine. Nocciole, formaggio, carne – di tutto e di più – per sfoggiare quel sorriso. Ricordate, un umore depresso può essere contagioso (per non parlare della vostra perimenopausa, signore).

E visto che probabilmente avete rinunciato alle specialità di Bread Society a causa di quello stressante giro di compere in Orchard Road, non è il caso di sprecare quelle squisite delizie. Perciò, signore cape, lasciate che le vostre domestiche mangino dolci.

Tala preme "pubblica".

Dolly sente un suono nelle orecchie come se stesse affondando nell'acqua alta. Chiude il blog di Colfhacker e deglutisce. Ha la bocca asciutta. Quella è Tala, una Tala camuffata in maniera goffa. Avrebbe dovuto capirlo subito.

Scende al pianterreno, il battito che le pulsa nel collo.

La signora Amber è in cucina e sta riempiendo un bicchiere d'acqua. Ha il naso lucido di muco, le guance macchiate di nuvole rosse. Sta continuando a borbottare un mantra.

«Io non sono mia madre. Io non sono mia madre.»

Indossa una vestaglia di seta verde scuro, una mascherina per gli occhi sollevata nei capelli come un cerchietto. Prende una pillola da un blister, la mette in bocca e deglutisce.

«Signora, si sente bene?»

La signora trasalisce. «Oh, che spavento.» Chiude la mano

intorno alla scatoletta di pillole, scuote la testa e si allontana su per le scale.

Dolly recupera la borsa rosa dalla sua camera ed esce dalla porta d'ingresso, passa davanti alle piscine e sbuca sulla strada buia e torrida. I pipistrelli svolazzano intorno a un lampione mentre lei risale la collina. Un autobus le sfreccia accanto. Si mette a correre, le infradito che sbattono sull'asfalto. Riesce ad arrivare alla fermata appena in tempo.

Sale sull'autobus e si siede. Non riesce a vedere niente fuori dal finestrino, solo la sua faccia preoccupata che la osserva di riflesso, gli orecchini che luccicano. Una donna con le ciglia finte tiene sollevato un portacipria d'argento e si applica un rossetto rosso vivo. Dolly estrae il cellulare dalla borsa per distrarsi.

"Hai risolto?"

È ancora lui. Nell'ultima settimana non è andato spesso da lei. Cancella il messaggio. Il viaggio sembra durare un'eternità. Si mangia le unghie, poi appoggia la mano e il naso contro il finestrino. Alla fine suona il campanello e scende, attraversa di corsa i giardini dell'HDB e bussa sulla finestra dell'appartamento della signora Heng.

È immerso nell'oscurità. Tala sarà uscita? Dolly bussa più forte, poi si avvia verso il muro giallo con il cunicolo di ventilazione dietro cui c'è la camera di Tala.

«Tala! Tala!» chiama Dolly con voce non molto alta. Si sentono dei passi smorzati dietro la porta d'ingresso, che si apre. Dolly si ritrae. Sulla soglia c'è la signora Heng, con un pigiama rosa sformato sul suo fisico scheletrico, una retina per capelli gialla che le copre quasi la fronte.

«È davvero *ta ma de* ridicolo. Sono le undici di sera, ragazza!»

«Mi dispiace tantissimo, signora Heng.» Dolly le sfreccia accanto. «È che, be', devo parlare con mia sorella.»

Dolly non si prende nemmeno la briga di bussare alla porta del ripostiglio. Entra nella stanza afosa e buia, cerca a tastoni l'interruttore della luce e si chiude la porta alle spalle. Tala è addormentata sul materasso, con indosso una lunga T-shirt grigia e della carta igienica rosa che le spunta dalle orecchie.

Dolly le scuote una spalla, e Tala scatta a sedere, le palpebre che battono per lo shock della luce.

«Mio Dio, Bong!» grida Tala.

Dolly tira fuori la carta igienica da un orecchio della sorella. «Sei tu Colfhacker!» sibila.

«COSA?»

«Sei tu l'autrice di quel maledetto blog.»

«Abbassa la voce!»

Tala traffica con l'altro orecchio. La carta igienica finisce nella sua mano. «Non so di cosa stai parlando.»

«Ma ti rendi conto di che rischi stai correndo?»

«Oh, Signore, hai svegliato la signora Heng?»

Tala a quel punto salta giù dal letto, facendo praticamente la ruota. Apre la porta della camera da letto e sbircia fuori. Rimane lì qualche istante, poi la richiude.

«Non devi dirlo a nessuno, Dolly.»

Le due donne sono l'una di fronte all'altra. Dolly afferra le mani della sorella.

«Non lo dirò a nessuno, però non deve scoprirlo nessun altro. Il ministero non ti sta ancora cercando perché altrimenti, con tutto il loro potere, ormai ti avrebbero già identificato. Ma devi smetterla.»

Tala incrocia le braccia. «Non la smetterò.»

«Devi sempre avere l'ultima parola in una discussione. Perché non puoi restare zitta per una volta?»

«Qualcuno deve pur tener testa a quella Vanda.»

«Tala, ti butteranno fuori.»

«Ragazza, per come sta crescendo la tua pancia, non sono l'unica che verrà espulsa.»

Dolly apre la bocca per parlare, poi la richiude e distoglie lo sguardo.

«Tu *tanga*! Mio Dio, di chi è?» Tala si fa il segno della croce non una, ma due volte.

Dolly si stringe nelle spalle. «Sto vedendo una persona, ma non significa niente per me.»

«Vai a letto con qualcuno che non ti interessa neanche?»

Dolly impallidisce. «Lui è...»

«Cosa?»

«Non voglio parlare di lui, Tala.»

«È il signor Tor, vero?»

«Certo che non è il signor Tor! Mi sto vedendo con uno straniero del condominio. Gavin.»

«Gavin? L'australiano Gavin? Il marito della signora Maeve?» Tala contrae la faccia in una smorfia. «Oh mio Dio, e hai intenzione di dirgli che sei incinta?»

«Gliel'ho già detto. Comunque non lo voglio tenere.»

«Ma cosa stai dicendo?»

«Ho comprato delle pillole.»

«Avresti dovuto stare più attenta.»

«È troppo tardi; ormai è fatta. Puoi dire altrettanto di questo blog?»

Tala tira su con il naso.

«Ti metteranno sul primo aereo in partenza appena lo scopriranno. Devi piantarla, Tala; devi proprio.» Dolly dà un'occhiata intorno. «Dov'è il tuo computer?»

Tala si pettina i capelli con le dita, guarda in alto l'armadio e si stringe nelle spalle. Dolly sale su una sedia e si allunga. C'è un fruscio di libri, poi eccolo, il portatile nero scassato.

Le due donne si siedono sul letto e Dolly lo accende. Entra in internet, e la homepage è «Abante», il sito del quotidiano filippino.

"Chi è Colfhacker? Offriamo una ricompensa in denaro a chiunque rivelerà l'identità del blogger riottoso Colfhacker."

«Merda!» esclama Dolly.

«Cosa?» Tala socchiude gli occhi.

«Sei in prima pagina.»

Dolly ha un conato di vomito e si copre la bocca con una mano. Tala prende gli occhiali e li infila.

«Oh, santo cielo benedetto» dice.

«Devi cancellare quel blog.»

Tala si collega alla pagina delle statistiche di Colfhacker e le due donne fissano lo schermo, poi si guardano.

«Mio Dio, credo che ormai sia troppo tardi» commenta Tala. Il numero dei visitatori cresce sotto i loro occhi come un cronometro.

9

Jules carica le sue foto più recenti su Instagram. Quel tizio che fa volare un aquilone a West Coast, con il tatuaggio di un serpente bianco e nero avvolto intorno al braccio; il primo piano di quella donna filippina al mercato a cui mancavano due incisivi inferiori. La donna era scoppiata a ridere quando Jules le aveva mostrato l'immagine sul piccolo schermo della macchina fotografica.

"E questa sono io con la mia dentatura smagliante." Jules si era fatta mettere l'apparecchio due anni prima. Non uno di quegli aggeggi trasparenti, aveva scelto quello fisso in metallo, seguito dallo sbiancamento. Dopo che lo aveva tolto, David continuava a ripararsi gli occhi ogni volta che lei sorrideva. «Quel sorriso bianco e luminoso da Colgate.»

«Io esco.» David entra nella stanza in quel momento, gli uccelli che cinguettano fuori dalla finestra.

Lei non alza lo sguardo, la schiena incurvata.

«Jules?»

Lui si china, le prende la faccia tra le mani. «Come va?»

Lei fa un lungo, lento respiro. «Sì, be', non so.»

«Posso restare.»

«Non cambierebbe niente.»

Sentono bussare alla porta d'ingresso. David scende da basso e va ad aprire. Jules lo segue.

Sulla soglia c'è Amber con un tubino arancione, una macchia di mascara sotto l'occhio sinistro. «Ciao, David.»

«Oh, ciao.» Lui si volta verso Jules, la abbraccia e le sussurra in un orecchio: «Torno presto».

«Non essere sciocco. Non vorrai che ti diano già il benservito.»

Lui corruga la fronte, e il suo pomo d'Adamo va su e giù. «Giusto.» Ride, ma in modo forzato. Esce e chiama l'ascensore.

«Vieni pure» dice Jules ad Amber.

Amber entra. David e Jules si fissano. Lui torna indietro da lei, le accarezza i capelli. Le porte dell'ascensore si aprono e lui se ne va. Jules entra in casa.

«Mi farebbe piacere un caffè» esordisce Amber.

«Solubile?»

«Prenderò una tisana.»

Jules accende il bollitore.

«Non dobbiamo farlo per forza» dice Amber.

Jules tossisce nella mano.

«Intendo che se non hai voglia di vedermi, va bene. Ho un sacco di amici.» Amber chiude le dita intorno alla coda di cavallo, poi se la appoggia sopra la spalla.

«Non ho capito bene» replica Jules.

«Mi stai evitando.»

«Non è vero.»

«È evidente. L'altro giorno hai visto che ti salutavo con la mano, ma tu hai fatto il giro lungo intorno alla piscina per non parlarmi.»

«Io?» chiede Jules.

Ci riflette. La cicogna dipinta sulla finestra di una delle villette. La donna che ci abita ha appena avuto un bambino. Per uscire dal condominio, Jules sceglie la strada più lunga per non doverci passare davanti.

«Ci sono altri modi di comportarsi se non hai voglia di chiacchierare. Potresti semplicemente dire: "Ciao". Non c'è bisogno di essere maleducati.»

La terza e ultima inseminazione in vitro di Jules è appena

fallita, e questa donna si aggrappa a lei come se fosse una zattera. Poi Jules ripensa al Lustral.

Si schiarisce la voce. «Be', mi dispiace se hai pensato che sono stata maleducata.»

«Non importa. Non sono una che serba rancore.»

«Il fatto è che io sono...»

Amber sta scuotendo la testa, la faccia tesa. «No, non ne voglio più parlare. Come stai, comunque?»

Jules si incolla un sorriso sulla faccia, che però si smorza subito.

«Cosa c'è che non va?» chiede Amber.

«Io... è che... credevo di essere incinta.»

Amber sgrana gli occhi. Fa due passi verso Jules. «E?»

«E invece non lo sono.»

«Oh santo cielo, Jules, mi dispiace.»

Jules annuisce, aspetta.

«È da tanto che ci provate?»

«Anni.»

«Oh.» Amber la fissa, apre la bocca per aggiungere qualcosa, ma cambia idea. Jules potrebbe lasciare che il silenzio continui, però sulla faccia di Amber c'è un'espressione talmente disperata che non ci riesce.

«Stavo provando l'inseminazione in vitro.»

«Potreste riprovarci» abbozza Amber con un filo di voce.

Jules scuote la testa. «Abbiamo già tentato due volte prima di questa. Non funziona. Per noi.»

«Be', dai retta a me, i figli non sono questa gran meraviglia. E costano un sacco di soldi. Non oso pensare a tutto il denaro che spenderemmo se dovessimo pagare le tasse scolastiche.»

Jules mette una bustina di camomilla in una tazza e ci versa sopra dell'acqua bollente. La porge ad Amber.

«Comunque, per fortuna sembra che a Sam piaccia la scuola, invece Colby... Magari è come me... io non mi trovavo bene a scuola, in effetti.» Sposta lo sguardo. Poi torna a rivolgersi a Jules. «Mi dispiace che a te non capiti. Forse se ti rilassassi, se non ci pensassi per un po'… Se ne sentono di storie così.»

Jules si inginocchia sul tappeto di lana rossa per prendere il libro fotografico di Amber da sotto il divano. «Ascolta, non ne voglio più parlare. Tieni il tuo libro.» Spazza via la polvere.

«Mi piace il modo in cui Avedon mostra l'essenza delle persone» dice Amber.

«Non è molto attratto dai piselli nudi, però.»

La risata di Amber squarcia l'atmosfera pesante. Si siede sul divano è sorseggia la tisana.

A Jules gorgoglia lo stomaco. «Oooh, scusami.» Ci preme sopra una mano.

Amber sorride. «Hai fame.»

«Be', forse un po'.»

«Non farti problemi per me.»

Jules attraversa il soggiorno open space e va nella zona della cucina, apre un armadietto e tira fuori un sacchetto di carta da sopra una pila di piatti. Dentro c'è una grossa fetta di pane duro. Apre il frigo. In un vassoio ci sono tre chicchi d'uva abbandonati. Su un ripiano di vetro c'è un barattolo rovesciato di pesto in mezzo a una pozza di olio. Ieri non ha mangiato niente, e David deve avere finito tutta l'insalata. Deve andare al supermercato. Si accomoda sul divano, ma il suo stomaco non la smette.

«Perché non andiamo fuori a pranzo?» chiede Amber.

«E la tua tisana?»

Amber la appoggia per terra e si alza. «Andiamo a prendere qualcosa al PS Cafe.»

"Che male ci può essere a pranzare con Amber?" pensa Jules, afferrando la borsa.

Dentro la quattro per quattro di Amber c'è odore di muffa, come se stesse marcendo un'arancia nascosta e dimenticata. Nell'angolo del vano gambe c'è un sacchetto di patatine vuoto e appallottolato. Un filo di banana è appiccicato dietro il cambio. Sul sedile posteriore, un seggiolino per bambini è cosparso di briciole. Amber sale, prende una boccetta di vetro e spruzza del deodorante al limone per l'ambiente.

«Scusa il disordine» dice chiudendo la portiera. «E anche l'odore, del resto. Quando hai dei maschi, devi rassegnarti al marciume delle sneaker.»

Amber si toglie le zeppe e le lascia cadere sul pavimento dietro. Gira la chiave e fa manovra per uscire. Il tetto del parcheggio incombe su di loro. Risalgono la ripida salita verso la strada, poi svoltano sul vialone.

Jules vede un bambino arrampicarsi dal sedile posteriore di una Mercedes d'argento a quello davanti, vicino alla madre, che non tiene gli occhi sulla strada. Un taxi azzurro sfreccia sulle strisce bianche e nere di un attraversamento pedonale proprio nel momento in cui una donna con grandi occhiali da sole scende dal marciapiede. Lei agita il pugno in direzione del guidatore.

Le unghie smaltate del piede di Amber sono premute sull'acceleratore. Non ci sono marce da cambiare. Con la freccia indica che deve svoltare e l'auto nella corsia parallela accelera per impedire che Amber le tagli la strada.

Amber svolta in Dempsey Hill. Sospira; il parcheggio è pieno. Prova in un altro più giù sulla collina, ed entra in retromarcia in un piccolo spazio. Per scendere dalla macchina, Jules deve sgusciare fuori trattenendo il fiato, strisciando contro la lamiera.

Percorrono un vialetto verso un grande edificio cubico di cemento bianco, con vetrate a tutta parete e circondato da alberi. Jules e Amber si siedono fuori a un tavolo nero quadrato.

La cameriera porta una caraffa d'acqua e due bicchieri. Amber li riempie. Il tavolo traballa, facendo scivolare i due bicchieri verso Jules, che li afferra entrambi. Le fa malissimo la pancia.

«Dovremmo chiedere di mettere qualcosa qui sotto. È quella gamba...» dice Amber.

A Jules non viene in mente niente da rispondere, quindi guarda in lontananza, le colline di alberi, il cielo azzurro. Dentro, il ristorante è tutto banconi in rame e pavimenti in legno grezzo.

«Bisogna fare amicizia subito, qui» afferma Amber. Il suo sorriso è tirato.

«Sì» replica Jules, pensando all'embrione che sta ancora sanguinando fuori da lei.

«Devi avere almeno dieci amici, così se uno se ne va, hai ancora gli altri.»

«Sembra il controllo delle scorte.»

La palpebra di Amber ha degli spasmi. Sulle guance ci sono dei solchi che prima non c'erano. È dimagrita?

Amber ordina una bottiglia di vino bianco. Appena arriva, tracanna dal bicchiere infilandoci dentro il naso. Se ne scola metà al primo sorso. Il tavolo traballa; Jules lo tiene fermo con il ginocchio. Legge il menu e sceglie un'insalata di quinoa.

«Allora, ehm, hai visto spesso la tua amica?» chiede Jules. Ha il nome sulla punta della lingua. «Maeve.»

«Non molto.» Amber si sforza di sorridere.

«Ah, credevo che voi due foste molto...»

«Scusa?»

«Molto amiche, sai.»

«Chi sono i tuoi amici?»

«Be, c'è David...» Jules fa una smorfia e ad Amber sfugge una risata rauca.

Jules accenna un sorriso forzato.

«E io» conclude Amber.

Jules stringe la mano intorno al bicchiere di vino, poi invece solleva quello dell'acqua e beve. «Allora, ti piace vivere qui?»

Amber ci riflette su un attimo. «È dura essere lontano dalla famiglia, ma è più semplice con i bambini. Sai, con gli aiuti.»

Arrivano le pietanze su piatti quadrati, e Jules preme i gomiti per impedire al tavolo di muoversi. Dissemina l'insalata sul piatto e osserva Amber che si infila in bocca una quantità di tonno e si riempie ancora il bicchiere. Jules sorseggia il suo.

"Due ovuli" pensa Jules. "Solo due. Non c'è da stupirsi che non abbia funzionato."

La forchetta di Amber tintinna sul piatto. Per la prima volta Jules nota che le manca la punta del mignolo.

«Ah, la mia amputazione» dice Amber. Stringe la mano a pugno. Spinge il cibo nell'angolo della bocca e mastica annuendo vigorosamente con la testa.

«Cosa ti è successo?»

«Il re William, ecco cos'è successo.»

Jules socchiude gli occhi.

«Mio fratello maggiore. Litigavamo sempre come cane e gatto. Lui chiuse di scatto una porta sulla mia mano mentre stavamo discutendo. Valerie mise la punta del mio dito in un sacchetto di plastica con il ghiaccio e chiamò l'ambulanza.»

«Valerie?»

«La nostra domestica messicana. Comunque, il mio povero mignolino non ce l'ha fatta, e William non si è nemmeno scusato.»

«Dio.»

«Oh, figurati, è successo un sacco di tempo fa.»

Continuano a mangiare. Jules si porta una mano alla pancia. Altro che scappare da Londra pensando di sfuggire al proprio desiderio di avere un figlio. La sua disperazione è più forte che mai. «Allora, che cosa ti ha portato qui?»

«Il lavoro di Tor. Colby era appena nato... non si ricorda nient'altro. Dio non voglia che dobbiamo tornare a Chicago.»

«Devi annoiarti, però.»

«Mi tengo occupata facendo un bel po' di beneficenza. E Tor non vuole che lavori.» All'improvviso sorride. La macchia di mascara è ancora lì, sotto l'occhio.

«Quindi...» azzarda Jules. «Come avete fatto voi due, sì insomma, a mettervi insieme? Lavoravate nello stesso posto, vero?»

Di nuovo la risata. Una donna con un vestito di raso verde, seduta a un tavolo più in là, si volta a guardare.

«È stato durante una serata fuori con i colleghi. Un concerto di Elton John. Continuavo a pensare a quanto fosse a disagio Tor, muoveva i piedi, schioccava le dita.»

Elton John? Jules si immagina David che alza gli occhi al cielo all'idea.

«Al lavoro, Tor aveva sempre la testa sepolta tra le scartoffie. Sembrava terrorizzato da me, a dire la verità.» Amber fa una risata frivola.

Jules deglutisce a fatica.

«Io avevo bevuto un bel po' quella notte e mi lasciai prendere dal momento» continua Amber. «Lo sentivo dietro di me, mi girai, lo abbracciai e...» Raddrizza coltello e forchetta sul piatto.

«E hai capito subito che era quello giusto?»

Amber beve un lungo sorso di vino. «Be', non c'era nessun altro!»

«Ah» commenta Jules. «Però è un brav'uomo, Tor. Gentile.»

Amber corruga la fronte. Un triangolo di disappunto si insinua nel suo labbro superiore, poi distoglie lo sguardo.

Dolly si arrampica sul letto, tasta la mensola sopra di lei. Prende le pillole, avvolte nella stagnola, e si siede.

Le fotografie attaccate sulla bacheca di sughero sulla parete in fondo al letto le sorridono. Mallie con un vestito rosa, gli occhi rivolti al cielo, la bocca aperta in una risata. Quando l'ostetrica le aveva messo tra le braccia Mallie per la prima volta, l'amore era stato istantaneo; gli anni che avevano trascorso lontane lo avevano solo rafforzato.

Dolly ha cullato la fantasia di non dover ingoiare quelle pillole, che sarebbe successo qualche miracolo, come trovare una grossa mazzetta di banconote per terra o che qualcuno saltasse fuori dal nulla dicendo: "Tu sarai la Next Top Model". Ha continuato ad aspettare, fiduciosa, ma non è accaduto nulla. Ha aspettato l'ultimo momento per fare qualcosa, e ora l'ultimo momento è arrivato.

Mancano poche settimane al suo controllo dello stato di salute. O le pillole o verrà espulsa. O le pillole o dovrà dare a uno dei suoi figli una vita di serie B, una vita che lei non augura a nessuno dei due.

Ha fame, come le capitava a volte prima che Tala se ne andasse per lavorare all'estero, tanti anni fa. Come potrebbe averne Mallie se Dolly dovesse perdere il lavoro. E non c'è modo di sapere che cosa potrebbe accadere a Tala ora che sta scrivendo su quel maledetto blog.

No, questa è la cosa giusta da fare, l'unica. Dolly spinge forte come se cercasse di far nascere un figlio; se solo cominciasse ad avere un'emorragia. Tira fuori le pillole dalla stagnola, due cerchi bianchi nel palmo della sua mano.

«Scusa.»

Si mette entrambe le pillole sulla lingua. Cominciano a scomparire.

Da qualche parte in cielo ci sono echi di tuono. Jules corre verso la quattro per quattro di Amber. I fari della macchina lampeggiano. Jules sale, già fradicia. Amber sbatte la portiera del guidatore, la faccia accaldata, e avvia il motore.

La pioggia picchietta contro il parabrezza, esitante, poi in modo insistente finché i tergicristalli non servono a niente contro il diluvio.

Amber non vede il fiume d'acqua che si raccoglie sulla strada; oppure non le importa. Vi sfreccia in mezzo, spruzzando arcate vitree d'acqua. La sua macchina inzuppa due pedoni, una donna che lotta con un ombrello rovesciato, l'altra con un sacchetto di plastica della spesa sulla testa.

La pioggia batte sull'auto. Le ruote sibilano e girano sulla strada inondata. Amber non rallenta. Jules si immagina di sbandare, la macchina che colpisce il marciapiede e piomba nel canale di scolo a cielo aperto che corre lì a fianco.

Si tiene più forte.

Tala prende in mano il biglietto che la signora Maeve le ha lasciato sul piano della cucina, mentre la porta di ingresso si chiude alle sue spalle. La pioggia entra sferzando dalle inferriate dell'ingresso e le bagna i piedi.

Scende con l'ascensore fino al pianterreno poi esce, inzuppandosi e scivolando nelle sue infradito. C'è un fiume d'acqua che si riversa lungo i sentieri, precipitando nelle piscine. Da questa parte non si passa. Deve arrivare davanti al condominio, quindi svolta a destra e scende le scale fino al garage sotterraneo. Camminando qui sotto resterà all'asciutto. Stacca la T-shirt dalla pelle; fa il rumore di un bacio con lo schiocco.

La pioggia filtra dai condotti di ventilazione sul soffitto del parcheggio sotterraneo. Un taxi sbatte con un tonfo sordo dietro l'angolo, e il rumore rimbomba. Tala esce in un'ampia rampa d'accesso fiancheggiata da colonnine, dove ci sono un tavolo da ping-pong e mucchi di giocattoli, una bicicletta, una bambola e un box per bambini. Il taxi passa e svolta dietro un muro. Lei sbuca di nuovo all'esterno, dopo essere passata sotto un altro condotto da cui cola l'acqua. Si asciuga la fronte gocciolante.

Legge i numeri sulle porte: "37", "38". Si è persa. Dio solo sa come farà a ritrovare la strada per venir fuori da lì.

Dolly beve dell'acqua, ma in bocca ha ancora il sapore amaro delle pillole. Una sedia viene trascinata sul pavimento nel soggiorno accanto. Lei si alza e va verso il rumore.

Colby ha le guance rosse; indossa il costume da bagno, dei boxer con i cavallucci marini e un alamaro davanti.

«Cosa stai facendo?» gli chiede.

«Sto cercando il mio asciugamano. L'ho lasciato qui» risponde

La sua divisa scolastica è ammucchiata per terra. Lui trascina ancora la sedia che stride.

«Stai fermo, tesoro.»

«Io non sono il tuo tesoro. Voglio il mio asciugamano.»

«Ma la tua mamma ha detto che non puoi andare a nuotare quando c'è il temporale.»

«Tu non sei la mia mamma.»

«No, però lo ha detto lei.»

Sam sta guardando, seduto a gambe incrociate sul pavimento di marmo in un angolo della stanza bianca e luminosa.

«Io vado» dichiara Colby.

«Non da solo, e non adesso.» Lei si mette davanti alla porta d'ingresso.

«Invece sì.»

«Sta piovendo.»

«Ho visto te e il mio papà, quindi non dirmi cosa devo fare.»

Si scaglia contro Dolly, che colpisce la porta con la nuca e cade. Sente un odore caldo nel naso. Sam scoppia a piangere.

«Smettila!» grida Dolly.

Colby le tira i capelli. Quando molla la presa, la guarda scuotendo la testa.

«Ami il mio papà?»

«No» risponde lei.

Si alza per andare da Sam, ma lui è sparito. Tutta la casa è immersa nel silenzio finché Colby urla il nome del fratello.

Jules si tiene aggrappata alla portiera, mentre Amber cerca, senza riuscirci, di imboccare la curva stretta a destra per entrare nel garage sotterraneo del Greenpalms. La macchina è troppo vicina al paletto.

«Ma insomma!» sbotta Amber, facendo retromarcia e riprovandoci. È la prima volta che una di loro parla durante il tragitto.

Capillari violacei serpeggiano sulle guance di Amber; ha il naso arrossato. Zigzagano tra le pareti di cemento pulite del parcheggio, proprio sotto le piscine, i vialetti e i palazzi del condominio. La pioggia riesce ad arrivare fin quaggiù, sgorgando attraverso le inferriate nel soffitto e raccogliendosi in pozzanghere per terra.

«Potrei lasciarti davanti a casa, per non farti camminare sotto questo diluvio» suggerisce Amber.

«No, va bene qui» risponde Jules, sapendo già che si perderà in quel labirinto sotterraneo pieno di buche delle lettere e ascensori, eppure non vede l'ora di scendere da quella macchina. Il viaggio l'ha innervosita, ha il collo rigido, le spalle incurvate. Vuole restare da sola per un po'.

Amber spegne i tergicristalli proprio mentre un'altra cascata si riversa sulla macchina. Inserisce la retromarcia senza guardare indietro, come se avesse già fatto quella manovra un migliaio di volte.

«Dovremmo replicare» dice Amber, le sopracciglia sollevate in un'espressione interrogativa.

Jules apre la cerniera della borsa.

Si sente un colpo sordo. La macchina ha urtato qualcosa.

L'auto bianca va di nuovo avanti. C'è una sagoma azzurra indistinta per terra dietro la macchina. Tala si muove come attraverso del catrame, poi la vede con chiarezza: la maglietta stropicciata e sollevata sulla pancina al suolo. Mio Dio, è un bambino.

E Tala urla e batte sul parabrezza con la forza di qualcuno che vuole mandarlo in mille pezzi.

Il tempo è lungo e lento. Gli occhi grigi della donna al volante fissano Tala, le guance incavate. Tala pensa che, tra un istante, farà due passi indietro e osserverà il danno. "Un gioco azzurro rotto" sussurrerà e si scuserà, e spererà di non rivedere più quella donna perché il suo panico infondato sarà molto imbarazzante. Sì, si è sbagliata; ecco perché la donna sul sedile del passeggero ha un'aria così sconcertata, e quella alla guida guarda corrucciata Tala con rabbia malcelata. Ma il pensiero si ripresenta nella sua testa: c'è un bambino investito là dietro, per terra.

La mano della guidatrice si muove sul cruscotto. Deve avere spento il motore, ma Tala non si accorge del cambio di rumore. Si sposta di lato, cade in ginocchio e allunga la mano destra verso la pelle nuda del bambino immobile, che emana calore. La sua faccia insanguinata è girata verso la parete.

Una donna con i capelli lunghi e castani si inginocchia accanto a Tala e abbassa la testa verso il bambino. È come se qualcuno schiacciasse il pulsante "silenzioso" di Tala e i suoni tornano.

«No, no, no» geme la donna. «Non morire.»

La portiera del guidatore è aperta e con un sussulto Tala capisce che questa donna che grida era quella al volante. Strilli acuti come di un animale in trappola. Poi nota la passeggera, che tenta di fare alzare la donna tirandola per le spalle, ma lei rimane ferma. "La passeggera è Jules."

Jules sta sussurrando parole sommesse alla donna, poi dice: «Io lavoro in un ospedale a Londra, ricordi? Lascia che dia un'occhiata a Sam».

"Sam? Il Sam di Dolly?" Jules afferra il braccio di Tala e la fa spostare, poi si inginocchia ancora di fianco a Sam. È solo in questo momento che Tala si accorge che la guidatrice è la signora Amber; una versione grigia e avvizzita della signora Amber.

Il bambino è troppo immobile e Tala non riesce più a guardarlo per paura che qualche pensiero negativo esca da lei e spenga le sue ultime possibilità di vivere. Ecco la porta secondaria da cui deve essere uscito, dipinta di grigio e segnata da graffi bianchi. La porta secondaria che dà direttamente nel seminterrato della villetta della signora Amber.

Il bambino deve avere visto la madre che tornava in macchina, invece lei non ha visto lui.

Adesso Dolly è in piedi sui gradini davanti a quella porta, il viso a chiazze sconvolto dall'orrore. I secondi rallentano e si allungano sempre di più, e Dolly fissa la macchina, una lacrima che le sgorga dall'occhio e disegna una linea giù per la sua guancia.

Da sotto la macchina, Jules dice: «Tala, chiama un'ambulanza, per favore».

Tutte le cose dentro la borsa di Tala cadono rumorosamente sul cemento. Armeggia con il suo cellulare rosso, ma quaggiù non c'è segnale. Passa di corsa accanto a Dolly, oltre la porta che si apre troppo lentamente e su per le scale che ci vuole troppo tempo a salire.

10

Il sangue sgorga dalla fronte di Sam. Jules gli tocca il collo.

Le era sembrato che avessero colpito una colonna portante, o forse investito un animale. Dentro la macchina di Amber il tonfo era stato minimo, eppure Jules lo aveva percepito.

L'odore è come carne cruda a pezzi. Jules sente la voce di Amber, un'improvvisa raffica di suoni come se fosse rimasta sott'acqua e ora fosse risalita in superficie a prendere fiato.

«Fa' che stia bene» dice Amber. «Farò qualsiasi cosa.»

Jules avvicina l'orecchio alle labbra blu del bambino. Ha gli occhi chiusi. «Sam, mi senti?» chiede.

Niente, solo i singhiozzi rauchi di Amber.

«Sam, la senti la mia mano?» domanda Jules toccandogli la faccia.

Non c'è risposta, quindi lei gli pizzica forte la guancia. Il bambino trema con un debole rantolo.

Jules guarda Amber di fianco a sé, poi si scosta. Si toglie la maglietta dalla testa e si infila di nuovo sotto la macchina, tamponando la stoffa bianca contro il sangue sulla fronte del bambino. "Stabilisci le priorità" pensa, dopodiché dice ad Amber di tenere premuta la T-shirt al posto suo. Ma Amber sta tremando talmente forte che, quando cerca di fare pressione, comincia a tremare anche la testa di suo figlio.

«Lascia stare» dice Jules e toglie le dita macchiate di sangue di Amber.

Poi schiaccia lei stessa il tessuto contro la testa di Sam. Con l'altra mano, solleva prima una palpebra poi l'altra per controllare la dimensione delle pupille di Sam.

«Amber, hai una torcia?» chiede Jules. Vuole vedere se gli occhi di Sam reagiscono alla luce.

«Non lo so. Forse» mormora.

«Devi andare a prenderla» dice Jules, ma Amber non si muove. «Subito!»

La donna si allontana barcollando, il vestito arancione sporco di nero in alcuni punti, e la porta del seminterrato si richiude rumorosamente dietro di lei. Jules sente il polso irregolare del bambino. I secondi diventano pesanti. Tala ha chiamato il numero di emergenza, li ha diretti al posto giusto? Jules vuole fidarsi di Tala, però l'ambulanza continua a non arrivare. Jules si alza, scruta il parcheggio, ma non vede niente.

"L'ambulanza sarà qui a minuti" si dice. È come in quel suo sogno ricorrente, dove lei continua a comporre il numero del servizio di emergenza ma non riesce a prendere la linea. Jules si inginocchia di nuovo ed esamina la fronte sanguinante di Sam. Lei ha freddo, eppure l'aria ha ricominciato a tornare calda. L'orecchio destro del bambino è rosso e bollente, un terribile contrasto con la sua pelle ghiacciata.

«Andrà tutto bene, Sam» dice.

I minuti sembrano eterni. Jules è intontita dall'attesa. Le batte forte il cuore. Poi una sirena risuona assordante dietro l'angolo, proprio nel momento in cui Amber torna con la torcia in mano.

Jules la prende e la punta su ciascun occhio di Sam. Amber si inginocchia accanto a lei e piagnucola.

L'ambulanza si ferma stridendo. Un paramedico scende, una donna con una divisa blu scuro. Prende la maglietta dalle mani di Jules. «Cos'è successo?» chiede.

«È stato investito da quella macchina» ribatte Jules. «Respira, pupille normali, un taglio profondo sulla fronte, si sta gonfiando dietro l'orecchio destro.»

La donna parla in mandarino con il suo collega, un uomo con i capelli dritti in piedi come fibre ottiche. Appoggia per terra una borsa di tela.

«Come si chiama?» domanda la donna.

È Amber che risponde con un filo di voce: «Si chiama Sam».

L'uomo tira fuori un tampone dalla borsa e lo fissa sulla testa del bambino. I paramedici, che indossano entrambi i guanti, si scambiano altre parole. L'uomo mette le dita sul collo di Sam, poi prepara un collare cervicale rigido. Prende una barella dal retro dell'ambulanza. Insieme, i paramedici e Jules girano Sam su un fianco. La donna gli tasta la colonna vertebrale.

Lo sistemano sulla barella, poi lo caricano sull'ambulanza. Ora Amber è in piedi, le braccia tese e tremanti. In piedi su un gradino appena sotto i portelloni dell'ambulanza, Jules posiziona le mani sotto la barella per paura che il bambino cada. Poi si leva di mezzo e spinge Amber ingobbita sull'ambulanza, chiudendo il portellone dietro di lei.

L'ambulanza si allontana rombando, all'improvviso si blocca. Fa retromarcia per girare intorno a una colonna, quindi riparte a gran velocità. Jules sente partire la sirena sulla strada non troppo distante.

Le tremano le dita. Le torna in mente come David le aveva tenuto ferma la mano mentre lei accendeva la candela in chiesa il giorno in cui si sono sposati, in una chiesa cattolica anche se nessuno di loro c'era più stato da quando erano adolescenti. E tutte quelle storie che il prete aveva raccontato sull'andare e moltiplicarsi. Cristo.

Dei tubi corrono paralleli sul soffitto basso. La sua T-shirt insanguinata è per terra. Il sangue si è raccolto in una pozza dietro la macchina. Dolly è in piedi sul cemento e fissa la quattro per quattro; Tala è alle sue spalle sui gradini che conducono alla porta del seminterrato della villetta.

Il pranzo pesa sullo stomaco di Jules come un peccato. Dovrebbero lasciare ogni cosa così: la portiera aperta della macchina, il sangue.

Si avvicina a Dolly, la fa voltare, rigida tra le sue braccia, e salgono i gradini mentre Tala si scosta. Jules cerca di pensare a qualcosa da dire, ma ha la testa confusa di domande.

Dolly si rifiuta di entrare. Il braccio di Jules si allunga e ricade quando la donna scende di due gradini e si pianta lì, con il capo appoggiato al muro. Tala si siede accanto a lei, le spalle che si toccano.

A Dolly manca il fiato. «È morto?» chiede.

Jules cammina avanti e indietro nella stanza. Indossa una T-shirt che le ha trovato Tala, di due taglie troppo piccola, le righe multicolori che tirano sul petto.

Colby sta singhiozzando, a bocca aperta, la faccia lucida per le lacrime e il muco. È sul divano, poi si alza e si mette a camminare anche lui avanti e indietro.

«È stato un incidente.» Dolly gli posa le mani sulle spalle, ma lui gira la testa.

Tala ha una mano sul fianco e giocherella con la croce d'oro che ha al collo. Colby si scrolla via Dolly e sbatte la fronte contro la parete. Poi ogni energia lo abbandona e scivola a terra, piangendo sommessamente.

«Dài» dice Dolly. Guarda Jules. Ha gli occhi rossi.

Jules si avvicina al bambino e si accovaccia. «Riesci a fare come me, Colby? Respira, okay? Dentro piano.» Si riempie il petto d'aria. «Poi fuori piano.»

Il bambino segue i suoi movimenti, più volte.

«Meglio?» chiede Jules.

Colby trattiene il fiato, poi fa un vago cenno di assenso. Sul ginocchio ha una crosta che si è un po' infettata. Si alza in piedi e il costume, calato dietro, rivela la fessura del sedere. È pallido come il latte. Dolly lo accompagna su per le scale, tenendolo per mano.

Jules si siede sul divano. "Che giornata di merda." Il divano affonda; si volta e vede che Tala si è seduta di fianco a lei.

«Lei è un'infermiera, signora. Insomma, cosa ne pensa?» La voce di Tala è talmente bassa che è come se stesse parlando qualcun altro.

«Non sono un'infermiera di pronto soccorso, Tala; sono un'ostetrica. Faccio solo nascere i bambini, tutto qui.»

«Solo? Mio Dio, lei è un'ostetrica.»

Seduta accanto a Tala, Jules riesce a vederle le rughe intorno agli occhi castani, le sfumature diverse, le pagliuzze di luce.

«Spero tanto che si rimetterà» dice Jules.

«Dolly cura quel bambino da quando è nato.»

Tala continua a toccare quella croce, le sopracciglia vicine. Passi felpati scendono le scale. Dolly si ferma davanti a loro, i capelli annodati di lato. Tala fa forza sulle cosce per alzarsi.

«Vieni qui, Dolly» le dice.

La prende per un braccio e Dolly fa una specie di corsetta. Cade all'indietro sul divano.

«Come stai, Dolly?» le domanda Jules.

«La signora Jules è un'ostetrica» spiega Tala.

«Chiamami pure Jules.»

Hanno entrambe gli occhi fissi su Jules. Quando lei diceva qual era il suo mestiere, ogni tanto otteneva quell'effetto, però lei non era niente di speciale.

«Gli ha salvato la vita, signora. Gli ha salvato la vita, Dolly. Ma immagino che sia una cosa normale per una come lei» afferma Tala.

La guardano. Jules si alza, riempie un bicchiere di acqua calda del rubinetto e si volta verso di loro. «Volete qualcosa?»

Tala scuote la testa. Dolly continua a fissare Jules senza aprire bocca. Tala va a sedersi vicino alla sorella e le cinge le spalle con un braccio. «Che cosa è successo, Dolly?»

«Colby si arrabbia così tanto» spiega Dolly. «Mi stava picchiando. E Sam stava piangendo. Poi è scappato via. Ho già cercato di parlare di Colby alla signora Amber, ma lei non mi ascolta.»

Squilla il telefono. Jules attraversa il pavimento di marmo e si blocca. Ha paura di sollevare la cornetta. Fa sei squilli prima che lei si decida. Ora Colby è sul pianerottolo, sul punto di piangere.

«Pronto?» dice Jules nella cornetta.

«Ha due fratture lineari nel cranio.» È la voce di Tor, lontano sulla linea.

«Ma si rimetterà, vero?» si azzarda a chiedere Jules, alzando lo sguardo su Colby che si è bloccato a metà della scala.

«Cielo, spero di sì. Il medico sostiene che le fratture non stanno premendo sul cervello, quindi Sam non ha bisogno di essere operato. Dicono che guarirà.»

Jules annuisce in direzione di Colby. «Guarirà» ripete Jules allontanando appena la bocca dalla cornetta.

«La mia mamma è là?» chiede Colby.

«Puoi passarmi Amber?» chiede Jules.

Colby trotterella giù per i gradini. Dolly trema in silenzio sul divano, Tala stretta a lei. Colby piange con il telefono premuto contro l'orecchio. Si stringe il naso, scuote la testa.

«È lì per colpa mia» dice Colby.

Jules lo abbraccia. Piange ancora più forte, adesso. Jules gli toglie la cornetta.

Amber sta tirando su con il naso. «Staresti con Colby stasera?» le domanda, la voce piena di catarro.

«Sì, certo, però c'è anche Dolly qui.»

«Se se ne fosse occupata a dovere, non sarebbe successo niente.» La sua voce si impenna a ondate.

«È accaduto qualcosa, Amber.» Jules guarda Colby lì in piedi, e Dolly piegata a metà. «Non è stata colpa di nessuno. Sam è semplicemente corso fuori.»

«Non l'ho nemmeno visto» Amber ansima. «Il mio bambino.»

«Non fare così» dice Jules. «Si rimetterà, vedrai.»
«Lo spero proprio.»
«Ci risentiamo domani» dice Jules. «Ma stanotte chiamami sul cellulare se hai bisogno di me, okay?»
«Grazie.» Jules rimette giù la cornetta.
Tala si avvicina a Colby. «Vieni, ragazzino» gli dice. «Andiamo di sopra a cercare un libro da leggere. Per distrarti un po'.»
Colby non ribatte e insieme salgono le scale.

Dolly non riesce a dormire. Si era quasi appisolata una volta, ma poi c'erano il cemento con il sangue, e la macchina. E Sam potrebbe morire. E se Colby accenna a quel che ha visto? E se la signora Amber la licenzia? E che ne sarà dei suoi progetti per il futuro di Mallie?

Si alza e va in corridoio, dove c'è la lavatrice. È carica di panni sporchi e lei ne tira fuori qualcuno, biancheria, canottiere e calze. Trova una calza di Sam, si siede e la annusa. Inspira a fondo, poi se la infila dentro la canottiera, perché sia di conforto al suo cuore pesante.

La tiene lì.

Si sente come quando era una ragazza. Qualche foglia di riso spuntava dall'acqua. Lei e Tala avevano preso quel poco che avevano, tutto avvolto in canovacci, e avevano risalito la collina, lungo uno stretto sentiero, camminando finché non avevano avuto male ai piedi, la polvere nel naso, e dentro di loro. C'era un che di malinconico in Tala. Le stringeva forte la mano, le dita corte, i palmi ruvidi. Era curva.

Erano entrate nel negozio e il proprietario non aveva sorriso quando aveva guardato nella borsa di tela. Aveva scosso la testa. "Ho abbassato il prezzo che vi pago" aveva sentenziato. "Starà scherzando, amico!" aveva ribattuto Tala mettendosi una mano sul fianco. Ma il suo coraggio si era spento stando lì. I suoi occhi scintillanti e la sua voce acuta si erano ridotti in fumo.

Il giorno in cui Tala era partita per Hong Kong, qualche settimana dopo, la mamma aveva detto a Dolly di rimanere dentro, ma lei aveva osservato Tala che abbracciava i ragazzi. E aveva desiderato che Tala fosse la sua mamma, forte, giovane e divertente.

Tala scriveva. Pagine zeppe di lettere sinuose, le luci, gli odori, i suoni. Era stata brava con le parole fin dai tempi della scuola, dove aveva imparato l'inglese. All'epoca i loro genitori potevano permetterselo, ma quando Tala aveva compiuto dodici anni i soldi erano diventati scarsi e lei aveva dovuto abbandonare presto la scuola. Però aveva continuato a scrivere, riempiendo quaderni di storie e sogni. Dolly non era mai andata a scuola e, arrivato il turno dei figli di Tala, la madre aveva dovuto scegliere quale mandare. Dato che Ace sembrava portato per le lingue come lei, aveva scelto lui. Una volta Dolly gli aveva preso uno dei suoi libri dallo zaino e lo aveva nascosto ai piedi di un albero di dillenia indica.

Poi, appena Tala era tornata a casa, Dolly le aveva guardato nella borsa e aveva visto le T-shirt e i dolci. Aveva pensato a tutti i posti dove era stata Tala, Hong Kong e Singapore, e a tutte le cose che poteva fare, la libertà. Dolly aveva voglia di spalancare le braccia come fossero due ali. Voleva qualcosa di più che restarsene seduta nelle case delle persone ad aspettare che Tala tornasse. Era stato allora che aveva capito che anche lei sarebbe diventata una domestica? Ci sarebbe riuscita soltanto con l'aiuto della sorella, però, perché come si sarebbe potuta permettere il biglietto aereo? Sapeva che Tala l'avrebbe aiutata. Ma Dolly si era distratta, e invece di concentrarsi sulla partenza e sulla ricerca di un lavoro, i suoi occhi si erano fissati su Nimuel.

Era andata a piedi al mercato della verdura, tagliando attraverso i boschi. Aveva sentito degli schiamazzi. Era rimasta zitta e immobile, e si era accovacciata. Alcuni uomini stavano sguazzando nell'acqua, buttandosi sotto a vicenda.

Uno di loro era uscito, si era arrampicato su una roccia e si era tuffato. Dolly era così intenta a guardarlo che non aveva notato lo scricchiolio, i passi, poi eccolo apparire tra gli alberi, Nimuel, robusto e nudo con quel sorriso sulla faccia. Aveva proseguito verso l'acqua voltandosi indietro a guardarla, le natiche incavate ai lati, le increspature dei suoi polpacci muscolosi. Lei aveva ricambiato il sorriso. Si erano incontrati sotto gli alberi, in una capanna *nipa* vuota, dove lui stava quando suo padre era via.

Era rimasta incinta poco dopo. Appena lo aveva scoperto, la mamma l'aveva presa a schiaffi in faccia, così forti da farle voltare la testa dall'altra parte. "Che ragazza stupida!" aveva gridato la madre, le guance rosa e grassocce che tremolavano, i corti capelli neri tagliati male. Sei settimane più tardi, Dolly non riusciva nemmeno a tenere giù l'acqua. Voleva solo stare sdraiata al buio, immobile; voleva che il tempo sparisse perché non portava altro che vomito e gorgoglii. Era magra, disidratata e svuotata, e la mamma aveva detto: "Quel bambino morirà se non tieni giù un po' di cibo". E Tala aveva telefonato, e Dolly era rimasta accanto alla mamma nel negozio del villaggio mentre Tala gridava: "Il bambino morirà? Morirà prima Dolly se non la portate all'ospedale". Era stata Tala a pagare. Dolly teneva stretto l'uomo sullo scooter che la accompagnava all'ospedale.

Dolly era stata sotto flebo per due settimane, ma aveva avuto un sapore metallico in bocca finché non era nata Mallie. Tala era tornata a casa per una settimana quando Dolly era di sei mesi. "Non se ne parla neanche che tu partorisca in casa" aveva detto. "Andrai in ospedale." "Ma il bambino è girato nella posizione giusta; non ci sono complicazioni" aveva ribattuto Dolly. E Tala aveva aggiunto: "Ma sei matta? Ho già pagato la parcella. E non sto tutto il giorno a pulire per poi buttare i soldi dalla finestra". Tala aveva sbirciato Nimuel, che sogghignava su una sedia. Gli aveva dato del dopobarba e una pacca sulla mano, però non era servito. Quattro settimane prima che nascesse Mallie, se n'era andato. Mallie era venuta al mondo in una stanza con altre donne che spingevano di fianco a Dolly. Ed era stato tranquillo, ma molto più doloroso di quanto avesse immaginato, e lei aveva previsto il peggiore dei dolori.

Era stato un buon inizio, poi, però, era giunto il momento della resa dei conti, perciò Dolly era partita e aveva raggiunto la sorella, perché ora toccava a lei. Tocca ancora a lei; Tala non dovrebbe essere qui adesso. E deve andarsene prima che qualcuno scopra che è lei Colfhacker.

Dolly è contenta di avere preso quelle pillole. Dovrebbero funzionare. Spera che questo bambino sia l'unico a perdere la vita oggi.

«Non l'ha neanche visto» dice Jules. «E nemmeno io.»

David prende il cuscino da dietro la schiena e lo appoggia accanto a sé sul divano bianco di Amber. «Resto io; tu vai a casa, cerca di dormire un po'» le propone. «L'ultima cosa di cui hai bisogno è passare la notte sul divano di chissà chi.»

«Io sto bene, David.»

Profuma di bagnoschiuma; ha ancora i capelli bagnati e dritti in piedi.

«Mi sono chiesto che cosa fosse successo. Nastri della polizia dappertutto nel parcheggio, e tu non eri a casa. Dio, ho avuto un brutto presentimento.»

Jules sente un cigolio di sopra.

«Qui è un casino totale» commenta lei. «Tanto vale che tu vada di sopra; non ha senso che non dorma nemmeno tu.»

«Non ti lascio qui.»

«Ma il bambino...»

«Chi, Sam?»

«Colby. Non voglio che si metta di nuovo a fare il matto.»

«Devo portarti giù qualcos'altro?»

«No, sono a posto così.»

Jules guarda la striscia pallida della sua pancia sotto la

T-shirt troppo piccola. Se la toglie e fruga nel sacchetto che le ha portato David. Indossa una canottiera. Al piano di sopra cade qualcosa.

«Bene, terrò acceso il cellulare» dice David. «Basta che mi chiami e torno giù.»

Si alzano; lui la abbraccia forte e le stampa un bacio asciutto sulla guancia, ma lei lo attira a sé per un braccio e preme la sua bocca contro quella di lui. Lui si scosta, evitando di guardarla.

Lei soffre un po' quando David se ne va senza salutarla. Rimane immobile a fissare la porta. Le cose tra loro andavano meglio; vanno meglio, solo che David è piuttosto strano. Le luci filtrano dalle veneziane. Ma cosa ci fa lì Jules? Dolly è perfettamente in grado di badare a Colby. È come se Jules stesse facendo la guardia, ma Dolly non ha nessuna colpa.

Allora di chi è la colpa?

Amber ha bevuto circa metà di quella bottiglia di vino al bar; doveva aver superato i limiti. Ha guidato in modo distratto tornando a casa, silenziosa e pensierosa, tenendo il piede schiacciato sull'acceleratore, senza preoccuparsi di scivolare sulla strada inondata di pioggia. Jules le stava parlando mentre faceva retromarcia nel parcheggio sotto la villetta? Aveva fatto qualcosa per distrarla? L'aveva turbata? Amber aveva molti pensieri, per Colby e poi il Lustral. Aveva detto che Jules era un'amica per lei, però non le aveva confidato niente.

Le donne del reparto, gli amici di Jules dicevano spesso che lei era brava ad ascoltare. "Hai molta empatia; non potresti fare il lavoro che fai, altrimenti." A pronunciare queste parole era David. Ma lei non faceva più quel lavoro, quindi forse aveva smesso di essere brava ad ascoltare. Amber aveva cercato di parlarle di Colby? Jules era stata così presa dalla propria smania di rimanere incinta che a volte, intanto che le persone parlavano, si perdeva a fantasticare su come sarebbe stata la faccia del suo bambino. Tutto sembrava irrilevante in confronto.

Se avesse prestato maggiore attenzione, forse avrebbe potuto fare qualcosa per impedire l'accaduto. Suggerendo ad Amber di smettere di bere vino. Dicendole di non guidare. Insistendo che andasse più piano.

Cristo. Le fa male la pancia. In borsa ha l'antidolorifico, ma è ancora nella macchina parcheggiata sul cemento dove c'è il sangue. Ha del sangue anche sulle mutande. Lei non avrà mai dei figli. È così: un futuro che se ne va. Sarebbe stata una brava mamma, ne è sicura. Ha abbastanza esperienza con tutte quelle madri che allattavano i loro bambini. E David non diventerà mai padre. Pure lui è bravo con i bambini. Quando avevano per casa i loro nipoti, organizzava corse a ostacoli in giardino, visite ai musei, progetti scientifici e quadri, la pittura che imbrattava il pavimento di legno grezzo. David ha la stoffa del presentatore di programmi per ragazzi, o del papà.

"Smettila" si dice.

In ospedale c'è un bambino che rischia di morire e lei invece sta lì a compatirsi. Ci sono cose peggiori, molto peggiori.

È diverso dalla prima volta che ha provato la FIVET, quando sentiva di avere diritto a un figlio. Tutti gli altri ne avevano, allora perché lei no? Tutti quei commenti. "La prossima sarai tu"; "Vedrai che responsabilità". Quando le persone, specialmente le amiche incinte, le dicevano frasi del genere, era come se la pugnalassero.

C'erano quattro follicoli, non i dieci che aveva sperato lei, però esisteva comunque una possibilità. In quelle chat room sulla fertilità c'erano donne che avevano pochissimi follicoli eppure riuscivano ad avere figli. Lei aveva appena trentadue anni; le restava ancora molto tempo. Due degli ovociti si erano fecondati. Il medico, che aveva una brutta cicatrice su un lato della faccia, li aveva reintrodotti nell'utero. Due settimane dopo, non aveva avuto bisogno del test per avere la conferma che non aveva funzionato; la prova era sulle sue mutande.

Naturalmente lei e David avevano litigato. Non si ricordava più che cosa le avesse detto lui, ma era stata la cosa sbagliata. E lei aveva preso una delle Adidas di David e gliel'aveva tirata in testa.

Il medico aveva detto che la riserva dei suoi ovuli era bassa, e a lei si era scatenata dentro una rabbia che dal petto era salita alla testa. Era tornata a casa e aveva scagliato tre bicchieri sulle piastrelle del pavimento. Quelli belli, quelli che aveva scelto David. Lui arredava la casa con stuoie in fibra di cocco e divani di marca, invece lei era più una ragazza da Ikea. Basta che sia funzionale: era quello il suo motto. Preferiva spendere i soldi in vacanze al sole e serate fuori. L'infrangersi di quei bicchieri in schegge azzurre aveva avuto un effetto appagante.

Avevano provato una seconda volta e lei aveva prodotto un unico ovulo. Il test era stato negativo. Questa era l'ultima volta.

Faceva l'ostetrica da quando aveva ventidue anni. Amava l'odore del reparto, di un qualche tipo di sapone ecologico; l'euforia negli occhi della maggior parte delle donne: spalancati, elettrizzati. Tutto nuovo e allo stato puro. C'erano parti di feti morti, e reazioni scioccate alla nascita di bambini Down ma, per quanto fossero grandi i dolori delle altre, non alleviavano i suoi, nonostante non fossero nulla in confronto a tragedie del genere.

Poi c'era stata quella donna in barella con un'emorragia, che abortiva e piangeva, con gli occhi gonfi. E Jules aveva provato gelosia perché quella donna sdraiata là era riuscita per lo meno a restare incinta. Da una finestra del St Thomas' Hospital, Jules aveva osservato il Palazzo di Westminster dall'altra parte del fiume, e si era tolta i guanti di lattice. Era un pensiero terribile, crudele. Non voleva fare più quel lavoro, non poteva più farlo, se pensava cose simili. Non era più la Jules Kinsella ottimista ed energica, con il suo sorriso empatico.

Non va bene, deve prendere degli antidolorifici. Va in cucina, apre gli armadietti e guarda dentro. Niente. Prova con i cassetti, file di coltelli, forchette e cucchiai luccicanti, segnaposti d'argento e tovaglie. Non c'è un cassetto delle cianfrusaglie, niente rimasugli né disordine.

Va di sopra ed entra in camera di Amber. Lì c'è meno ordine. Vestiti che spuntano fuori dall'armadio, boccette alla rinfusa sul comò. Il letto è fatto; cuscini nelle sfumature viola e blu sono sistemati di sbieco sui guanciali. Sembra un po' un disordine da interior designer, come un servizio su una rivista di arredamento d'interni pieno di mobili antichi francesi.

«Aspirina, paracetamolo» dice a voce alta, cercando di mitigare il disagio di curiosare nella camera da letto di Amber, ma è una circostanza attenuante.

A pensarci bene, però, con in casa un bambino di cinque anni, forse Jules dovrebbe cercare le pillole in un posto fuori portata. Va nel bagno padronale, piastrellato in ardesia come gli altri della casa, e apre l'armadietto con lo specchio. È pieno di creme e trucchi, confezioni di antisettici e tubetti di dentifricio. Ci sono due spazzolini elettrici. Jules passa la mano sulla parte superiore dell'armadietto. La sua mano raccoglie polvere, ma c'è anche una scatola. Lustral. La apre; i blister sono vuoti. Era stato prescritto soltanto quindici giorni prima. Amber ne stava assumendo dosi eccessive?

Jules sente un cigolio nella stanza accanto e si irrigidisce. Non è che sta ficcando il naso, sta solo cercando dei benedetti antidolorifici. Rimette a posto la scatola vuota e va verso il suono.

La porta della cameretta di Colby e Sam è socchiusa. È accesa una luce fioca sul comodino, che disegna sul soffitto un'ombra a forma di palla. Colby non c'è. Sul lettino in basso c'è una trapunta ammucchiata, insieme a dei pennarelli. Jules sfoglia i cartoncini A5 sul comodino. Quello sopra è coperto di linee nere. Lo gira per guardare meglio e non ci sono dubbi, quella è Amber: un mento appuntito, i capelli scuri e lisci, una faccia senza occhi.

Sul comodino c'è anche una statuetta di creta dipinta. Ha una massa di capelli e un cappio al collo, realizzato in modo molto dettagliato. Ai piedi c'è una targhetta di plastica con scritto: "Il prigioniero dimenticato".

Jules guarda sotto il letto, dietro la porta, poi apre l'armadio. Ed eccolo lì, Colby, con un pigiama azzurro, i piedi sollevati contro il legno, gli occhi arrossati, i vestiti appesi sopra di lui.

«Guarirà, vedrai» dice Jules.

Colby non la guarda. «Non volevo.»

«Fammi posto» ed entra anche lei nell'armadio, con la schiena appoggiata alla parete, i piedi verso il bagno, della stoffa che pende e le si adagia sulla testa.

Un orologio ticchetta da qualche parte. Colby comincia a muovere nervosamente una gamba, cambia posizione poi dà un colpo di lato con il gomito, si tocca la testa.

«È stata una giornata davvero sconvolgente» azzarda Jules.

Colby continua ad agitarsi, senza aprire bocca.

«Sono belli quei disegni. Li hai fatti tu?»

«Sì.»

«Alcuni fanno un po' spavento.»

«Anch'io sono spaventato.»

«Davvero? A me non sembra.»

«Mi spavento.»

«Come?»

«Mi batte forte il cuore. Tremo.»

Jules annuisce.

«Non raccontarlo a nessuno» dice lui.

«Be', dove lavoro io ci sono molte persone che vengono a trovarci dicendo che a volte si sentono così.»

«Io sempre.»

«Ma Dolly lo sa, vero?»

«Lei cerca di aiutarmi.»

«E la tua mamma?»

Lui si stringe nelle spalle. «Non dirglielo, però.»

Jules afferra uno dei piedi scalcianti di Colby.

«Dovrebbe essere Dolly la mia mamma. Al papà piace molto. Una notte ho aperto la porta della camera di Dolly e il papà era sopra di lei. Non aveva vestiti.»

"Oh merda." Jules tenta di assumere un'espressione che sia un minimo comprensiva. «L'hai detto alla tua mamma?»

Lui scuote la testa. «L'ho detto a Dolly che ho visto quell'uomo, e lei mi ha chiesto di non dire niente alla mamma.»

«Cazzo.» Jules si schiarisce la voce. «Cioè, cavolo, dev'essere stato strano.»

Dolly e Tor; non se li immagina, però. Lui sarà anche stato un bell'uomo da giovane, ma adesso è tutto dopobarba e capelli radi, piedi grossi e goffi e gambe larghe quando corre. E sotto le sue camicie di lino ci sono un paio di tette. Ma, se lui ha una relazione, perché Jules prova simpatia nei suoi confronti? Amber è così gelida e maniaca del controllo. "Oh, smettila; il figlio di quella donna è all'ospedale, per l'amor del cielo. E in ogni caso non c'è verso che il gentile Tor si porti a letto Dolly."

«Sono sicura che non era il tuo papà nella camera di Dolly.»

«Era lui.»

«Lo hai visto in faccia?»

«Era piuttosto buio, ma riuscivo a vedere la sua schiena nuda.»

«Allora non puoi essere sicuro che fosse il tuo papà.»

Colby scrolla le spalle.

«Probabilmente era qualcun altro. Forse Dolly aveva fatto entrare un amico. Sinceramente, non è possibile che fosse tuo papà.»

Il petto del bambino si alza e si abbassa troppo in fretta.

«Credo che dovresti tornare a letto, Colby. Cerca di respirare come ti ho fatto vedere prima.»

Lui obbedisce e si arrampica nel lettino sopra.

«Posso restare se vuoi» dice Jules.

Lui scuote la testa.

«Va bene, sono da basso se hai bisogno.»

Tornata giù, si siede in soggiorno e si accarezza i calcagni lisci. È agitata: l'incidente, l'inseminazione fallita e adesso questa rivelazione. Di sicuro il bambino si sbaglia. Ma tutto quello che ha detto a proposito di essere spaventato... Jules dovrà parlarne con Amber e Tor, e presto.

Apre il frigo e tira fuori una bottiglia di vino. Ne versa due dita in un bicchiere e beve. Che casino.

La tenda che separa la cucina dal breve corridoio che porta alla stanza di Dolly non è stata tirata. Dalla sua stanza filtra della luce in cucina. Nemmeno le due sorelle stanno dormendo. La casa è silenziosa. Beve un altro sorso, ripensa al momento dell'impatto. Si ripete la domanda di prima: stava parlando ad Amber appena prima dell'urto? Amber si era voltata per ascoltare cosa le stava dicendo Jules invece di guardare indietro mentre faceva retromarcia? Amber era ubriaca?

"Due fratture lineari nel cranio."

Jules beve ancora un po' di vino. Sente uno scalpiccio. Si ripete, più forte. Jules appoggia il bicchiere nel lavandino e va all'ingresso. Attraverso lo spioncino vede un uomo, filigranato dal vetro.

Lei apre la porta.

«Mi scusi, io...» comincia a dire l'uomo, sollevando le sopracciglia.

"È lui, quel tizio" pensa Jules, ricordando che era uscito dalla stanza di Dolly come se niente fosse, la sera della festa, la tenda che svolazzava alle sue spalle. Gavin, il marito di Maeve, i capelli biondi radi, il naso storto su un sorriso imbarazzato. Non è né attraente né brutto, il suo corpo una somma di parti asimmetriche. Con arroganza sostiene lo sguardo di Jules.

«Sono ancora in ospedale» dice Jules, pur sapendo che lui non è venuto a trovare Amber e Tor, non a notte fonda.

Dev'essere il tipo che Colby ha visto nella camera di Dolly quella notte.

«Lei non è qui» dice Jules.

Gavin rimane a bocca aperta; ride. «Non so di cosa lei...»

Jules non gli dà la possibilità di finire. Chiude la porta, gira la chiave e appoggia la schiena al legno.

A che gioco sta giocando, Dolly? Eppure è quell'uomo, Gavin, che si aggira nel buio e tradisce la moglie approfittandosi di Dolly.

Il battito le pulsa forte nelle orecchie. Quando guarda di nuovo nello spioncino, non vede niente tranne muri e vialetti e, oltre quelli, l'oscurità.

– IL BLOG DI VANDA –

Vivere con una colf straniera

Regole domestiche essenziali per le colf straniere

Regola 4. Badare ai bambini: la vostra domestica non deve sgridare né picchiare i bambini. Il suo dovere è cucinare e curarli, non far notare se hanno torto o ragione.

11

Tala apre gli occhi e i muscoli contratti del suo collo premono contro il pavimento di cemento. La luce filtra dalla finestra in cucina attraverso la porta di metallo aperta. Dalla parete della stanza di Dolly la piccola Mallie guarda in giù, tutta guance paffute e dentini che spuntano dalle gengive.

Tala si abbraccia e stringe; le fischiano le orecchie. Si mette seduta e si tampona la fronte, viscida di sudore. Dolly è sdraiata a fissare il soffitto, le braccia incrociate sul petto come se fosse lei quella in ospedale.

«Dolly!» sussurra Tala.

Lei non si muove.

Tala si alza e va a sedersi sul lettino. «Oh, Dolly.» Le prende la mano.

«Avrei dovuto dormire io per terra» dice Dolly.

«No, ci stavo bene.» Tala allunga la schiena, che scrocchia.

«Sarà meglio che vada a vedere Colby.»

«Quel bambino! È stato lui a causare l'incidente.»

«È malato, Tala. C'è qualcosa che non va in lui.»

«Sono scuse. Non tutti i comportamenti cattivi devono avere un motivo, sai; sono soltanto cattiverie!»

«Se solo la signora Amber avesse chiuso a chiave la porta del seminterrato quando è uscita. Merda, Sam potrebbe morire.»

«Non morirà. Toglitelo dalla testa.» Tala chiude il pugno e scaccia via quel pensiero invisibile. «Jules ha detto che si rimetterà.»

«L'hanno portato via in ambulanza, maledizione.»

«E l'hanno salvato.»

Tala non può trattenersi dal fare il segno della croce. Le donne hanno bisogno di tutto l'aiuto che riescono a trovare. Si gratta l'angolo della bocca, si liscia i capelli. Dà una pacca sulla mano a Dolly, poi va in cucina e si fa scorrere sui polsi l'acqua fredda del rubinetto. Acqua fredda... non è per niente fredda, sgorga calda. "Potrei anche dare una pulitina" riflette Tala. "Oh, ma sentimi, quel bambino sta lottando tra la vita e la morte in ospedale e io penso agli strofinacci." Pulisce da così tanto tempo che pensarci le viene naturale come battere le palpebre.

Sente dei fruscii dietro di sé e sobbalza. È Jules su uno dei divani; ha l'aspetto di uno straccio sgualcito. Tala resta senza fiato.

«Ho dormito qui stanotte. Me lo ha chiesto Amber. Mi dispiace.»

«È perché non si fida più di Dolly?»

«Non stava ragionando lucidamente» dice Jules. «Insomma, cavolo, se tu non avessi picchiato sul finestrino... Il fatto è... Hai impedito che gli passasse sopra. Gli hai salvato la vita.»

Una salvatrice. Una soccorritrice. Era stata Dolly la prima a chiamarla in quel modo. "Quella maledetta Madre Teresa laggiù" aveva detto Rita. E Dolly si era voltata verso di lei ribattendo: "Lei è una salvatrice, tutto qui". Però avranno bisogno di ben altro che la fama di salvatrice di Tala per sistemare questo casino.

«Ascolta, io devo andare al lavoro» dice Jules. «Pensi che Dolly se la caverà?»

«Non può fare altrimenti.»

Jules prende la borsa. «Hai il mio numero di cellulare. Di

qualunque cosa hai bisogno, chiamami. Farò un salto più tardi.»

Se ne va. "Un'ostetrica, e deve farsi tutte quelle punture per la fertilità" pensa Tala. Ha trovato una siringa vuota a casa di Jules mentre stava pulendo e poi ha cercato il nome in internet.

Tala si siede su una sedia di plastica bianca della sala da pranzo. Prende un cucchiaio dal tavolo e guarda il proprio riflesso capovolto. Se la signora Amber licenzia Dolly, e Vanda ha sentore di quello che è successo qui, Dolly e Tala verranno ribaltate. Tala avrà ancora meno possibilità di riunirsi con i suoi figli e vedere in carne e ossa la sua prima nipote.

Dopo che Tala aveva lasciato Ace e Marlon la prima volta, non li aveva rivisti per tre anni. All'epoca non c'era Skype e lei riusciva a chiamarli solo di rado. Mentre era di ritorno a Tagudin, si era seduta sull'autobus domandandosi se fosse cambiata tanto. E loro? Sarebbero stati bene insieme come un tempo?

Il cespuglio di ixora era diventato un albero rosso e la casa sembrava più fragile, e la pittura che suo marito Bong non aveva mai finito di dare cominciava a scrostarsi. Lì accanto, la casa di Dolly e della mamma pareva ancora più malridotta. Sul tetto della casa di Tala c'erano assi fuori posto, e dal rubinetto esterno gocciolava l'acqua. Un cane che Tala non aveva riconosciuto era sdraiato fuori e apriva e chiudeva gli occhi.

La porta si era spalancata, poi Marlon era uscito alla luce. Mio Dio, avrebbe avuto proprio bisogno di una bella lavata: aveva un baffo di fango sulla guancia, e i capelli unti crescevano verso l'alto anziché in basso. Tala si era avviata verso di lui pensando che aveva fatto bene a comprare cinque spazzole, ma poi si era bloccata. Mancava da tre anni; non toccava a lei cominciare a dettare regole.

Marlon era a metri di distanza, con indosso una T-shirt troppo grande per lui; le sue guance paffute erano sparite per sempre. Aveva voglia di coprirlo di baci, di annusare quei capelli sporchi. Aveva voglia di riavvolgere il tempo, in modo che lui fosse ancora il suo piccolo Marlon, ma non riusciva a smettere di fissare quel bambino che gli ricordava qualcuno che una volta conosceva bene.

"Figlio mio" aveva detto tendendo le braccia verso di lui.

Le labbra del bambino avevano formato in silenzio la parola "mamma" e lui, mentre camminava verso di lei, aveva sorriso. "Sei in ritardo" aveva detto.

Tala lo aveva abbracciato e lui aveva ricambiato stringendola. Poi si era scostato e l'aveva guardata come se cercasse di capire dove l'avesse già vista, di ricordare chi fosse. Si era persa tantissime cose del figlio. Quando aveva compiuto dieci anni e i suoi amici avevano teso uno striscione nella via principale e fatto i fuochi d'artificio nel campo. La gara di corsa in cui era arrivato secondo. Mio Dio, non aveva di certo preso quelle gambe da corsa da Tala... oh no, gli unici muscoli che Dio le aveva concesso di muovere veloci erano quelli per ancheggiare. Si era persa tutti quei traguardi importanti, ma il suo amore per lui rimaneva forte. Certo, non che amasse quella puzza.

"Quando è stata l'ultima volta che ti sei lavato?"

"Ehm..."

Quell'"ehm" era la risposta. Tala lo aveva preso per un braccio e lo aveva spinto dentro. Aveva tirato fuori dalla borsa una delle spazzole, poi lo aveva insaponato. Tutto il suo lavorare per portare in casa l'acqua corrente e suo figlio non si lavava nemmeno.

La porta d'ingresso si era aperta e sulla soglia c'era Bong che reggeva la borsa che lei aveva lasciato per terra fuori. Si erano fissati. Lui aveva la pelle attaccata alle ossa sulla faccia scheletrica, e sembrava avere occhi troppo grandi in proporzione. Era stato lui a distogliere lo sguardo per primo, ma Tala no. Aveva fatto nascere due figli con quell'uomo. Raddrizzando le spalle e gonfiando il petto, si era buttata su di lui e lo aveva baciato sulle labbra. Lui aveva sbarrato gli occhi. Lei desiderava liberarsi per un attimo del peso degli ultimi anni, che fosse portato da qualcun altro, ma le braccia di Bong non erano abbastanza grandi per lei. Non aveva ricambiato il bacio.

"Allora, come te la sei passata?" le aveva chiesto e aveva cominciato a fare quel fischio tra i denti che non era un vero e proprio fischio.

"Ho più muscoli di te, caro mio. Che cosa hai mangiato... aria?"

Lui si era seduto chinandosi in avanti, i gomiti sulle ginocchia. Marlon si era messo a tagliare qualcosa nel lavandino.

"Non hai risposto alle mie lettere" aveva aggiunto Tala.

"Non avevo niente da dire. La vita qui è sempre uguale."

"E Ace?"

Mio Dio, era stata via tre anni e il suo figlio maggiore non si degnava neanche di farsi vedere per la festa di benvenuto, anche se parlare di "festa" era esagerato. Bong aveva alzato le spalle. Aveva camminato per la stanza masticando una gomma. Aveva dato un calcio a una pietra, portato fuori le bucce.

"Torno più tardi" aveva detto toccandole una spalla.

Lei aveva aperto la bocca per chiedergli dove andasse, ma se aveva un'altra donna, be', Tala non aveva intenzione di gettare al vento la sua dignità.

Se n'era andato.

Tala non aveva sopportato di restarsene lì con le mani in mano ad aspettare. Aveva preso uno straccio e si era messa a strofinare la credenza. Poi dietro di lei era comparso Ace, che l'aveva stretta in un abbraccio. Marlon rideva, e Ace l'aveva lasciata e le si era piazzato di fronte. La sua faccia piena di brufoli era spigolosa, dura. Persino i riccioli nei suoi capelli lunghi erano stati lisciati con il ferro. "Chi sei?" avrebbe voluto chiedergli Tala. Aveva voglia di spogliare la persona che aveva davanti, di togliere i vari strati come in una di quelle matrioske che vendevano al mercato sulla Wan Chai, che contenevano versioni sempre più piccole di loro stesse. La bambola esterna aveva più dettagli – palpebre dorate, labbra rosse –, ma quella più interna, grossa come l'unghia del pollice, aveva la faccia appena accennata. Era quella che Tala aveva voglia di vedere, il bambino di dieci anni dentro l'adolescente, quello che lei aveva abbandonato.

"Ragazzo mio," gli aveva detto "mi sei mancato tantissimo, era un dolore proprio qui." Si era battuta il petto con le nocche. "Io ti sono mancata?"

"Abbiamo il papà, vero, Marlon?"

Ace aveva lanciato un'occhiata al fratello vicino al lavandino, soffiando via i capelli dalla faccia.

"Sì" aveva risposto Marlon. Solo a quel punto Ace aveva smesso di sorridere.

Poi la maniglia della porta si era abbassata e sulla soglia c'era la mamma, con dietro Dolly, che aveva cercato di entrare, ma era stata schiacciata e preceduta dalla mamma. Aveva preso per le mani Tala e l'aveva trascinata alla luce.

"Oh, figlia mia, come sei invecchiata."

Era come se avessero messo una scodella sui capelli folti della mamma per tagliarglieli. Tala aveva guardato Dolly, con un vestitino rosa. Era più bella che mai, come se fosse stata scolpita nel marmo. Ma Tala era stata attenta a non dirlo a voce alta; sapeva quanto Dolly lo detestasse.

"Hai letto i libri che ti ho mandato?"

"Magari possiamo esercitarci" aveva replicato Dolly in inglese.

"Sembri già brava a parlarlo." C'erano altri volumi nella borsa di Tala. "Anche tu, Marlon, potresti provarci."

Lui aveva annuito, senza la minima traccia di irritazione negli occhi. Alcuni bambini si arrabbiano quando non sono i prescelti per frequentare la scuola, invece Marlon no. Tala si era inginocchiata e aveva cominciato a disfare la borsa. Ogni spazietto lì dentro era riempito di vestiti e regali. C'erano dolci, acqua di colonia e magliette, un'incetta di acquisti da due dollari. Anche quando la borsa era stata vuota, Ace aveva continuato a guardarci dentro.

Dopo che Dolly e la mamma se n'erano andate, era tornato Bong, con i pugni in tasca. Un tempo Tala conosceva ogni parte di quel corpo: la curva delle ciglia, la voglia sulla coscia. Come ridevano allora, seduti sul tavolo da pranzo con i piedi sulla panca, lui che le accarezzava la schiena mentre osservavano le forme astratte che Marlon aveva disegnato a carboncino su pezzi lisci di legno: un cielo azzurro che si mescolava a una riva di ciottoli, macchie color crema e turchese in cui lei aveva riconosciuto due facce vicine, la sua e quella di Bong. Ma quel giorno lei era tornata e Bong si era limitato a restare lì immobile, tenendola a distanza e continuando a fissare per terra.

"Suoni ancora il tuo kalaleng?" gli aveva chiesto.

"No."

"Ma era una cosa bella."

"Tutti cambiano. Io sono cambiato" aveva risposto lui. Aveva il respiro affannoso, come se stesse per dire una cosa importante.

Tala aveva trattenuto il fiato. Gli si era avvicinata. Bong aveva inclinato la testa come se cercasse di allontanarsi da lei senza dare l'impressione di muoversi. Tala gli aveva tirato fuori la mano dalla tasca dei jeans e aveva visto che non aveva più la fede nuziale al dito. Mio Dio, aveva un'altra. Tala non se lo aspettava, non aveva mai pensato che lui potesse stare con un'altra. Aveva conservato di lui soltanto bei ricordi, senza lasciare spazio alle litigate furibonde che avevano fatto appena prima che lei partisse. Lo aveva guardato, gli occhi che si riempivano di lacrime. Lui non aveva ricambiato lo sguardo, così Tala aveva incrociato le braccia e di bocca le era uscito un verso di disapprovazione.

Le arrivano delle voci, ora, voci reali, voci di bambini. Si avvicina alla finestra e guarda quei piccoli con la divisa scolastica: verde con la camicia a scacchi azzurra. Sembra sbagliato che il tempo si rifiuti di fermarsi per gli altri, mentre le donne attraversano quella scossa di assestamento. Il suo cellulare vibra nella borsa. Lo prende e legge.

"Ho bisogno che vieni a pulirmi l'appartamento oggi!" È la signora Heng.

Tala spegne il telefono e lo ributta nella borsa. Va nella stanza di Dolly e si siede accanto a lei sul materasso, loro due su quella zattera di un letto, il mare agitato e nessuna sa nuotare.

«Ascolta, so che è difficile» dice Tala. «Ma cerca di concentrarti su quello che riesci a fare, non su quello che non puoi cambiare. Stai vicino a quel bambino di sopra.»

Avvolge Dolly tra le sue braccia e la bacia su una guancia.

«E, Dolly?»

«Cosa?»

«Hai preso quelle pillole, vero?»

Dolly annuisce.

«Devo andare a lavorare.»

Dolly rimane seduta sul letto mentre Tala esce dalla porta secondaria. Si avvia piano lungo un vialetto, che confina da un lato con la rete di recinzione del parco giochi della scuola. Dall'altra parte c'è il retro delle villette, con fuori gli stendibiancheria carichi di canottiere, mutande e strofinacci. Nel parco giochi della scuola quattro ragazze giocano a netball e tirano a turno a canestro. Il vialetto è fiancheggiato da gigli ragno bianchi che assomigliano ai disegni che fa Mallie del sole con i raggi. Una domestica è inginocchiata sui gradini di una villetta e frega il cemento, circondata dalla schiuma. Tala svolta a sinistra, oltrepassa un'area fitness all'aperto, con due ellittiche di metallo, e prosegue verso l'uscita del condominio.

Appena arriva alla strada principale, sta passando l'autobus, quindi lei scatta. Poi vede la fila di persone che aspetta di salire a bordo e rallenta. È sudata fradicia perché c'è un'umidità pazzesca. Come sempre.

Si lascia cadere senza fiato su un sedile accanto a una signora anziana che la squadra. Un bambino strilla. È sulle ginocchia della babysitter nella prima fila, dove ci sono due panche una di fronte all'altra, e ha le guance lucide di lacrime.

Quel pianto le fa venire in mente il bambino, la macchina e le urla incessanti della madre. Cerca di smettere di fissarlo, con la sua maglietta di Topolino e i sandaletti blu. Sta tentando di scendere dalle ginocchia della donna.

«Ssh, piccolino» dice la babysitter in tagalog.

«Mamma!» grida il bambino guardando un'altra donna accanto alla babysitter, che digita su un iPhone. Lei non ci bada. La babysitter continua a sussurrargli all'orecchio, e il bambino non smette di piangere.

La signora vicino a Tala si alza e sbatte con le gambe contro le ginocchia di Tala, che si volta di lato nel tentativo di farsi più piccola, e la donna passa, senza dire una parola. Suona il campanello e scende. Salgono altre tre persone.

«Scusatemi! Scusatemi!» grida una voce.

Un'enorme borsa della spesa, sollevata in alto, urta le facce dei passeggeri aggrappati alla sbarra. Qualcuno si lamenta. La persona si siede e spinge Tala con il fianco ossuto. Rita.

«Oh, Tala, quella blogger sembrava che scrivesse di me qualche giorno fa. Diceva che abbiamo bisogno di mangiare dolci.»

«Scusa, di cosa parli? Quale blogger?» Tala sgrana così tanto gli occhi che sembra stia facendo gli esercizi facciali.

«Colfhacker!» urla Rita.

«Ssh, zitta, per l'amor di Dio.»

«Oh, sei tu, vero, Tala?»

Rita si china in avanti, a due centimetri dal naso di Tala, e la scruta dritto negli occhi. Mio Dio. Tala non sa che cosa abbia fatto per tradirsi, ma Rita si dà una pacca sulla coscia nuda e magrissima, talmente forte che pare che l'autobus si sia schiantato.

«Lo sapevo! Tutta quella rabbia cieca. Oh mio Dio, Tala, sei impazzita?»

«Abbassa la voce.»

«Hai visto quante persone leggono quel blog? Hai più stelle del cielo di notte.»

«Rita, non devi dirlo a nessuno.»

«Mi conosci, Tala.» Rita chiude le labbra e vi passa sopra l'indice e il pollice come se fossero una cerniera.

"Ti conosco, Rita; ti conosco fin troppo bene."

«Oh, amica mia, il tuo segreto è al sicuro con me» dice Rita ad alta voce.

Tala ringrazia dentro di sé che Rita stia parlando in tagalog, poi si guarda intorno nell'autobus. A parte la donna con il bambino che piange, non ci sono altre filippine a bordo.

12

Jules è nel negozio dell'ospedale e guarda le riviste sugli scaffali, i fiori recisi che languono nei secchi, le file di scatole di cioccolatini. Prende un ramo di orchidee appassite, osserva i cioccolatini, poi torna verso il secchio e sceglie un altro mazzo di fiori, dei gigli rosa, con i petali avvizziti.

Il suo telefono ronza. Apre la borsa. Lo schermo lampeggia: "Numero sconosciuto". È tentata di non rispondere, ma poi lascia cadere la borsa per terra, ci mette sopra i fiori e si porta il cellulare all'orecchio.

«È la signora Harris?» chiede la voce. È la donna dell'ente affidatario.

«Sì» risponde Jules, più piano di quanto intendesse, quindi lo ripete e quasi lo urla.

«Ho delle belle notizie» dice la donna. «Abbiamo un bambino. Una delle nostre volontarie ha una figlia che deve andare due settimane in ospedale, quindi non può continuare a tenerlo.»

Jules deglutisce. Ci mancava solo questa. «Ehm, bene.»

«Sembrava entusiasta» dice la donna.

«Io, ehm...»

«Non è un problema se ha cambiato idea.»

«No» ribatte Jules. «Solo che... io...» Sembra che non riesca a trovare le parole giuste. «No, voglio farlo.»

Lo desidera davvero? Ma cosa sta dicendo?

«Fantastico.»

«Maschio o femmina?»

«È un maschietto che abbiamo chiamato Khalib. Ha sei settimane.»

«Non ho la culla né tutto il necessario.»

«La volontaria ne ha una di vimini, e dei vestiti.»

«Aspetti un attimo. Non volete farmi un colloquio prima?»

«Be', lei ha compilato il modulo di richiesta. Abbiamo il numero del suo permesso di soggiorno.»

«Ma la casa... Non volete vedere il mio appartamento, per assicurarvi che sia, be', insomma, adatto a un neonato?»

«Non è necessario» risponde la donna.

"Certo che lo è" pensa Jules. Potrebbe avere pile di giornali in casa, le pareti infestate da scarafaggi.

«Dovrò, ehm...» Il lavoro di Jules. Lei non è un'assenteista ma, che diamine, vuole farla questa cosa. «Per quanto sarà?»

«Al massimo quindici giorni. Probabilmente la volontaria verrà a lasciarvi il bambino a casa, comunque glielo confermerò per e-mail...»

La donna riattacca. Jules rimane lì in piedi, i fiori ancora sulla borsa, il cellulare nella mano sospesa in aria. Lo guarda, sentendo l'urgenza di mandare un messaggio a qualcuno. "Ci sono novità." È da tanto che vorrebbe pronunciare queste parole, soprattutto a David. Avvolgere un test di gravidanza positivo nella carta da regalo luccicante e darglielo da aprire. Compone il suo numero.

«Ci siamo» dice.

«Cosa? Stai bene?»

«Ha appena telefonato l'ente di affido. Vogliono che teniamo un maschietto.»

«Eh?»

«L'ente di cui ti parlavo. Hanno un bambino.»

«Ah.» Lo sente deglutire.

«Cosa?»

«È un po' avventato, no? Non ci hanno nemmeno fatto un colloquio. Non hanno neanche controllato dove abitiamo.»

«Qui non sono così rigidi riguardo a queste procedure, credo.»

«Sei sicura di non avere capito male? Suona davvero strano.»

«Hanno detto che potremo averlo tra un paio di settimane.»

David fa una risata stupita e concitata. «Sta bene il bambino?» chiede.

«Non ho fatto molte domande su di lui.»

«Mi sento un po' a disagio con questa storia, Jules. Cioè, che sistema è permettere a una coppia qualunque di espatriati di curare un bambino piccolo?»

«Ma tu volevi.»

Lui sospira. «Sì, è che...»

«Cosa?»

«Santo cielo, Jules, un neonato. Per quanto tempo, poi?»

«Un paio di settimane.»

«E dopo?»

«Immagino che verrà adottato.»

«Non so.»

«Faremo un'opera buona.»

«Sì, però è il dopo che mi preoccupa.»

Jules rimane un attimo in silenzio. «Lo voglio proprio fare, David.»

«Hai avuto un periodo di merda, ultimamente. E mi preoccupa che quando dovrai ridare indietro questo bambino sarà un colpo troppo duro per te.»

«Ascolta, non sono fuori di testa. Lo sai che posso farcela.»

«Ho l'impressione che tu abbia già deciso...»

«Dobbiamo soltanto fare da babysitter per un po', e Dio sa se non sono un'esperta nel settore.»

«Be', su questo non posso contraddirti» risponde lui ridendo.

Si salutano e lei riappende. È sollevata. Però l'impiegata dell'ente affidatario cambierà sicuramente idea; dopotutto non sa niente di Jules e David. Suo marito ha ragione: è inconcepibile che una donna lasci un bambino a casa loro sperando che tutto vada per il meglio. No, sicuramente l'impiegata richiamerà dicendo che c'è stato uno scambio di persone, che ha avvertito quella sbagliata.

"Un bambino" pensa Jules. Eccola lì con un'altra FIVET fallita alle spalle, e la possibilità di avere in casa tra qualche giorno un bambino vero, vivo. Scuote la testa, ride da sola.

Va alla cassa a pagare i fiori. E, quando esce dal negozio, le passa accanto Tor con un paio di calzoni di lino azzurri, l'orlo sotto i tacchi delle sue enormi scarpe sportive.

«Tor!» lo chiama. «Tor!»

Ha le guance smunte. Si passa una mano tra i capelli radi.

«Devi essere sfinito» gli dice Jules.

«Un po'» replica lui. Chiude gli occhi, china la testa.

Lei lo abbraccia. Lui è rigido come un fuso. Jules lo stringe più forte, ma Tor continua a non reagire, così lei gli dà un paio di pacche sulla schiena e si ritrae.

«Hai contribuito a salvargli la vita» le dice, intrecciando le dita sul petto.

Lei scuote la testa.

«Sul serio. Grazie, davvero, grazie.» I suoi occhi azzurri lattiginosi la fissano.

«Ho fatto quello che avrebbe fatto chiunque.»

«Bene, siamo stati fortunati. Non avevo idea che fossi un'infermiera.»

«Sono un'ostetrica. Cioè, lo ero. Come sta Sam?»

«Molto meglio. Gli hanno staccato i monitor.»

«Oh, santo cielo, che sollievo. Stai andando a casa a riposarti?»

«Ho una riunione e...»

«Stai andando al lavoro?»

«Non posso mancare. Non durerà molto. Comunque, grazie ancora.»

Si china verso di lei e la bacia rigidamente sulle guance, poi si avvia verso le porte scorrevoli.

Jules prende l'ascensore per il dodicesimo piano. Un'infermiera le indica la direzione, le scarpe stringate con la suola di gomma che cigolano mentre lei cammina. Jules la segue in una stanza con parecchi dispenser bianchi alle pareti.

«Prima si pulisca, okay?» si raccomanda l'infermiera. Sorride ed esce, con la coda di cavallo che ondeggia.

Jules si lava le mani, mette dei copriscarpe di plastica sulle scarpe da ginnastica, infila i capelli in una cuffietta di plastica. Esce dalla stanza e guarda dalle finestrelle delle porte del reparto. Da una di queste vede Amber accasciata su una sedia. Jules apre la porta ed entra.

Sam ha i capelli arruffati, con chiazze bordeaux di sangue coagulato. Amber la guarda con occhi gonfi, assonnati; ha la pelle grigia. Jules la abbraccia come se dovesse spezzarla. Ha la bocca piena dei capelli di Amber.

«Dorme» dice Amber. «Non vogliono disturbarlo troppo.»

«E tu? Hai dormito?»

«Un po'. Anche dopo quello che ho fatto.»

La sedia di plastica morbida affonda quando Jules si siede accanto ad Amber. La faccia arrossata di Sam è voltata di lato sul cuscino. Ha un lungo taglio sulla fronte. Vene pallide si diramano dalle palpebre chiuse; il polso è avvolto nelle bende. Jules prende la mano ad Amber.

«I medici dicono che è stato molto fortunato» aggiunge Amber. «Che potremo portarlo a casa nel giro di un paio di settimane.»

Libera la mano da quella di Jules.

«Non dovrà essere operato» spiega Amber. «È già qualcosa.»

Poi si alza, copre con il lenzuolo un dito del piede di Sam che sporge. Non smette di guardarlo.

«La polizia è venuta in ospedale non appena siamo arrivati in ambulanza» racconta Amber. «Mi hanno fatto un sacco di domande come se fossi una specie di criminale... e lo sono, immagino. Insomma, chi è quell'idiota che investe il proprio figlio?»

«È stato un incidente.»

«Mi hanno sottoposto all'alcoltest, naturalmente.» Scuote la testa china. «Ero sopra il limite. Il modo in cui mi guardavano... Hanno detto che potrei finire in tribunale. Mi sentivo sobria mentre guidavo, però come ho fatto a non vederlo, Jules? Sono proprio una cretina.»

«No che non lo sei, Amber.»

Jules strappa il cellophane dei fiori, riempie d'acqua il vaso sbeccato da un lavandino in un angolo della stanza. La cerniera dei calzoncini azzurri a sbuffo di Amber è abbassata. Jules avrebbe dovuto portarle qualcosa di pulito da indossare, uno spazzolino da denti, una rivista.

«Ti serve qualcosa da casa? Avrei dovuto chiedertelo prima» dice Jules.

«Tor è andato a prendere qualcosa.»

Jules annuisce e non accenna a quello che lui ha detto a proposito di tornare al lavoro.

«Non riesco a non pensarci» dice Amber. «Avrei potuto ucciderlo. Non l'ho nemmeno visto, mio figlio. Tor incolpa me, ovviamente.»

«No, sono sicura di no.»

«Le cose non andavano già bene tra di noi, ma adesso... Lei è ancora là?» Amber si allunga verso Sam, gli tocca con la mano un piede coperto.

«Chi?»

«Dolly.»

«È a casa, sì.»

«Avrebbe dovuto badare a lui, prendersi cura di lui.»

«Non è stata colpa sua.»

«Perché Sam è corso fuori in quel modo?»

«Colby ha avuto una crisi di nervi. C'è stato uno scontro piuttosto violento, lui...»

«Lei avrebbe dovuto controllarlo. Se lo avesse fatto, non sarebbe successo niente.»

Santo cielo, Jules lo dovrebbe dire chiaro e tondo ad Amber: suo figlio ha bisogno di aiuto. «Colby era...»

«È solo una scusa. È colpa di Dolly.»

«No.»

«Invece sì. Dovrà andarsene.»

Amber ha la pelle d'oca sulle braccia malgrado il caldo torrido nella stanza.

«Si è trattato di un terribile incidente» ribatte Jules. Dovrebbe aggiungere qualcosa su Colby, prendere le parti di Dolly con più decisione, ma non lì, non adesso.

Amber recupera un fazzoletto di carta dal comodino accanto a Sam e si soffia il naso. Deglutisce e scoppia a piangere.

Tala apre la porta d'ingresso rossa. Accecata dalla luce del sole, cammina in punta di piedi verso la sua stanza nell'oscurità momentanea.

«Tala?» grida la signora Heng dagli abissi del suo appartamento. «Ti devo parlare.»

«Okay, okay.»

Tala si ferma in corridoio e batte le palpebre. Si sistema i capelli dietro le orecchie e una ciocca grigia attira la sua attenzione. Sarà un bel casino se Dolly perde quel lavoro.

La signora Heng esce dal soggiorno, con un pigiama di seta nera coperto di colombe bianche. "Non simboleggiano la pace?" pensa Tala. È come mettere la cravatta a un bambino: semplicemente sbagliato.

«È da più di una settimana che non pulisci l'appartamento. Mi stai evitando» dice la signora Heng.

«Oh, signora Heng, è successa una cosa, una cosa brutta... il bambino per cui lavora mia sorella, sua madre lo ha investito con la macchina.»

La signora Heng socchiude gli occhi. «Cosa?»

«È stato un incidente, un terribile incidente.»

La signora Heng arriccia le labbra. Scruta Tala con aria sospettosa. «Stronzate *ta ma de*! Io compilo i tuoi moduli per il ministero. E tu pulisci casa mia, due volte la settimana. Non sono molte, non è chiedere troppo. Smettila di essere pigra e pulisci subito!»

Tala afferra lo straccio per la polvere e inizia dalle fotografie. I nipoti con i loro sorrisi fissi, la figlia che guarda Tala come se fosse trasparente quando viene a trovare la madre. Sia ben chiaro, ha sempre un buon profumo... Appena arriva, tira fuori dalla borsa quella boccetta di vetro con i fiori di plastica in cima e la spruzza. "Accidenti, che puzza di vecchi qui dentro" l'ha sorpresa a dire Tala una volta, quando la signora Heng non era nella stanza. Forse la signora Heng si prendeva delle bacchettate per colpa dei piedi di Tala, che sembrano usciti da un quadro, ma è vero quello che si dice delle apparenze. "Basta guardare la figlia della signora Heng" pensa Tala. Assomiglia a un'attrice di Hollywood, ma quando lei è in giro c'è qualcosa di inquietante nell'aria.

Tala si mette in modalità pulizie bioniche, passando lo straccio sulle superfici, grattando via le macchie di vernice dal lavandino del bagno, accanto al quale vi sono i pennelli della signora Heng infilati in una tazza sbeccata. Tende l'orecchio per ascoltare cosa fa la signora Heng, e sente le ante degli armadietti che si aprono e si richiudono da qualche parte dell'appartamento. Tala apre i rubinetti del lavandino. L'acqua scorre bollente e lei, come ricompensa, schiaccia una dose di sapone per le mani Jo Malone; la signora Heng non ne avvertirà il profumo su di lei perché non ha un olfatto sensibile. "Probabilmente è per questo che lascia vivere qui me e i miei piedi" pensa Tala.

La signora Heng le passa accanto di corsa in corridoio, tenendo stretto al petto quello che sembra un libro di ricette spesso cinque centimetri. Non degna Tala di uno sguardo.

Dentro la sua stanza, Tala si lascia cadere sul letto, sgranchisce le dita dei piedi nudi e fa un bel respiro. Rimane lì sdraiata mezz'ora a fissare le sagome di luce sul soffitto. Poi tira giù il computer, inforca gli occhiali e si collega ad «Abante». Stanno ancora parlando di lei: "Continuano le ricerche di Colfhacker".

Controlla le cifre sul suo blog. Il battito accelera come il ticchettio di un orologio che funziona male e deve essere riportato dall'orologiaio. Ottocentouno persone hanno messo un Like al suo post sulle torte. Rita ha ragione, questa cosa sta diventando popolare.

Tala clicca sulla pagina delle statistiche. Più di undicimila persone hanno visitato il blog da quando lo ha aperto. Deve esserci di sicuro un errore. Continua a cliccare, ma la linea di quel grafico rimane alta come un grattacielo arancione. La gente è davvero interessata a ciò che lei ha da dire. Ha la faccia talmente accaldata che le farebbe piacere accendere quel ventilatore. Ma eccolo lì, ancora aperto in due con i fili che escono.

Finora ha scritto cinque post. Quello sulle agenzie che trattengono tutti quei soldi dal tuo guadagno per via della formazione che ti danno. Formazione, puah! Mettere un pannolino a una bambola di plastica, pulire la salsa marrone dal suo sedere. Tala ha scritto che quelle e altre trattenute fanno sì che tu non guadagni niente per quasi un anno dopo il tuo arrivo. E ha parlato anche delle gioie che ci sono qui: nuotare nel mare a East Coast Park; quel tè che Dolly ha organizzato per Tala e altre donne un pomeriggio a casa della signora Amber, l'unica volta che non l'aveva portata con sé in vacanza per badare ai bambini: meringhe ripiene di fragole coreane, focaccine dolci, macaron di diversi colori.

Poi Tala apre il blog di Vanda. Oh, guarda un po', Tala che fa aumentare il suo pubblico, ma vuole controllare che non sia stata pubblicata la foto che le ha scattato quella donna mentre portava fuori Malcolm.

Per un attimo il mondo si ferma. Tala si irrigidisce, e il

cuore le martella contro le costole, diffondendo quel suono fino al collo, alle orecchie.

Sullo schermo c'è il nome di Dolly e il numero del suo permesso di soggiorno per lavoro... persino il nome del condominio di Greenpalms.

Vanda non può fare questo; nessuno assumerà più Dolly se la signora Amber la licenzia. Però Vanda lo ha già fatto, è lì a disposizione di chiunque voglia leggerlo. Nel petto di Tala si scatena un incendio.

"Un bambino sta lottando in ospedale tra la vita e la morte dopo essere stato investito da una macchina mentre era sorvegliato dalla babysitter. La domestica, Dolly Pabro Castillo, 35 anni (numero di permesso di soggiorno per lavoro 67894), stava curando il bambino quando lui è corso nel parcheggio ed è stato investito dall'auto.

"Una fonte attendibile ha detto: 'Pabro Castillo è completamente inesperta e pigra. A causa della sua incompetenza, le condizioni del bambino sono gravi'."

Trentadue persone hanno messo una stella di gradimento a quelle assurdità. "Una stella, ma si può? Bisognerebbe tirarci sopra una bella riga rossa." E c'è anche una fotografia, un primo piano della faccia di Dolly e di tutti quegli orecchini.

I sospetti di Tala erano fondati: Vanda deve essere una delle amiche della signora Amber. Altrimenti come avrebbe potuto trovare una foto di Dolly?

Tala chiude di scatto il portatile. Cosa faranno? Prova a chiamare Dolly sul cellulare, ma le risponde la segreteria telefonica.

Apre il suo blog e comincia a scrivere.

Per tua informazione, Vanda, ecco la vera versione dei fatti sul terribile incidente d'auto di cui hai scritto.
Una madre ha fatto retromarcia con la sua macchina enorme investendo il proprio figlio perché non stava guardando con attenzione mentre parcheggiava. Non c'entra

niente Dolly Pabro Castillo. In realtà, Dolly stava badando all'altro figlio della donna, che era nel bel mezzo di una crisi di nervi.
Dolly è bravissima a curare i bambini. È una gran lavoratrice e non si lamenta mai, anche se vede solo raramente la propria figlia, che vive a centinaia di chilometri di distanza, nelle Filippine.
Sua figlia aveva due mesi e mezzo quando Dolly se n'è andata. Immaginati un po', imbecille! Immagina di non vedere tuo figlio per tre anni interi. Non stare a pensare di mettere il tuo caffè costoso sullo scaffale più in alto e non preoccuparti di quale bagno possono usare i tuoi ospiti per fare pipì: Dolly ha cose più importanti a cui pensare, come pagare il cibo e le rette scolastiche della figlia.

Tala scrive altre parole, molte altre parole, l'equivalente dattiloscritto dei suoi sproloqui. Poi preme "pubblica".

13

Dolly cammina lungo Holland Road; le auto le sfrecciano accanto. Ancora non ha visto sangue. Ha preso le pillole una settimana fa, allora perché non fanno effetto? Cammina con più foga, più veloce. Infila la mano tra le foglie della siepe e la trascina, le sue dita colpiscono i rametti.

Il traffico scorre veloce sull'asfalto; le persone ondeggiano su un ponte pedonale. Dolly supera una fermata dell'autobus deserta. C'è un nuovo condominio, un mucchio di enormi cubi bianchi con della plastica azzurra sulle finestre. E, più avanti, un altro edificio fiancheggiato da palme. Passa davanti a un cancello in ferro battuto, il sole che filtra attraverso le sue foglie intagliate. I motori poco potenti scalano le marce, e lei si arrampica su per la collina verso l'ospedale. Incrocia un uomo con le scarpe rosse e un cappellino da baseball. Una donna spinge un ragazzo in sedia a rotelle con un tubicino infilato nel naso.

È come se qualcuno avesse rimestato una paletta del gelato nelle viscere di Dolly. Tutte le volte che lei ha cercato di parlare di Colby con la signora Amber... e adesso si è arrivati a questo punto. Perché la signora Amber non ha guardato con attenzione mentre faceva retromarcia?

Dolly entra nell'atrio dell'ospedale. Il profumo di dolci sfornati aleggia nell'aria. C'è un bar dove i sacchetti di carta frusciano e la gente se ne sta seduta sugli sgabelli, con davanti le tazze fumanti. "Una pasticceria, la sua pasticceria." È un pensiero fisso nella sua testa. Le assi del pavimento si confondono davanti ai suoi occhi. Un'infermiera le passa accanto, le scarpe bianche con la suola di gomma che cigolano.

«Dov'è la rianimazione?»

L'infermiera inarca le sopracciglia.

«Una ferita alla testa» spiega Dolly.

«Dodicesimo piano.» Le porte di vetro verso l'esterno si aprono e l'infermiera esce.

Dolly chiama l'ascensore. Impiega molto a scendere e lei, quando sale, fa fatica a respirare. Al dodicesimo piano si avvia lungo un corridoio immacolato che odora di candeggina.

«Ehi!» grida qualcuno. «Deve lavarsi!»

Un uomo con un camice bianco la accompagna in una stanza e indica un mucchio di panni azzurri.

«Si metta questi» le spiega. «Però prima si lavi.»

Dolly si sfrega le mani sotto il getto d'acqua calda del rubinetto, l'unghia dell'indice spezzata in una linea irregolare, i polpastrelli asciutti. Indossa una cuffietta, un camice e infila sulle scarpe degli affari che sembrano sacchetti di plastica.

Il signor Tor si alza appena lei compare nella stanza che sa di medicine. Sam è addormentato nel letto. Dolly avvicina una mano alla bocca per impedirsi di emettere qualunque suono.

«Mi dispiace tantissimo» mormora.

Il signor Tor la attira a sé, le dà qualche pacca sulla schiena. «No, no.»

Lei tenta di spingerlo via, ma con la mano lui la tiene incollata al suo petto di lino. Quando arretra, Dolly vede che gli occhi dell'uomo sono graffiati di linee rosse, e la sua pelle è più floscia, più vecchia. Porta dei calzoni grigio chiaro, stropicciati. Il colletto della camicia bianca è aperto e macchiato. Sul davanzale ci sono chiazze di luce.

«Vieni a sederti un attimo» le dice il signor Tor. «A Sam farà piacere sentire la tua voce.»

Lei si stropiccia un occhio con il pugno e obbedisce.

«Sta meglio» aggiunge il signor Tor. «E i medici hanno detto che probabilmente potrà tornare a casa nel giro di qualche giorno.»

Il nome dell'ospedale è ripetuto molte volte sul lenzuolo di Sam. Ha una medicazione sulla fronte. Il cuoio capelluto è rosa come la pelle di un barboncino che si intravede tra il pelo.

Dolly si inumidisce le labbra. Ha delle pietre in gola. Ripensa a Sam che cerca di insegnarle a nuotare e un sorriso le balena sul volto.

«Continua a migliorare, piccolo Sam» lo incoraggia.

Allunga una mano verso di lui, poi la ritrae. È troppo malconcio per toccarlo. Il signor Tor posa un dito sulla mano di Sam e vi disegna dei cerchi. Dolly si sfiora il pollice nel tentativo di richiamare alla mente quanto sia duro, rotondo e piccolo quel callo sul pollice di Mallie. La mamma non è riuscita a farle smettere di succhiarselo.

Il signor Tor e Dolly rimangono lì seduti per un tempo che sembra lunghissimo.

«Amber sa che non te ne sei ancora andata di casa» dice lui, spingendo indietro gli occhiali che gli scivolano giù.

«Non ho fatto niente di male» replica Dolly.

«Lo so, ma lei è decisa a liberarsi di te. L'unico motivo per cui ha chiuso un occhio sul fatto che tu sia rimasta è che praticamente sta vivendo qui in ospedale con Sam.» Distoglie lo sguardo, tossisce nella mano. «Ho provato a farla ragionare, ma non mi ascolta.»

Dolly continua a fissare la faccia contusa di Sam.

«Probabilmente è meglio se non ti vede qui.»

«Cosa intende?»

«È uscita un attimo per prendere qualcosa da mangiare. Tornerà da un momento all'altro.»

Dolly si china in avanti per baciare la mano di Sammy, ma la sua faccia rimane sospesa a qualche centimetro di distanza. Alla fine si bacia la propria e posa per un attimo le dita sul dorso di quella del signor Tor. Poi apre la porta ed esce in corridoio.

Il giorno dopo Tala cammina verso il condominio Greenpalms, a testa alta come sempre. La guardia della sicurezza con i denti sporgenti la ignora. Passa accanto alle piscine e fa una deviazione verso una scala che porta giù al parcheggio esattamente sotto quelle piscine.

Tala continua a guardarsi intorno, come se stesse facendo qualcosa di vietato. Essere lì le sembra irreale, ha l'impressione di fluttuare a qualche centimetro da terra, ma ovviamente non è possibile che sia trasportata dall'aria. Ha bisogno di vedere il luogo dove è avvenuto l'incidente; potrebbe esserle sfuggito qualche piccolo dettaglio.

Da un condotto di aerazione sopra di lei sgocciola dell'acqua. "Come lacrime" pensa Tala, finché non risuona la risata di un bambino attraverso le griglie. Il bambino deve essere sul lato della piscina sopra il parcheggio e sta versando del liquido. Un'auto passa vibrando e lei sussulta.

Continua a vedere Sam sotto la macchina, lì sdraiato con quella maglietta, tutto al rallentatore, quasi stessero avanzando nella colla. Cosa sarebbe successo se Tala non fosse scesa per via della pioggia?

Ora la macchina bianca è parcheggiata nello spazio giusto. Dovrebbe uscire da lì e andare a vedere come sta sua sorella.

In quel momento la porta del seminterrato che dà sull'appartamento della signora Amber si apre e sulla soglia c'è proprio lei, i capelli gonfi come se si fosse addormentata mentre erano bagnati. La porta si chiude con un tonfo alle sue spalle, facendola barcollare. Tala rimane immobile con la borsa stretta al petto, ma non è invisibile, così, appena la signora Amber alza lo sguardo, Tala le va incontro.

«Salve, signora.»

La signora Amber ha le braccia incrociate sul petto, come se cercasse di tenersi insieme. E davanti a lei c'è Tala, un fantasma dal passato. C'è una macchia rotonda di candeggina sulla T-shirt della signora Amber, talmente sbiadita che Tala comincia a chiedersi se abbia preso per sbaglio una maglietta di Dolly.

«Sono Tala, quella che...»

«Lo so chi sei.»

«Suo figlio?»

«Sono appena tornata a casa per prendere dei vestiti puliti, per lavarmi.»

La signora Amber si siede sui gradini di cemento, le gambe nude punteggiate dalla ricrescita dei peli. Appoggia la testa al muro. Tala si abbassa, e quasi si siede sulla signora Amber: c'è così poco spazio per il suo sedere.

«Oh, signora, mi dispiace per quello che è accaduto.»

«Non l'ho proprio visto e adesso è in un letto di ospedale.»

«È stato un incidente.»

«Dolly avrebbe dovuto tenerlo d'occhio.»

«Ma Colby stava facendo una scenata.»

«Oh, no, non ci credo.» La signora Amber allarga le mani.

«Deve sapere cos'è successo, signora.» Tala posa un palmo sulla spalla della signora Amber, ma lei la scaccia via divincolandosi.

«Quella stupida macchina» dice guardandola. «Maledetto mucchio di merda succhiabenzina da mamma espatriata.»

Tala si tocca il crocifisso. La signora Amber si alza e si avvicina all'auto, che ha le ruote girate. Solleva a fatica una gamba e sbatte il calcagno nudo contro il telaio di un bianco scintillante. Ci riprova, ma anche questa volta il calcio non lascia nemmeno un segno. Scoppia a piangere.

«Come faccio ad andare avanti, dopo quello che ho fatto?»

«Ma lui è vivo, mio Dio, è sopravvissuto.»

«Sono stata punita.»

Dolly non ha mai accennato che la signora Amber fosse religiosa. Una macchina passa vibrando. La signora Amber trasalisce, poi torna a sedersi sui gradini. I minuti scorrono lenti.

«Sarà meglio che torni in ospedale» dice la signora Amber. Si alza e apre la porta.

«Voglio solo dare un'occhiata a Dolly» spiega Tala.

La signora Amber non le tiene aperto il battente, che colpisce le mani di Tala. Ci sono un sacco di scarpe su uno scaffale nel corridoio del seminterrato, che conduce in una zona più ampia dove tre computer sono circondati da cavi e dal rumore dell'aria condizionata.

La signora Amber si pulisce il naso sul braccio. La pelle luccica. «Perché sei ancora qui?» grida.

E, che il cielo la aiuti, Tala fa un balzo per lo spavento. Stringe la borsa, convinta che la signora Amber stia parlando con lei. Dolly è sulle scale che portano al pianterreno, più pallida che mai.

La signora Amber agita un dito. «Devi andare via!»

«Io voglio bene a Sam, lo sa» ribatte Dolly.

«Gli vuoi bene?! Tu sei soltanto una maledetta colf stipendiata. Cosa ne sai dell'amore?»

Il tintinnio degli orecchini di Dolly è l'unico suono nella stanza.

«Colby aveva uno dei suoi attacchi di rabbia, e Sam è corso via» dice Dolly con voce pacata.

«Non incolpare Colby» sbotta la signora Amber.

Sta montando in Tala un calore rosso e furente, ma è importante non fare arrabbiare quella donna più di quanto non lo sia già. Tala inspira a fondo e spera che le parole che sta per pronunciare saranno concilianti come quelle di Kofi Annan. «Non è colpa di nessuno.»

La signora Amber si volta verso Tala. «Se avesse fatto bene il suo lavoro, non sarebbe mai successo.»

«Io stavo facendo il mio lavoro; stavo tentando di calmare Colby. Come le ho già detto tantissime volte, lui...»

«E dov'eri tu? Concentrata sul tuo cellulare? Chattando con le tue amiche?»

È chiaro che Kofi Annan non sta funzionando.

«Vattene!» grida la signora Amber. «L'unico motivo per cui sei ancora qui è perché sto passando tutto il tempo all'ospedale con mio figlio. Ma lui tornerà a casa presto, e quel giorno voglio che tu sparisca!»

La signora Amber urta Tala mentre si precipita di sopra, spingendo Dolly contro la parete. Cala un silenzio innaturale, seguito poco dopo da dei tonfi. Tala passa di fianco a Dolly e ancheggia su per le scale, abbandonando Kofi da basso.

Le vibrazioni provengono dalla camera di Dolly. Tala compare sulla soglia e osserva la signora Amber prendere e buttare per terra i libri. Poi Dolly spunta accanto a Tala. La signora Amber strappa le fotografie sulla bacheca ai piedi del letto. I frammenti fluttuano sul pavimento. La faccia di Mallie, a pezzi, guarda in alto.

"Ora basta!" Tala tira indietro le spalle, pronta a urlare un avvertimento. Apre la bocca, ma non è sua la voce che esce.

«Lasci stare le mie cose!» grida Dolly. È il suono più forte che lei abbia mai emesso.

La signora Amber diventa rossissima, e lancia un'occhiata intorno. Strappa i vestiti dall'armadio e li getta in un mucchio per terra. Una scatola da scarpe piena di cianfrusaglie si rovescia con fragore: un Minion giallo, un biglietto realizzato a mano, uno di quelli di Mallie, una banconota da cinquanta dollari e un piccolo astuccio turchese con scritte sopra le parole "Tiffany & Co.".

La signora Amber lo vede e si irrigidisce, senza fiato. «Vattene!» urla, poi solleva la mano per dare uno schiaffo in faccia a Dolly.

Dolly le afferra il polso. La signora Amber cerca di divincolarsi, però le nocche di Dolly sono strette intorno al polso della padrona. La signora Amber alza l'altra mano, ma Dolly afferra anche quella, e la stringe, la spinge, la scuote.

Sembra che stiano facendo una sessione di Tai Chi, colpite da una scossa elettrica.

«Lasciami!» grida la signora Amber.

«No!» ribatte Dolly. Sta digrignando i denti.

«Smettila!» urla il signor Tor da dietro.

Passa accanto a Tala e abbraccia la moglie. Dolly le molla le braccia. Il signor Tor accompagna la moglie fuori dalla porta, con le mani salde sulle sue spalle.

Tala si mette a fare ciò che ritiene più giusto. Raccoglie i frammenti della fotografia strappata e i libri. Dolly la aiuta.

«Le passerà, vedrai» dice Tala.

Poi si porta un pugno contro la bocca. Parla proprio come la mamma. "Quel che sarà sarà. Si vede che era destino." Quando Tala era un'adolescente e Dolly aveva appena due anni, la loro madre si era consolata per la morte improvvisa del marito con banalità del genere. Tala non ha detto a Dolly quello che era stato pubblicato sul blog di Vanda; è fuori discussione che glielo possa raccontare adesso. È trascorso tanto tempo dal giorno in cui Tala ha compilato i moduli per Dolly all'agenzia Maid Easy For You, ma ora dovranno tornarci entrambe.

Tala stringe il crocifisso e prega sottovoce che la titolare dell'agenzia, Charmaine, non legga il blog di Vanda.

14

Il segnale di libero pulsa nell'orecchio di Jules. È come essere tornata di colpo a Glastonbury, nel 1999, quando aveva telefonato a Somerfield, il suo lavoro del sabato, per darsi malata. "Ho la dissenteria" aveva detto con voce roca. Dal tono, Angie, la responsabile dei prodotti, non le aveva creduto.

«Pronto?» dice ora una voca all'altro capo della linea.

«Sono Jules. Non mi sento molto bene.»

«Cos'hai?»

«L'influenza, credo.»

«Be', vieni che ti visiterà uno dei medici.»

«Oh, no, io...» Si fa venire un accesso di tosse. «Non credo di essere in grado di uscire» gracchia. Santo cielo, è sempre stata terribile come bugiarda. «Mi dispiace. Sarà meglio che vada a sdraiarmi, sono a pezzi.»

Rimane lì seduta, con il senso di colpa annidato nel petto. Non si sarebbe mai finta malata se fosse stata al St Thomas, ma qui è solo la receptionist part time. E raccontare che ha preso in affido questo bambino solleverebbe troppe domande imbarazzanti. Un uccello cinguetta; un irrigatore spruzza. Accende il computer; il bambino arriverà da un momento all'altro. La sua mano rimane sospesa sulla tastiera. Non guarderà il sito Fertility Friends, no. Invece accede alle sue notifiche di Instagram. Quel primo piano di Dolly ha quindici Like adesso. Carica le altre foto dalla macchina fotografica e sceglie le tre più belle da pubblicare. Quella di Tala con il vestito a girasoli è davvero particolare: le rughe intorno agli occhi, il modo in cui la parte superiore della faccia è a fuoco mentre il mento è leggermente sfocato.

Suona il campanello. Il bambino. Jules si sforza di scendere piano le scale di legno. Apre la porta d'ingresso.

La volontaria sorride. «Salve» dice, con accento americano.

Ha in mano un seggiolino per la macchina scozzese, con dentro il bambino addormentato. La testa riccioluta ciondola di lato. Il corpo della donna è inclinato per via del peso del bambino.

«Entri» la invita Jules.

La donna posa il seggiolino per terra. Jules si inginocchia, piegando di lato la testa per guardare meglio il bambino. Ha le fossette sulle guance, le gambe paffute. I capelli sono appiattiti, a parte la massa di riccioli davanti. Da così vicino, Jules riesce a udire i sibili deboli del suo respiro.

«È bello, vero?» dice la donna accovacciandosi con le mani sulle ginocchia.

«Sì» mormora Jules, poi aggiunge: «Dorme tanto?». Sembra la cosa più importante da chiedere.

«Tra non molto tirerà tutta la notte» risponde la donna.

«Vuole sedersi?» Jules indica il divano in pelle.

«Meglio di no. Devo tornare da mia figlia.»

Jules vede la borsina che ha in mano la volontaria. «Ci sono i suoi vestiti lì dentro?» domanda.

«Non c'è granché. Soltanto due magliette, tre paia di calzoni e una tutina. Sono rimasti pochi biberon e pannolini, temo.»

Jules la prende: emana un profumo di bucato. «Che ne sarà di lui? Nel lungo periodo, intendo.»

«Non ci dicono molto» replica la donna. «È il secondo bambino che tengo. Te li affidano per qualche settimana, a volte di più, poi si fa vivo qualcuno e li porta via. Khalib verrà adottato.»

«Ah» fa Jules. «Sembra che potrebbe accadere abbastanza presto.»

«Be', non si sa mai. A volte capitano delle complicazioni.»

Rimangono lì in piedi a osservare il bambino che dorme.

«E la culla?» chiede poi Jules.

«Ah, sì, è fuori» risponde la donna, voltandosi per aprire la porta.

Accanto allo scaffale di Crocs tinta pastello, che appartengono ai vicini, c'è un cesto di vimini sfilacciato, foderato di cotone che un tempo doveva essere bianco. La donna preme il pulsante per chiamare l'ascensore e Jules si rende conto che sta per andarsene.

«Dovrebbe svegliarsi nella prossima mezz'ora per mangiare» le spiega la donna. «È rimasto solo un po' di latte in polvere, l'ho messo nella scatola di plastica nella borsa. Dovrà comprarne altro. Mi dispiace, non ho avuto modo di farlo io.»

L'ascensore ingoia la donna. Jules rimane sul pianerottolo a guardarla attraverso le griglie mentre si avvia lungo il vialetto fuori.

Jules porta dentro la culla di vimini. La porta si chiude con un tonfo, e Jules è di nuovo in ginocchio, a fissarlo. Ha tenuto in braccio centinaia di neonati, eppure con quello non è sicura di ricordarsi cosa fare.

Tira fuori il contenuto della borsa e posa ogni indumento sul pavimento in marmo accanto al bambino. Ha una coperta avvolta sulle gambe e sopra un libretto giallo, che lei sfoglia, con grafici e annotazioni a mano: informazioni sul piccolo, le pare, anche se non le legge con attenzione. Non ci sono peluche, né crema per i pannolini. Il corredo che accompagna sempre un bambino è stato ridotto all'essenziale. Altro che quelle lezioni sul massaggio ai neonati che hanno frequentato le sue amiche, e i passeggini superaccessoriati.

«Khalib» dice.

I suoi genitori adottivi gli daranno un nome diverso. Le piacevano molti nomi da maschio: Charlie, Joe, persino Sam, ora che ci pensa. Povero Sam. Tutta la sua formazione medica e adesso è lì a giocare alla moglie espatriata. Per lo meno aiutare Sam è stata un'opera buona, e lo è anche questo.

Il bambino apre gli occhi, sgambetta. Ha delle ciglia lunghissime. Jules gli infila un dito nel pugno. Lui le sorride... be', sembra un sorriso; forse è un sospiro. Lo sgancia dal seggiolino e lo solleva. Lo porta a passeggio per la casa. "Quindi è così che sarebbe. Magari ti posso tenere." È da mesi che non si concede di fantasticare.

Lo rimette nel seggiolino e fa scaldare l'acqua per il latte. Lui comincia a piangere. Jules prova a fargli cucù, ma non funziona.

Prepara il latte, però è troppo caldo, così mette il biberon in frigo. Lo prende ancora in braccio e lo fa saltellare, ma lui continua a piangere. "Dopotutto mi hanno offerto una possibilità" pensa. Cammina in giro con lui a lungo, e ogni tanto c'è una pausa nel suo pianto.

Finalmente il biberon è abbastanza tiepido e lui lo ingurgita tutto. Jules lo adagia nella culla, dove si addormenta. Invia un messaggio alla donna dell'ente affidatario e le chiede altro latte in polvere; non ha idea di quale sia la marca a cui lui è abituato.

Dolly sta pulendo il pianerottolo quando riportano a casa Sam dall'ospedale.

«Non lo sopporto!» tuona la voce della signora Amber.

Si sentono passi pesanti sulle scale, e Sam è accasciato tra le braccia del signor Tor. Vanno nella camera da letto padronale, poi Dolly si trova davanti la signora Amber, la faccia grigia, i capelli secchi e arruffati.

«Ti ho detto che non volevo trovarti più qui al ritorno di Sam.»

«Ma quello che è successo non è stata colpa mia.»

«Non c'è verso che io possa vivere nella stessa casa con te. Devi andartene subito; ti conviene perché non ti darò più un soldo.»

«Non è solo Sam che ha bisogno di cure; anche Colby...»

La signora Amber strappa via il detersivo e lo straccio dalle mani di Dolly e li butta dall'altra parte del pianerottolo; la bottiglia esplode, sputando fuori una pozza collosa color urina. La signora Amber scoppia in singhiozzi, la testa che sobbalza, una lacrima che le scende dal mento.

Dolly le tocca un braccio. La signora Amber si ritrae come se l'avesse scottata.

«No.»

«Intendevo che Colby ha bisogno di...»

«Non ce la posso fare» mormora la signora Amber.

Le scappa un gemito, poi corre giù per le scale fino alla porta d'ingresso, la apre ed esce. Appena la porta si richiude sbattendo, dall'orchidea in vaso cade una pioggia di petali viola.

Dolly si avvicina alla pozza di detersivo e la pulisce con lo straccio, andando avanti e indietro dal lavandino. Prepara l'asse da stiro sul pianerottolo e comincia a stirare. È un crampo quello che sente alla pancia? Forse sta iniziando, finalmente. Non ha visto sangue, anche se ha preso le pillole ormai da due settimane. Se torna all'agenzia adesso, la prima cosa che le chiederanno è un test di gravidanza. Che alternative ha?

Nella stanza c'è un odore amaro. Dolly abbassa lo sguardo sulla bruciatura a forma di ferro da stiro sulla camicia di lino del signor Tor.

«Accidenti!»

La appallottola e la mette sotto il mucchio di camicie stropicciate. Il signor Tor compare con un cuscino in mano. Va nella stanza degli ospiti.

Dolly si avvicina alla porta. «Che cosa fa?»

«Dormirò qui. Almeno per un po'» risponde lui. Distoglie lo sguardo da lei. Infila una mano nella tasca posteriore dei calzoni, poi cambia idea e intreccia le enormi dita. Di solito ci sono due letti singoli in quella stanza, ma lei ha aiutato il signor Tor a spostarne uno nella camera da letto padronale, dove d'ora in poi Sam dormirà vicino alla signora Amber.

«Quando te ne andrai?» le chiede.

«Stasera, credo.»

«Mi dispiace, io ci ho provato. Lei è fragile, è...»

Dolly gli volta la schiena.

«Io...» le dice mentre Dolly scende le scale.

Comincia a tirare fuori gli ingredienti dagli armadietti della cucina: un sacchetto di farina, zucchero semolato. Prepara una torta, una che conosce a memoria. La Victoria sponge.

Si appoggia con il sedere al piano della cucina, e rimane lì a mangiarsi le unghie. Che cosa farà? L'aria si riempie del profumo del pan di Spagna che lievita. Poi la luce cambia e, quando alza lo sguardo, accanto a lei c'è il signor Tor, incurvato.

«Mi scriverà delle referenze?» gli chiede Dolly.

«Certo. E troverai un altro lavoro. Sei brava.»

Infila le mani sotto le ascelle opposte.

«Posso leggere una storia a Sam prima di andarmene?»

«Sì, e appena lei torna ti accompagnerò all'agenzia.» Dolly va di sopra nella camera da letto della signora Amber. Sam è sdraiato sotto un lenzuolo bianco sul lettino singolo, accanto a quello matrimoniale con i suoi cuscini e la seta grigia. Una parete è occupata da armadi in rovere e da una toeletta con file di boccette e trousse di trucchi. La stanza è profumata. Dolly prende un libro da una pila in fondo al letto di Sam e lui apre gli occhi. Lei sorride e va sotto il lenzuolo vicino a lui. Sam si sposta e le appoggia il capo sul petto. Lei lo abbraccia.

«Sammy, il mio Sammy.»

La testa di Sam va su e giù mentre lei respira, con un bruco peloso di punti dietro l'orecchio. Se Tala non si fosse trovata nel parcheggio, lui avrebbe potuto non essere più lì. E adesso Dolly deve andarsene. Il braccio nudo del bambino è caldo sotto la sua mano, i capelli bianchi morbidi contro il suo mento. Ha voglia di scostare la coperta, dare un'ultima occhiata alle dita dei suoi piedini. Ha voglia di stringerlo molto più forte di quanto sta facendo adesso. Cerca di pensare a qualcosa di importante da dire, qualche frase saggia che lui possa ricordare. "Ah, me lo ha detto la donna che mi curava da piccolo." Qualche mantra, qualche incredibile verità. Però le viene in mente solo una cosa.

«Studia bene.»

Ora Sam ha i capelli sudati, appiccicati. La sua pelle è di uno strano colore: la sfumatura che prendono i vestiti quando lasci una calza scura nel bucato bianco. Dolly gli tocca la fronte sfregiata ed è bollente.

Dolly apre il libro ma non legge. Si inventa qualcosa che vada d'accordo con le figure. «E così Colby ha passato il vestito a Sam.» Infila dentro anche i nomi di Ace e Marlon. Riesce a far pronunciare a Sam le parole insieme a lei, e la sua voce farfuglia finché non si zittisce completamente.

Dolly gli sposta la testa sul cuscino e fa per baciarlo. Sam ha gli occhi aperti, rovesciati all'indietro. È come se un amo invisibile gli stesse tirando giù la faccia da un lato.

«Signore!»

Non arriva nessuno.

«Signore!» grida lei di nuovo.

Si sentono passi di corsa. La bocca di Colby è una "O" e il suo grido riempie la stanza.

Poi arriva il signor Tor e agisce in fretta, e Sam è tra le sue braccia. Tutti si precipitano giù dalle due rampe di scale fino al seminterrato. I piedi nudi di Dolly schiaffeggiano il cemento nel parcheggio sotterraneo e lei sale in macchina; le gomme stridono quando il signor Tor parte.

«Mio figlio» mormora. «Mio figlio.»

Dolly non ha nemmeno chiuso la portiera. Sam è dietro vicino a lei. Si volta e vede l'ombra del sangue dell'incidente ancora lì per terra.

«La portiera, zietta» le dice Colby, sul sedile davanti. Lei si allunga e la chiude.

Dolly ha il capo di Sam sulle cosce e, anche se non può vederlo, sa che lui sta sanguinando dentro. E c'è anche qualcosa che sanguina fuori da lei; sente che le spezza il cuore e che le fa male alla pancia. Ha le mutande bagnate. Quelle pillole hanno impiegato il loro tempo, ma adesso stanno facendo effetto. Il suo bambino sta gocciolando fuori da lei, appena una pallina di cellule, eppure se ne sta andando, è andato, avvelenato.

Guarda Sam, poi preme il naso contro il finestrino, freddo per l'aria condizionata, e osserva le auto che passano. Il bambino sta morendo dentro di lei, però almeno lascia il posto a qualche possibilità per Mallie. Ci sarà un altro lavoro, altri bambini, forse.

Il signor Tor vuole mettere la freccia per svoltare, invece aziona i tergicristalli. Il cuore di Dolly batte al loro ritmo finché il signor Tor riesce a spegnerli.

La macchina svolta nell'ospedale e rallenta. Il signor Tor parcheggia e scende. Prende in braccio Sam ed entrano, correndo per i corridoi asettici. Poi Sam è su una barella e sembra un bambino diverso, con la faccia deformata.

«Sammy!» grida Dolly e allunga una mano mentre lui viene allontanato velocemente da lei. Qualcuno l'ha afferrata per un braccio: un'infermiera con una divisa azzurra, e Dolly rimane lì in piedi a guardare le porte a battenti che inghiottono Sam e il signor Tor che corre accanto a lui.

Colby intreccia le dita alle sue, e si siedono sulle sedie di plastica allineate nel corridoio. E aspettano, con le mani che tremano. E a Dolly fa male la pancia come se avesse le mestruazioni. Dovrebbe andare nel bagno delle donne a mettere della carta igienica nelle mutande, invece rimane lì, dolente, la testa, la pancia, il cuore.

La donna dell'ente affidatario arriva, con i fianchi larghi e un neo scuro sul mento. Consegna una borsa a Jules; lei la apre e vede un barattolo di latte in polvere di una marca che non ha mai sentito nominare, "Friso". Sotto il braccio la donna tiene un mucchio di pannolini, e accanto a lei c'è una carrozzina malconcia.

«Dovrebbe bastarle per un po'» dice.

«Grazie. Vuole entrare a vederlo?»

La donna scuote la testa, allungandosi verso l'ascensore. «Mi aspetta il taxi.»

«Ah, va bene.»

Jules attende che la donna salga sull'ascensore e le porte color argento si chiudano.

"Allora fammi ricapitolare" pensa Jules. Nessun colloquio, nessuna ispezione. Sembra pericoloso, agghiacciante, che un bambino possa essere affidato a uno sconosciuto. E poi si ricorda del permesso di soggiorno. Non glielo avrebbero concesso con la fedina penale sporca, no? Si inginocchia sul tappeto di lana e prende i piedi del bambino che si agitano. Preme il naso contro il suo, e gli occhi del piccolo sono una sorpresa al caffè. È caldo e ha la pelle morbida, ma la verità è che Jules non prova niente per lui; è un estraneo per lei.

Va nel bagno al piano di sotto e lo tiene davanti allo specchio. Ha i capelli soffici, quasi unti come la sua pelle, e nota come sono diversi: lui ha un naso largo e piatto, lei sottile e leggermente a punta.

Lo fa girare, poi si ferma e gli fa: «Bu». Lui batte le palpebre e sorride. Jules lo abbraccia e qualcosa si espande nella sua pancia, così lo abbraccia di nuovo, un po' più forte.

Il signor Tor ripercorre il corridoio d'ospedale verso Dolly e Colby.

«Non ci resta che aspettare. Lo stanno ancora curando.»

Digita un numero sul cellulare, poi interrompe la chiamata. Riprova, dopodiché si siede e appoggia il telefono per terra. Esce una dottoressa; ha i capelli raccolti in uno chignon.

«Dobbiamo fargli una risonanza magnetica» dice.

«Qual è il problema?» chiede il signor Tor, alzandosi.

«Lo sapremo con certezza tra un po'» risponde la dottoressa. «Ma suo figlio potrebbe avere avuto un ictus.»

Il signor Tor si porta le mani alla testa. Un ictus, una parola che trasmette tutta la gravità di quello che è successo a Sam. Colby nota lo shock sulla faccia del padre e comincia a tremare. Dolly gli posa una mano sulla spalla. Lui si china in avanti e continua a piangere.

Il signor Tor prova di nuovo a telefonare. «Per l'amor del cielo. Dove diavolo sei finita? Chiamami.»

Ci sono poster alle pareti. "Dona sangue" e "Attenti alla dengue". L'orologio ticchetta. E Colby continua a stare aggrappato alla mano di Dolly.

La dottoressa torna, con le scarpe alte aperte dietro che le sbattono contro i piedi. «La risonanza mostra che una delle carotidi è danneggiata» spiega.

«Cos'è?» chiede Colby.

«Un'arteria che porta il sangue al cervello. Dobbiamo dargli dei farmaci anticoagulanti per impedire che gli venga un altro ictus.»

«Però guarirà, vero?» domanda Colby.

«Stiamo facendo il possibile.» La dottoressa attraversa la porta a battenti.

Loro rimangono lì seduti, l'aria densa come crema calda. Colby si alza, poi si risiede, e continua così. Il signor Tor cammina avanti e indietro.

Dolly va in bagno. Le fa ancora male la pancia, ma il sangue sulle mutande è secco. "Dovrebbe esserci più sangue di così" pensa. Si siede sul gabinetto e aspetta.

Più tardi, mentre il bambino dorme, Jules prende il libretto giallo e legge. "Nurin Goh", il nome dattiloscritto sulla prima pagina. C'è anche un indirizzo, da qualche parte a Tampines. "Sei tu la madre di Khalib?"

Solleva lo schermo del suo portatile, che ha appoggiato sul tavolo da pranzo di vetro. Digita il nome del libretto. Compare un elenco di suggerimenti, ma non c'è una corrispondenza precisa. Clicca sul link "Nurin Goh" su Facebook. La ragazza, sedici, diciassette anni al massimo, è stata fotografata sotto la pioggia, con un velo di acqua sull'impermeabile blu scuro. Di lato, mentre si gira, fissa l'obiettivo con la stessa espressione aperta del bambino, la stessa bocca e gli stessi occhi incavati; probabilmente quella foto è stata scattata prima che la sua vita cambiasse per sempre. Il suo viso dolce ha un'aria incerta, seria.

La ragazza ha cinquantasei amici. Quali la abbracceranno e la aiuteranno a superare quello sfacelo? Jules fa scorrere la lista degli amici, esaminando i maschi per trovare qualche somiglianza che li colleghi al bambino. Non ne vede.

Riapre il libretto giallo: il bambino ha fatto le vaccinazioni previste alla nascita, contro la tubercolosi e l'epatite B, ma non ci sono altri indizi sulla sua identità, o sulla sua provenienza.

Jules si pettina all'indietro i capelli con il palmo. "E così tua madre si chiama Nurin" riflette. Il soggiorno si riempie di quel distacco. Lei lo avrà guardato prima che glielo portassero via? Lo avrà baciato per dirgli addio?

Nemmeno Jules riuscirà a tenerlo. Una o due settimane al massimo, poi tornerà dalla volontaria che glielo ha lasciato o andrà a casa dei genitori adottivi. Le viene in mente la sua nipotina, che aveva pianto il giorno in cui Jules le aveva raccontato la storia del coniglio che tornava nel suo lontano regno magico e non rivedeva più i suoi amici. Per la sua nipotina, le storie più brutte erano quelle sulla separazione.

Molto più tardi si sente uno scalpiccio di passi e arriva la signora Amber correndo, i capelli in faccia, un paio di sandali che le ondeggiano in mano. Quando si avvicina al signor

Tor, si ferma e si appoggia prima su un piede poi sull'altro mentre lui le racconta cos'è successo.

Lancia un'occhiata storta a Dolly. «Cosa ci fa lei qui?»

«Era con Sam quando ha perso i sensi. Se non fosse stato per la reazione veloce di Dolly, be', non oso pensare.»

La signora Amber si siede, si infila i sandali, accavalla le gambe. Il rossetto si è insinuato nelle screpolature delle labbra.

«Dolly, ti sarei grato se portassi a casa Colby» dice il signor Tor.

«Non se ne parla neanche» ribatte la signora Amber.

«Amber, nostro figlio è là dentro che combatte tra la vita e la morte. Non è certo colpa di Dolly.»

«Io voglio restare» interviene Colby.

«Per l'amor del cielo» esclama il signor Tor.

«Colby rimane con *me*, Tor.»

Dolly si alza, guarda prima la signora Amber poi il signor Tor.

«Vattene!» dice la sua padrona.

Il signor Tor le infila una banconota in mano. «Per il taxi.»

Dolly fissa le porte da dove è entrato Sam; dietro i vetri si muovono delle ombre. Il momento in cui quelle porte si sono richiuse è stata l'ultima volta in cui l'ha visto. Lo sa. Guarda Colby e lui ricambia lo sguardo. Quei bambini non sono più affidati alle sue cure. Apre la bocca per dire qualcosa alla signora Amber, ma non esce niente tranne il suo respiro. Si avvicina a Colby, gli prende una mano.

«Sei un bravo bambino. Hai solo bisogno di un po' di aiuto per esserlo, tutto qui.»

Lui salta su dalla sedia e la abbraccia. Dolly gli scosta i capelli dalla faccia e gli bacia la fronte. Poi arretra, gli occhi che si riempiono di lacrime.

Fuori, cammina a piedi scalzi, e i sassolini le penetrano nella pelle. Ogni tanto si ferma per tirarli fuori con le dita dell'altro piede.

– IL BLOG DI VANDA –

Vivere con una colf straniera

Regole domestiche essenziali per le colf straniere

Regola 5. I bagni: se vicino alla cucina avete un bagnetto con una doccia montata sulla parete, non c'è bisogno che la vostra domestica usi altri bagni della casa.

15

Tala tira su con il naso. C'è qualcosa di dolce e nauseabondo nell'aria, floreale. Giacinti misti a 7-Eleven.

Il crocifisso sta di guardia al letto di Tala, come pure la faccia malinconica di papa Benedetto. Trascina una sedia sul pavimento in legno, poi ci sale sopra e cerca a tastoni il suo vecchio computer. Non è sul davanti dove l'ha lasciato, quindi tende di più il braccio, in punta di piedi. Niente. Il suo blog; il panico le inonda la testa.

Tasta tra le carte accanto. Il suo diario delle lamentele delle domestiche c'è ancora, insieme a un altro libro soltanto. Lo tira giù, è il suo libretto bancario giallo. Ciò significa che anche il suo passaporto è sparito insieme al computer. Un'ondata di calore le avvampa le guance. Ha la bocca secca come se vi avessero infilato dentro della carta appallottolata.

Passa la mano sulla copertina screziata del libretto bancario, poi lo apre, l'importo totale della sua vita che ammonta ormai a quattro cifre. Le manca poco per raggiungere il suo obiettivo. Si allunga di nuovo in tutta la sua statura ed esplora con il palmo il ripiano dell'armadio. Il suo passaporto e il computer sono davvero spariti, le due cose che la riportano a casa.

La sedia si inclina di lato, le gambe che si piegano quando sbatte per terra. Il profumo floreale è quello della signora Heng; è stata nella stanza di Tala. Ha preso il computer, quindi scoprirà che è lei Colfhacker.

Rimane lì immobile, una lava di rabbia che le turbina nel petto, insieme a un'altra emozione. Alza la mano destra e la vede tremare. Non ha bisogno di controllare anche l'altra per sapere che fa lo stesso. Poi il suo sguardo è attirato dalla conchiglia che le ha regalato Marlon, sul tavolino vicino al materasso. Non può fargliela passare liscia.

Non si accorge di aprire la porta della sua stanza; non si accorge delle piante dei suoi piedi che procedono decise lungo il corridoio. "Che cosa succederà adesso?" È come se una corda invisibile l'avesse presa al laccio perché fatica a respirare.

La signora Heng è seduta in soggiorno a farsi la pedicure, un mucchietto di pelle dura sul bracciolo della poltrona fantasia.

«Bene, signora, dove sono finiti il mio passaporto e il computer?»

«Una donna ben vestita è venuta a cercarti un paio di giorni fa» risponde la signora Heng.

«Di cosa sta parlando?»

«È passata a chiedere se Tala Pabro Castillo era in casa.»

«Chi era?»

«Non mi ha voluto dire il suo nome, ma immagino che forse il ministero del Lavoro ci stia tenendo d'occhio.»

«Nessuno mi denuncerebbe.»

«Di questo non sarei tanto sicura. Comunque è tempo che tu mi ridia i soldi che mi devi. Sto pagando al ministero la tassa mensile perché lavori da me, ed è da più di un anno che non mi rimborsi.»

A Singapore chiunque assuma un lavoratore domestico straniero deve pagare una tassa al governo, ma la signora Heng pretende che Tala le restituisca i soldi con un forte interesse. Tala stringe i denti; ha sempre rimandato il pagamento.

«Dato che non mi hai reso i soldi, mi tengo le tue cose come garanzia.»

«Non può entrare nella mia stanza.»
«La mia stanza. La mia casa. Tu mi dai i soldi e ti riprendi le tue cose.»
«Il mio computer... come farò a contattare la mia famiglia, eh?»
La signora Heng si alza. «Ho bisogno dei miei soldi» dice.
A Tala prude la mano; vorrebbe dare una sberla alla signora Heng. Si costringe a restare a due metri di distanza. «Rubare è sbagliato; qualunque cosa pensa che io le debba, rubare è sbagliato.»
«Non osare parlarmi con questo tono.»
«Avrà i suoi soldi, io però voglio la mia roba.»
Tala si avvicina allo scrittoio, il contrasto di forme della stanza sfocato intorno a lei. Apre la serratura e comincia a rovistare tra le carte della signora Heng, una lente d'ingrandimento, una di quelle grattugie per i piedi, un altro di quei dipinti amatoriali su piastrella: questo ritrae un ciliegio in fiore, con i lunghi rami e i petali che cadono. C'è una macchia di rosa nell'angolo, dove dev'essere caduta la pittura. Tala lo mette da parte e continua a cercare. Poi la signora Heng le arriva alle spalle.
«Prepara la tua roba e vattene.»
«Non vado da nessuna parte finché non riavrò le mie cose.»
«Se non te ne vai, chiamerò la polizia.»
«Se lo farà, porteranno via anche lei, stupida *tanga*!»
«Come mi hai chiamato?»
La mano di Tala si sta intorpidendo, come se la sfidasse a schiaffeggiarla. "Mio Dio, non farlo, Tala" le mormora una voce lontana, ma non abbastanza forte, perché adesso la mano di Tala è in aria e si avvicina alla signora Heng. È senza peso, leggera. Tala la osserva, però non sta facendo quello che vorrebbe lei. Sta solo indicando, il dito grassoccio che punta contro la signora Heng.
«Lei è una donna cattiva, della peggior specie» le dice Tala.
Le labbra serrate della signora Heng sono un nodo di ru-

ghe, e le sue narici si aprono e si chiudono come la bocca di un pesce. Lei si gira, prende il cordless e compone un numero.

Tala si avvia per il corridoio. Apre uno degli armadi bassi nella sua stanza e tira fuori il borsone di tela, ammuffito in alcuni punti. Mette dentro innanzitutto le foto incorniciate, le lenzuola, il cuscino, il diario. Infila anche la rivista nella borsa, poi ci ripensa. Cos'è che diceva Russell Grant a proposito di trovare la felicità?

"Affronta a testa alta le difficoltà e sarai a buon punto per conquistare la felicità."

Lascia cadere la rivista nel cestino con un tonfo, la bocca di Russell così spalancata che si vede l'affare che penzola in fondo alla gola. Tala mette in borsa il papa insieme al crocifisso. Prende la conchiglia di Marlon. È fredda, inviolata dal calore della stanza. Se la infila nella tasca della gonna. Dà un'altra occhiata in giro, si sistema il borsone in spalla e si dirige verso la porta d'ingresso.

È già aperta; la signora Heng è in piedi lì accanto.

«Sto ancora aspettando la mia roba» dice Tala, torreggiando nel suo metro e sessanta di statura, per guardare dall'alto in basso la signora Heng.

«Tu portami i soldi.»

«Devo andare in bagno.»

Prima che la padrona abbia la possibilità di obiettare, Tala entra nel bagno della signora Heng e si chiude a chiave. Lascia cadere il borsone, usa il gabinetto poi si avvicina al lavandino. Il suo riflesso nello specchio è pallido per lo shock. Tocca il vetro con la mano, lasciando una macchia che non scompare. Pigia una volta il sapone liquido Jo Malone, poi un'altra e un'altra ancora, finché la sua mano è uno stagno di basilico lime. Il suo passaporto e il computer, ma guarda un po'. Nota una boccetta di collutorio rosa opaco e svita il coperchio. Fa un bel gargarismo come la signora Heng tutte le mattine, poi sputa una volta, due. Riavvita il coperchio, raccoglie il borsone e apre la porta.

La signora Heng è sempre in piedi accanto all'ingresso, a braccia conserte. Mormora una cifra.

«Ma è troppo!» ribatte Tala.

«È quel che ci vorrà per riavere le tue cose.»

«Non posso permettermelo.»

La signora Heng spinge fuori Tala e chiude il battente con forza.

Non c'è un filo d'aria e un animaletto si posa sulla faccia di Tala. Lei si tira una sberla e qualcosa muore lì sulla sua pelle. Si avvia, camminando a fatica perché il borsone è pesantissimo. Ma non poi molto per i diciotto anni passati. Cammina zoppicando, sconcertata. Poco dopo è sul viale, le auto che le sfrecciano accanto.

Nella Lion City, puoi andare a piedi quasi ovunque sapendo di essere al sicuro. "Il pericolo non è nelle tenebre, qui" pensa Tala. È dietro le porte chiuse di quei condomini immacolati, dove i padroni possono far morire di fame le loro domestiche se decidono così.

Lo stordimento si attenua. Che cosa farà adesso? Non andrà da Dolly, questo è certo, e nemmeno a casa di una delle altre donne. Loro la guardano con rispetto; accidenti, hanno bisogno di rispettare qualcuno, quindi lei non ha intenzione di umiliarsi. E comunque non ha bisogno dell'aiuto di nessuno, non Tala.

Passa davanti a un centro commerciale di cinque piani, con dei manifesti sulle vetrine al pianterreno. I fari delle auto illuminano una siepe, un pipistrello svolazza. I cespugli che fiancheggiano la strada sono fioriti, i colori sbiancati dai fari, che brillano accecanti e poi scompaiono. Tala coglie un fiore e preme i petali vellutati. La verità è che la signora Heng le aveva già chiesto quei soldi, però Tala aveva sperato che alla vecchia venisse uno dei suoi momenti di smemoratezza.

«Che *tanga* sei!» sibila Tala, schiacciando il fiore nel palmo per poi lasciarlo cadere a terra.

Da quando in qua la signora Heng si dimenticava dei soldi? E si fa pure spaventare dal primo funzionario del ministero che le va a suonare alla porta. Ma in fondo se quella donna è venuta a bussare, significa che deve essere sulle tracce di Tala.

Decide di attraversare la strada. Appena mette il piede sull'asfalto, parte un clacson, che svanisce nel nulla più avanti sul viale.

«Stai attento a dove vai!» Tala agita il pugno, il petto che martella. Risale sul marciapiede.

Aspetta, poi quando vede un varco nel traffico attraversa in fretta, le infradito che sfregano contro una vescica all'interno dell'alluce. Arrivata dall'altra parte, si inginocchia sul ciglio erboso, il suo borsone un corpo senza vita accanto a lei. La sera calda le si chiude intorno. Prende dalla borsa la bottiglietta d'acqua schiacciata e beve. "Mio Dio, che fine ho fatto." Scuote la testa. Potrebbe chiedere a Rita se può stare da lei. Ma a quel punto tutti lo verrebbero a sapere, e poi molti padroni non vogliono che le domestiche si portino a casa delle amiche. E, ora che le hanno sottratto il passaporto, non può neanche prelevare i soldi e pagarsi un volo per tornare a casa. "Questo è quanto." Si alza. La ghiaia si sparge sul sentiero quando la silhouette di una lucertola fugge via. Tala riprende a camminare e si trova davanti un altro centro commerciale, con in basso le lettere verdi di un fast food.

Supera un muretto che delimita un parcheggio con un edificio di cemento su un lato. La porta grigia del bagno pubblico cigola quando lei entra, al buio. Le luci si accendono e si spengono a ogni suo passo. Tre lavandini sono disposti a intervalli regolari sotto specchi macchiati, che reclamano a gran voce un trattamento all'aceto.

Tala apre la porta di ogni box per vedere se ha compagnia. Sono tutti vuoti. Preme il rubinetto del lavandino centrale, da cui esce un filo d'acqua. Si china per bere. Un lungo capello nero nuota verso il buco. Sulla parete c'è una staffa di metallo vuota dove un tempo c'era il dispenser del sapone.

Tala solleva la maglietta e la fa passare sopra la testa, in modo che la avvolga come un coprispalle. Si spruzza l'acqua sotto le ascelle con la ricrescita dei peli rasati. Nello specchio, ciocche di capelli le ricadono sulla faccia; i suoi seni sono pesanti nel reggiseno marrone sformato. "Però non sono poi così male da vestita" pensa, e fa una risatina. Un salto in un negozio di intimo al Lucky Plaza e potrebbe persino diventare sexy. Un rotolo di pelle floscia trabocca dall'elastico in vita della gonna. Anche se non mangiasse per una settimana intera, la montagnetta della sua pancia ha un sacco di riserve. Riabbassa la T-shirt.

Apre la porta di un box e vede per terra un mucchio bianco e fradicio di carta igienica, il sedile punteggiato di gocce di pipì. Si chiede perché la mira delle persone sia così scarsa in quel paese, quando non devi fare altro che sederti e lasciarla andare. Uno scarafaggio sfreccia in diagonale sulla parete, con le antenne che ondeggiano. Prova a spingere un'altra porta. Il box è più grande, più asciutto, con un rettangolo di sapone alla lavanda consumato sopra la cassetta dello sciacquone e un contenitore rotondo di metallo fissato alla parete, ma non c'è traccia di carta igienica. Chiude a chiave la porta e si lascia scivolare per terra lungo la parete, spingendo il borsone contro l'apertura sotto la porta. Ha i nervi a fior di pelle; le braccia e le gambe fremono, mentre la testa ronza come una radio mal sintonizzata. Nonostante l'odore giallo di pipì, il suo stomaco brontola.

«Senzatetto» dice. Estrae la conchiglia di Marlon dalla tasca e la bacia. Da anni non ha un posto che può chiamare casa.

Deve trovare un modo per uscire da quel casino. Ha bisogno di riavere indietro il passaporto e il computer con dentro quelle informazioni potenzialmente disastrose. Il suo blog. Se la signora Heng lo apre e si collega, lo scoprirà. E probabilmente lo farà, visto che è curiosa come Tala. Di rado la gente critica Singapore e, se lo fanno i forestieri, è finita, il loro permesso di soggiorno per lavoro scade e non viene rinnovato. Non c'è speranza che le sia concesso di restare se qualcuno scopre che è lei a scrivere quel blog.

"Questa potrebbe essere la fine" pensa, proprio mentre le lucine sul soffitto si spengono. Si immagina la faccia di Ace che splende nell'oscurità, le sue guance butterate. La fine... lo aveva già creduto una volta, in passato. Stava lavorando a Singapore quando a Ace era venuta una grave infezione. Lei aveva preso subito l'aereo. Ace era in un letto di ospedale, il collo magrissimo, un tubicino su per il naso. Tala si era seduta vicino a lui e aveva pregato per la sua guarigione. Se fosse giunta la sua ora, si era detta, lo stesso sarebbe stato per lei. Aveva espresso la tacita minaccia di strapparsi il crocifisso dal collo e di buttarlo in mare se il figlio maggiore fosse morto. Poi aveva aspettato e, tre giorni dopo, Ace aveva ripreso conoscenza.

Quindi questo non è il suo momento peggiore. Bacia ancora la conchiglia e le luci sensibili al movimento si riaccendono tremolando. Cerca di dormire, raggomitolandosi in una palla, con la testa sul borsone bitorzoluto. Le luci si spengono, ma appena cerca di mettersi più comoda, si riaccendono. È fradicia di sudore, la schiena, i piedi, la testa, così alla fine ci rinuncia e, lì per terra, tenta di capire che cosa diavolo farà.

Nella villetta, Dolly fissa la torta che ha preparato. Qualcosa di nero si sta muovendo sopra, con la coda che si arriccia sulla parete della cucina. Le formiche hanno formato una S sul dolce. Lo butta nella spazzatura e le formiche girano in cerchi frenetici cercandolo.

Scende nello studio del signor Tor: il computer è ancora acceso e l'aria condizionata ronza. Nel vassoio della stampante c'è un foglio di carta pieno di lettere nere dattiloscritte. Le sue referenze.

"Dolly è stata parte integrante della nostra famiglia per cinque anni e mezzo."

Vede una chiavetta sulla scrivania e la gira nella serratura della cassettiera. Fruga tra le carte e trova il suo passaporto. Urta il computer e lo schermo si accende. Il blog di Vanda. Perché il signor Tor dovrebbe guardare il blog di Vanda? Usa le frecce per tornare su nella pagina.

"La domestica, Dolly Pabro Castillo, 35 anni (numero di permesso di soggiorno per lavoro 67894), stava curando il bambino quando lui è corso nel parcheggio ed è stato investito dall'auto."

C'è la fotografia di Dolly, un primo piano del profilo e tutti quegli orecchini. Si volta di scatto, con un rumore simile ad acqua nelle orecchie. Vanda ha pubblicato il suo nome, il numero del suo permesso di soggiorno per lavoro. E se Charmaine lo legge? E come ha fatto Vanda a scoprire come si chiama? Il signor Tor non farebbe una cosa del genere a Dolly, vero? Invece la signora Amber sì. È lei che scrive quel blog?

Dolly va di sopra nella stanza della signora. Spessi saggi storici sono impilati sul comodino dalla parte del letto del signor Tor. Lei apre i cassetti del comò e osserva le file di reggiseni e mutande con il pizzo. Per un attimo è tentata di tirarli fuori tutti e di buttarli per terra come ha fatto la signora Amber con la sua roba, ma lascia perdere.

Il taccuino che la signora Jules ha comprato per Dolly è lì tra la biancheria intima, e c'è anche qualcosa che luccica. Dolly infila la mano e lo prende. Una spilla d'oro tempestata di diamanti. È rivestita di fiori e foglie intrecciate. Non dovrebbe farlo. Sa che è sbagliato, ma la signora Amber ha tantissimi gioielli così, e Dolly ne ha bisogno. Anche Mallie ne ha bisogno. Dolly se la mette in tasca.

Apre l'armadio e vi avvicina uno sgabello. Sullo scaffale in alto c'è un sacchetto di plastica della spazzatura pieno di cose. Il sacchetto fruscia tra le mani di Dolly mentre lo apre. Reggiseni, magliette sbiadite, una camicia da notte di seta rossa con il pizzo sul seno, tutti vestiti che la signora non indossa più.

Dolly tira fuori la camicia da notte e scende dallo sgabello. Si appoggia davanti la seta. Questo sarebbe proprio l'indumento giusto per far sganciare più soldi a Gavin. Potrebbe continuare ad accettare i suoi regali, come la collana di Tiffany e la sciarpa di seta. Potrebbe continuare a prendergli i soldi dal portafogli mentre lui dorme, spiccioli di cui un uomo come lui non si accorge neanche.

Scende le scale, va nella sua stanza e sistema la camicia da notte sul letto, insieme al suo taccuino. Tira fuori la spilla dalla tasca. Il senso di colpa le forma un nodo in gola, ma lei lo manda giù. Deve farlo. Venderà quelle cose e il denaro servirà a coprire le rette scolastiche di Mallie per un po'.

Il telefono squilla in soggiorno. Lei lo raggiunge al buio e appoggia la cornetta di plastica all'orecchio. Gracchia.

«Dolly?» dice il signor Tor.

«Sì?»

«Sam è fuori pericolo.»

«Grazie a Dio.»

Dolly aspetta che lui aggiunga qualcosa, invece riappende. Cerca a tentoni sull'isola della cucina la scatola di pennarelli e matite colorate dei bambini, poi la porta con sé nella sua stanza.

Infila la camicia da notte e la spilla nella sua borsa. Prende una colla stick dalla scatola, tira fuori le sue ricette dall'armadio e comincia a incollarle sul taccuino. Nella sua testa riemergono dei pensieri. Colby che mangiava a cucchiaiate l'impasto per la torta al cioccolato; Sam che decorava dei cupcake con le codette di zucchero che cadevano dappertutto sul pavimento. Il quaderno comincia a gonfiarsi per via della carta incollata e di tutti i ricordi.

16

Bussano alla porta del bagno e Tala si sveglia di soprassalto. L'odore di candeggina le riempie il naso, le riveste la gola.

«Ehi! Chi c'è lì dentro?» chiede una voce.

Tala mette una mano per terra e la toglie subito, le dita bagnate. La riappoggia e cerca di alzarsi. Le cedono le ginocchia e la conchiglia cade per terra. Tala trattiene il fiato, si china per raccoglierla e un dolore le pugnala la schiena. Fa una smorfia ed esamina la conchiglia; è intatta.

«Esci subito» ordina la voce.

«Aspetta!»

Tala si mette la borsa in spalla e litiga con la porta, schiacciando se stessa e la borsa per passare dal varco stretto.

C'è una donna grassoccia con in testa un foulard coperto di uccelli rosa. «Cosa stai facendo, *lah*?» grida.

Tala le passa accanto di fretta ed esce. La porta è tenuta aperta da un secchio d'acqua schiumosa. Tala prova a mettersi a correre ma, con il borsone in spalla, è una specie di camminata a papera mentre risale la strada ondeggiando. Uno scolaro con la divisa color limone gioca a calcio con un sasso.

Tala si volta a guardare. La donna dei bagni la sta ancora guardando, appoggiata allo spazzolone come se stesse per scalare l'Everest.

Jules è sdraiata al buio nella stanza degli ospiti, il bambino nella culla di vimini per terra. Non ha chiuso occhio tutta la notte e non solo per via del piccolo. David non è tornato a casa.

Lo ha chiamato al cellulare e gli ha mandato dei messaggi, ma lui non ha risposto. Jules si è alzata due volte per dare il biberon al bambino, e ogni volta ha esaminato nella propria testa le possibili cause della scomparsa di David. Ultimamente si sta comportando in modo strano. Nervoso; interrompe di colpo le chiamate al cellulare appena arriva lei.

Dove diavolo è? Forse le ha tenuto nascosti dei problemi di salute; magari è caduto e ha battuto la testa, oppure ha avuto un incidente in macchina.

Controlla di nuovo l'ora. Le sette di mattina. Il bambino sta ancora dormendo, con le palpebre che fremono. Una chiave entra nella serratura. Jules si alza e percorre il corridoio proprio mentre David apre la porta. Si tiene il capo con entrambe le mani. Tra le dita, la faccia è livida.

«Dove sei stato?»

«Oh, merda. Oh...»

Barcolla verso il divano, si sdraia. Jules è in piedi accanto a lui.

«David, parlami. Stai bene? Hai un aspetto di merda.»

«Oddio, io... È successa una cosa al lavoro.»

«Ti ho chiamato, ti ho lasciato dei messaggi.»

«Avrei dovuto controllare il cellulare.»

«Ascolta, cos'è successo? Mi sono preoccupata tantissimo.»

David geme, chiude gli occhi.

«Cosa sta succedendo? Nelle ultime settimane ti sei comportato in modo strano. Dimmelo.»

«Ti prego, Acciuga, portami un bicchiere d'acqua, vuoi?»

Sono anni che David non la chiama così. Le viene in mente il biglietto che aveva attaccato a un cd degli Oasis: "Alla mia Acciuga. Mi manchi un sacco, con amore David". Non è mai stato uno da messaggi lunghi e sdolcinati. David. Lei non ha mai usato vezzeggiativi. Si erano conosciuti quando lui l'aveva invitata a ballare durante una serata in discoteca organizzata dalla scuola a Greenford e lei era morta d'imbarazzo perché era più alta di lui di tutta la testa; meno male che almeno non aveva messo i tacchi.

Cerca tra i flaconi di medicine nell'armadietto in cucina e trova l'aspirina, poi la domanda si fa strada di nuovo dentro di lei: "Dov'è stato David stanotte?".

Lui manda giù due pastiglie senza acqua, poi ne beve un bicchiere in un sorso solo e si lamenta. Khalib si mette a piangere. David si siede, e gli occhi socchiusi si spalancano.

«Il bambino?»

A Jules scappa quasi da ridere; lui ha i capelli appiattiti su un lato della testa, dritti in piedi sull'altro. David fa una smorfia, incrocia le braccia sul petto e si inclina con il corpo dalla parte opposta del rumore.

«Sì, il bambino.»

«Oh, Jules, mi dispiace.»

Jules va a prendere Khalib dalla stanza degli ospiti e torna nell'open space del soggiorno. David è in piedi. Jules gli mette il bambino tra le braccia riluttanti.

«Gesù.» David si siede.

«È Khalib, in realtà» precisa lei.

Lui scruta il fagotto, aggrotta la fronte e deglutisce. «Ciao, piccolino» gli dice poi. La sua faccia si è addolcita, e anche la voce.

Jules scalda il biberon in una pentola di acqua bollente, poi lo passa a David. «Adesso smettila di cazzeggiare e dimmi che cosa sta succedendo.»

«Oddio. Siamo usciti a bere... whisky, cocktail, di tutto e di più. Io non mi sono tirato indietro e mi sono ubriacato. Il tassista mi ha lasciato davanti al condominio e io mi sono avviato verso casa. Mi sono addormentato su una sdraio.»

«Eri così sbronzo da addormentarti fuori?»

«Sì.»

Jules lo fissa stupita. L'uomo che si sveglia regolarmente alle quattro del mattino e scende a mangiare una tazza di cereali e a dare una scorsa ai programmi televisivi con il volume abbassato.

Lui geme. «La mia testa.»

Khalib sta succhiando il biberon in braccio a David. Jules si china in avanti e inclina il biberon in modo che il latte riempia completamente la tettarella.

David sorride. «È carino, Jules.»

«Accidenti, David, hai un desiderio di maternità più forte del mio.»

«Povero bambino.»

«Mi sembrava un estraneo appena è arrivato» dice lei. «Però mi sto già innamorando di lui.» Lei e David si guardano. «Assurdo, vero?»

«È un piccolo bambino indifeso... chi non si innamorerebbe di lui? Pensavi che lo avrebbe adottato qualcuno, ma perché non lo possiamo adottare noi?»

«Caspita, sei un po' impaziente.» Sorride. «Non l'ho ancora chiesto.»

Il bambino, con il suo ciuffo di riccioli e le fossette nelle guance, è lì sdraiato a osservare David. Sono passate solo poche ore, ma il sentimento nel petto di Jules è reale e impellente: lei vuole essere la madre di quel bambino.

«Stai dicendo sul serio?» chiede a David. «Devo domandare all'ente affidatario di adottarlo?»

David si agita sul divano, facendo sussultare il bambino. «Vale almeno la pena di tentare.»

Jules prende Khalib dalle braccia di David e va di sopra. Khalib butta indietro la testa per guardarla. Com'è possibile che quel bambino debba essere senza madre, e lei senza bambino, e l'universo non abbia raccolto quei pezzi rotti e non li abbia risistemati con un finale più semplice? Poi ripensa a quella ragazza che gridava mentre la portavano nel reparto maternità.

Jules aveva cominciato ad abbassarle i calzoni della tuta e lei si era messa a scalciare rompendo gli occhiali di protezione di Jules, che aveva assistito al resto del travaglio attraverso una crepa nella lente destra. Una volta tolti i pantaloni alla ragazza tossica, Jules aveva visto spuntare la testa del bambino, un ciuffo di capelli castani che appariva e scompariva. Il bambino era stato spinto fuori con un ultimo urlo di sollievo. Jules aveva poi visto il neonato nel reparto di terapia intensiva, collegato a tutti quei monitor. Come aveva desiderato portarselo via; alla fine però erano stati i servizi sociali a farlo.

Si collega a internet, con il bambino appoggiato alla spalla, e clicca di nuovo su quello stupido blog di Vanda.

«Santo cielo» dice sorreggendo con una mano la testa ondeggiante del bambino. «Ma che cazzo!»

Sullo schermo c'è Dolly, la fotografia che Jules le ha scattato quel giorno. Il primo piano degli orecchini, il tatuaggio della farfalla sulla spalla. Come ha fatto a trovarla Vanda?

Jules aveva caricato su Instagram la foto, ma non aveva nominato Dolly nella didascalia. Non c'erano indizi che fosse lei, allora come ha fatto Vanda a capirlo? Un corso di fotografia qualunque, di appena due giorni, e Jules crede di essere Don McCullin, cavolo. Si sarebbe dovuta limitare a fare l'ostetrica. Non aveva mai commesso un errore. Il suo disturbo ossessivo-compulsivo si rivelava utile quando doveva fare un'iniezione, tutti quei tripli controlli.

Scattare foto era soltanto un passatempo, ed ecco che ora su quel sito c'è un documento permanente della faccia e del nome di Dolly. Se Amber la licenzia, si ridurranno le probabilità di trovare un altro lavoro. Cristo, come ha fatto Vanda a sapere che quella era Dolly?

"Un bambino sta lottando in ospedale tra la vita e la morte dopo essere stato investito da una macchina mentre era sorvegliato dalla babysitter."

Jules posa un asciugamano sul tappeto e il bambino si

mette a scalciare lì sopra. Legge il resto del post, poi si siede e scrive una risposta.

"La fotografia che lei ha allegato qui è mia. Non le ho dato il permesso di usarla, e vorrei che venisse tolta immediatamente. Mi oppongo a che venga usata per accompagnare questo articolo con le sue accuse infondate.

"Dolly non è nessuna delle cose che lei afferma. Non può giudicare una persona senza conoscere tutti i dettagli."

Preme "pubblica".

Dolly si sveglia nella sua stanza, completamente vestita. La borsa è pronta, per terra. È ora di andarsene. Accende il cellulare, che fa *bip*. C'è un messaggio di Tala.

"La signora Heng mi ha sbattuto fuori. Ti chiamo più tardi."

Significa che la signora Heng ha scoperto Colfhacker? Dolly spegne il telefono; Tala ha già fin troppi problemi senza doversi occupare anche di quelli di Dolly. Dovrebbe lasciare lì il cellulare; è della signora Amber, dopotutto. Ma lo infila nella borsa.

Apre il frigo e viene investita dall'odore della carne cruda. Sul ripiano ci sono due bistecche avvolte nella pellicola, con accanto un laghetto di sangue. Prende una bottiglia d'acqua e richiude lo sportello.

Esce e oltrepassa le palme, con le file di lucine spente intorno al tronco, e la piscina dalle piastrelle azzurre. Una filippina le passa accanto e lancia un'occhiata allo zaino che ha in spalla.

Dolly si ferma. Intravede l'uomo della sicurezza seduta nella guardiola di vetro all'ingresso.

Perché non chiede all'uomo con cui va a letto da un anno di aiutarla a trovare un altro lavoro, di darle i soldi per superare quel momento di difficoltà?

Si volta e rientra nel condominio, arriva fino alla porta d'ingresso in rovere di Gavin. Stringe il pugno, lo solleva, pronta a bussare.

Poi guarda la propria mano, serrata in aria, come quando glielo accarezzava e massaggiava. Lui una volta aveva baciato quella mano, poi se l'era stretta intorno a sé, mostrandole cosa fare.

Si gira e si allontana.

All'ingresso del condominio lascia cadere a terra la borsa. Apre la cerniera e tira fuori la camicia da notte rossa e sexy. La appallottola in mano e la butta nel cestino della spazzatura. La seta le accarezza le dita e scivola via.

Passa a testa alta, illuminata dal sole, accanto alla guardia della sicurezza. Risale lo stretto sentiero con le grandi farfalle dipinte sui lastroni, fiancheggiato dal canale di scolo aperto. Non c'è nessuno alla fermata dell'autobus, che impiega molto ad arrivare.

Quando arriva, Dolly timbra il suo tesserino e sale. Fuori, un uomo con un foulard bianco e nero avvolto intorno alla testa sta spruzzando i fiori nella mezzeria del viale. Il pesticida fuma. L'odore acre dei prodotti chimici penetra dalle fessure dell'autobus. I palazzoni sono marroni, bianchi e gialli.

"Andrà tutto bene" dice Dolly tra sé. "Ma Sam, in che stato sarà stamattina?"

L'autobus si ferma, Dolly scende e sale i gradini che portano al Lion Plaza.

Entra dalle porte scorrevoli. Colpi di tamburo provengono dallo spazio per gli spettacoli. Fuori da un negozietto alcune borse dondolano appese a dei fili. Le scale mobili scorrono da un lato, un ascensore di vetro va su e giù dall'altro. Il pavimento di plastica luccica, e le sue infradito vi stridono sopra. E poi eccola: l'agenzia Maid Easy For You.

Una donna in piedi in vetrina tiene sollevato un cartello con scritto: "Compra oggi e avrai uno sconto". All'inizio Dolly pensa che sia un manichino di plastica, ma le sfugge un sorriso. Dolly entra.

Le domestiche con indosso dei grembiuli azzurri sono sedute ad ascoltare una donna in fondo alla stanza che indica con un bastone una lavagna bianca. La spessa linea nera della frangia, guance paffute, spalle imbottite in una camicetta color crema. Charmaine.

«E niente fidanzati!» Avvicina una mano all'orecchio. «Cosa ho detto?» Rimane a bocca aperta, una caramella rossa sulla lingua.

«Niente fidanzati!» cantilenano le donne come un'unica voce echeggiante. Alcune ridacchiano.

Charmaine batte le mani. «Ora andate alle postazioni di lavoro.»

Dolly le si avvicina.

«Sì?» dice Charmaine.

«Mi serve un lavoro.»

«Cosa?»

«Devo trovare un altro lavoro.»

Dolly ha la faccia bollente. Charmaine punta il piede di lato.

«Sei già stata qui, molto tempo fa. Mi ricordo la tua faccia.»

«Mi ha fatto lei il contratto per il mio primo impiego. Ma non posso tornarci, non più.»

«Cosa?»

«A quella donna non serve più una domestica. Però ho delle ottime referenze dal marito.»

Charmaine squadra Dolly dall'alto in basso. «Ci scommetto.» Si avvicina a una scrivania di legno. «Tutti vogliono spendere poco, soprattutto quando la merce è avariata. Siediti.»

Dolly obbedisce e Charmaine accosta una sedia. Rivolge delle domande a Dolly, poi tamburella sul foglio con la penna.

«Il problema è che al momento non ci sono posti vacanti» dice Charmaine. «Però vale la pena di provare in vetrina.»

Indica la vetrina, dove la donna di spalle sta ancora reggendo il cartello, i capelli striati di grigio.

«Tieni» le dice Charmaine.

Dolly abbassa lo sguardo sul grosso cartone. "Paga e contributi bassissimi." Dolly non lo prende.

«Lascia qui le tue cose e prima va' a fare il test di gravidanza in bagno.» Charmaine porge a Dolly uno stick di plastica. «Ragazza!» grida alla donna in vetrina, che si volta, la faccia rugosa e floscia. «Vai a lavorare sulla bambola adesso.»

Charmaine fa un cenno verso un grande fasciatoio di plastica con sopra una bambola. Lì accanto una filippina sta spingendo un'altra donna su una sedia a rotelle. La donna si alza e si scambiano i posti.

La donna in vetrina appoggia il cartello sulla scrivania e si avvicina al fasciatoio. Prende in mano una boccetta di salsa marrone, che fa *ciac* quando lei la schiaccia per farla uscire sul sedere della bambola.

Una donna con un vestito nero, i tacchi alti e i capelli gonfi si ferma davanti alla domestica sorridente sulla sedia a rotelle. Dice a Charmaine: «Prendo questa. Quanto?».

«Se la prende oggi, può averla per duecentocinquanta dollari al mese.»

Dolly esce dall'agenzia e percorre il corridoio pieno di gente. I bagni del centro commerciale splendono di piastrelle nere e specchi. Va nell'ultimo box in fondo; un buco ricavato nel pavimento puzza di urina. Si accovaccia e piscia sullo stick. Lo agita. Bussano alla porta della toilette. «Hai finito?» È Charmaine.

«Sì» dice Dolly, poi guarda e vede che non c'è una sola linea rosa, ma due. E il sangue che c'era sulle mutande? Dovrebbe sputare sullo stick per far scomparire le linee rosa? Dovrebbe spezzarlo e dire che non ha funzionato? Sente Charmaine che batte il piede impaziente, invece rimane lì a fissare il test, con la puzza di urina nel naso.

Le martella nella testa il nome di sua figlia. "Mallie. Mallie. Mallie." Le pillole non hanno funzionato e ora Dolly verrà buttata fuori.

«Dài, non posso aspettare tutto il giorno.»

Dolly apre la porta del box e allunga lo stick a Charmaine, che fa un verso di disapprovazione e sputa la caramella nel cestino vicino alla porta. Fa un tonfo quando cade.

17

Bussano alla porta d'ingresso. Jules prende in braccio il bambino e si avvia lungo il corridoio. David si è alzato dal divano. Lei apre.

I capelli di Tala sono una serie di nodi bitorzoluti. A un angolo della bocca c'è un cerchio bianco, una cispa di sonno nell'occhio sinistro. Ai suoi piedi c'è un grosso borsone di tela.

«Cos'è successo?» le chiede Jules.

Un sorriso incerto trema sulle labbra di Tala. Lei scuote la testa, ma non dice nulla.

«Entra» la invita Jules, e Tala la segue, lasciando la sacca sulle piastrelle.

Jules versa un bicchiere d'acqua e glielo porge.

«La mia padrona mi ha cacciato di casa» dice Tala.

«Perché?»

«Ha pensato che stava per finire nei guai» risponde Tala. «Si è tenuta il mio passaporto, il mio computer. Non sono riuscita a riaverli prima di andarmene.»

«Ha preso le tue cose?»

Tala annuisce.

«Non può.»

Tala annuisce di nuovo.

«Dove hai dormito ieri notte?»

Tala si stringe nelle spalle. «Non importa.»
«Che cosa farai adesso?»
«Dovrò trovarmi un altro che mi assuma.»
«Be', hai questo lavoro.»
«Mi serve qualcosa di più, signora.» Tala beve un sorso d'acqua.
«Be', senti, puoi restare qui per il momento, magari possiamo assumerti o qualcosa del genere.»
«Ma e...?» Tala indica il bambino.
«Sto solo badando a lui.»
«Cosa?»
«Per un ente di carità.»
«E la pagano?»
«No. È che io...»
«Oh mio Dio, signora, sta facendo pratica.»
«Come?»
«Per quando avrà un bambino suo.» Un sorriso enorme sta per spuntare sul viso di Tala.
«Non è di questo che si tratta.»
«Ma accadrà presto, signora, molto presto. E i bambini sono la cosa più bella. Oh, buu, buu, ga, ga, ga.»
Tala sporge le labbra. Altri suoni strani le vengono fuori mentre prende le dita del bambino e le muove su e giù.
«È un tesoro, vero?» dice Jules. «Si chiama Khalib.»
«Oh, lei sarebbe la mamma migliore che questo ragazzino potrebbe avere.»
A Jules salgono le lacrime agli occhi. Devono essere gli ormoni. Non è una piagnona, non lo è mai stata. Altrimenti, se lo fosse stata, con il suo vecchio lavoro avrebbe pianto tutto il tempo. Il suo sguardo incrocia quello di Tala. Le due donne si fissano. Tala posa una mano su quella di Jules, poi lancia un'occhiata alla porta d'ingresso.
«Oh, il mio borsone!» esclama.
«È fuori, vado a prenderlo» dice Jules.
Le donne si dirigono verso la porta come se stessero fa-

cendo una gara. Jules arriva prima e trascina la sacca. Tala afferra l'altro manico e la tira dalla sua parte.

«Lasci pure, signora.»

«No, no, ce l'ho io» ribatte Jules.

Tala tira il manico; questa volta toglie il borsone dalle mani di Jules. Il bambino scoppia a piangere. Jules afferra il mazzo di chiavi e glielo fa tintinnare davanti alla faccia, ma il pianto peggiora.

Tala ha ricominciato a emettere quei suoni infantili, la faccia vicino a quella di Khalib. «Vieni.» Allunga le braccia.

«Oh, no, ce la faccio da sola.»

Tala rimane con le braccia protese. Jules le passa il bambino. Tala si siede e lo appoggia a faccia in giù sulle proprie ginocchia, massaggiandogli forte la schiena... troppo forte, pare a Jules. Lui fa un rutto sonoro.

«Oh, mio Dio, ragazzo, ecco perché piangevi» grida Tala.

Jules ride poi guarda Khalib, ora in braccio a Tala, che si sforza di tenere dritta la testa. Perché non può essere il figlio di Jules, visto che lei lo desidera tanto? Il suo profumo di vaniglia, le fossette sulle guance, la persona che diventerà. In quel momento riaffiora il ricordo del blog e della fotografia di Dolly. Ma dovrà aspettare per raccontarlo a Tala, almeno per il momento.

Dolly è seduta con la schiena contro la parete, i piedi sulla moquette marrone e ruvida. Ci sono quattro donne intorno a lei, sedute o sdraiate con la testa sul pavimento. Una è inginocchiata in un angolo, e borbotta qualcosa.

L'orologio rosso ticchetta sulla parete; sono ore ormai che è rinchiusa in quella stanza senza finestre, che puzza di sudore. Le gorgoglia la pancia; troppo tardi ormai per le pillole abortive. Tornerà qui dopo avere partorito il bambino. Tala ha dei soldi da parte; gliene presterà un po' e Dolly sarà in grado di ricominciare da capo. Si alza e abbassa la maniglia d'ottone, ma la porta è chiusa a chiave. Tira un colpo contro il legno.

«Ehi!» Prova di nuovo. «Ehi!»

Charmaine apre la porta. Indossa un tailleur nero, le spalle simili a mensole.

«Mi serve la mia borsa. Voglio chiamare la famiglia per cui lavoro» dice Dolly.

«Tu non lavori più per nessuno.»

«Ma il mio datore di lavoro di prima, lui mi aiuterà.»

«Tra un quarto d'ora il furgone porterà te e le altre all'aeroporto.»

«Cosa? Non ho nemmeno salutato mia sorella.»

«Svelte. Preparatevi!» grida Charmaine alle altre donne.

«Dov'è la mia borsa?»

Charmaine non risponde. L'aria densa si muove. Le donne si alzano, sbadigliando, stirando le braccia, oggetti morti che tornano alla vita. Chi tossisce, chi tira su con il naso.

«Oddio» dice una voce. Qualcuno apre la cerniera di una borsa.

«Per favore, posso usare un telefono?»

«Il telefono costa. Tu non hai soldi» ribatte Charmaine.

«Il signor Tor sì.»

«È lui il padre del tuo bastardo, vero? Niente telefonate.» Chiude la porta. La chiave gira nella toppa.

Dolly deve mettersi in contatto con Tala, spiegarle che cos'è successo e scoprire come sta Sam.

Quando finalmente Charmaine ricompare, Dolly inspira a fondo l'aria calda fuori. Charmaine le guida attraverso il centro commerciale fino ai bagni. Si fanno largo tra le persone. Qualcuno chiama un nome, «Clarissa!»; Dolly gira la testa e vede una donna con le scarpe da ginnastica bianche che rincorre una bambina piccola con i codini che sfreccia tra la folla. Le insegne dei negozi splendono rosse e bianche.

Nei bagni, l'odore travolge Dolly. Vomita nel buco nel pavimento e si pulisce la faccia con la mano. Continua ad avere dei conati anche se non viene su più niente. Rimane lì a ruttare.

«Muovetevi!» le sollecita Charmaine.

Dolly appoggia un palmo alla parete dalle piastrelle scheggiate, la sporcizia tra le fessure. Aspetta e i conati smettono.

Torna all'agenzia dietro Charmaine e le altre donne. Potrebbe scappare, però non lo fa. Potrebbe nascondersi, ma non fa nemmeno quello; si limita a camminare. Rientrate nell'agenzia, le donne si siedono sulle sedie di plastica rosse, le stesse di quando Dolly ha fatto la sua formazione.

Charmaine restituisce la borsa a Dolly, che tira fuori il cellulare e preme un bottone: la batteria è scarica. Fruga all'interno, ma non riesce a trovare il caricatore. Dentro ci sono il suo libretto bancario e il passaporto. Sente le pietre taglienti come conchiglie della spilla. Ci sono anche il libro di ricette e il Minion di Mallie, la scatoletta di Tiffany invece è sparita.

Le donne sulle sedie sono una fila di calzoncini color pastello, una gonna a fiori e Dolly con i jeans. Dei manifesti sono appesi alle pareti. "Domestiche a buon mercato." "Assicurazione Evelyn Loh." La bambola di plastica è seduta con su il suo Pampers e fissa con l'unico occhio azzurro, l'altro bianco dove lo smalto è saltato via.

Charmaine si avvicina alla porta, facendo tintinnare le chiavi. «Andiamo.»

Le donne si alzano ed escono trascinando i piedi. Salgono sulla scala mobile e per un attimo Dolly ha la sensazione di cadere. Si aggrappa al corrimano. L'odore è di aglio e candeggina, un cocktail puzzolente di detergenti e cibo stantio. Dolly rutta e la saliva le riempie la bocca. La deglutisce e continua a camminare, poi rutta ancora.

Fuori c'è un furgone azzurro. Una fila di persone in attesa di un taxi fissa le donne. Dolly è l'ultima a salire; c'è odore di polvere. Tira la cintura di sicurezza, ma non c'è nulla in cui infilarla. Appoggia la testa al vetro.

Il furgone romba, e qualcuno picchia sul finestrino. La

mano è ruvida e con le dita grassocce; Dolly guarda la bella faccia al di là.

«Tala!» Dolly mette la mano contro quella della sorella sul vetro.

E Tala articola le parole con la bocca, senza emettere suono.

«Tala!» grida Dolly, ma il furgone parte e il palmo di Tala si stacca dal finestrino chiazzato di vapore. Lei sta urlando, correndo e muovendo le braccia. Dolly si alza in piedi e sbatte il capo contro il soffitto del veicolo.

«Siediti, *lah*!» ordina l'autista.

Prende una cunetta sulla strada, e lei ricade al suo posto, la testa voltata indietro per guardare. Tala ha la faccia bagnata e le trema il mento. Rimane sempre più indietro, più piccola, e Dolly cerca di non piangere.

Poi il furgone svolta a destra e Tala sparisce; Dolly ha il respiro affannoso, la bocca secca. L'autista accende la radio. Sfrigola, dopodiché arriva una canzone.

Attraverso il parabrezza davanti si vede una lunga strada nera. Dolly estrae il portafogli dalla borsa e lo apre. La fotografia di Mallie con i codini sottili le sorride, ma gli ultimi soldi che lei aveva sottratto a Gavin non sono dove li aveva infilati. Sono rimaste soltanto delle monetine. Però ora si sta avvicinando a sua figlia. Potrà toccarle la pelle, le mani, accarezzarle i capelli, vedere com'è cambiata. E sarà di nuovo sua madre, anche se solo per qualche mese.

Il furgone scompare in lontananza, e il mento di Tala trema. Stanno portando via sua sorella, ma dove? Ricaccia indietro il resto delle lacrime ed entra nel centro commerciale. Quando aveva bussato alla porta della signora Amber, prima, aveva aperto il signor Tor e le aveva detto che Dolly era già andata all'agenzia di collocamento.

Infila la T-shirt nella gonna e spinge la porta a vetri di Maid Easy For You. Viene investita da un'ondata di sudore.

Charmaine è in piedi di fronte a una lavagna bianca, sotto lo sguardo delle donne con il grembiule azzurro. La sua frangia è così netta che sembra tagliata con il righello. «E a volte i datori di lavoro vi offriranno un cellulare al posto di un giorno libero» sta dicendo. «Spetta a voi scegliere cosa preferite.»

Quel posto non è cambiato granché. Ci sono l'asse da stiro in un angolo, rivestito da una stoffa lucida e argentata, e il mobile bianco le cui mensole ospitano le pire funerarie di bambole di plastica con i capelli di nylon e gli occhi sbeccati.

Tala batte il piede, appoggia una mano sul fianco. Alcune donne stanno alzando la mano per fare domande. Tala non ha tempo di aspettare. Smette di battere il piede e si avvia dritto verso il fondo della classe, dove Charmaine è in piedi con in mano una matita come se stesse dirigendo un'orchestra.

«Signora Charmaine, posso avere un minuto del suo tempo prezioso?»

«Sto facendo lezione qui.»

«Ma, signora...»

«L'impazienza non è una dote raccomandabile.»

Le narici di Tala si allargano nello sforzo di inalare più aria possibile. Le spalle indietro, il petto in fuori, si eleva in tutta la sua statura. «Dove stanno portando mia sorella?»

Charmaine la fissa. «Chi è tua sorella?»

«Sono stata qui abbastanza spesso perché lei mi conosca.»

«Non mi ricordo.»

«Mia sorella, Dolly Pabro Castillo.»

«Non sono sicura, io...»

«Non può non averla notata, ha un sacco di orecchini. Ed è anche bella.»

«E poco seria.»

«Cosa?»

«È incinta.»

"Ma le pillole?"

Charmaine si china e prende un lungo stick di plastica

dal cestino. Lo spinge verso Tala come se volesse infilarle in bocca un termometro. «Ecco il test. La stanno rimpatriando a Manila.»

«A Manila? Ma è lontana più di trecento chilometri da casa nostra.»

«L'aereo partirà a mezzogiorno da Changi. Potresti ancora farcela.»

Tala gira i tacchi. La porta di vetro si chiude cigolando alle sue spalle. Prende il cellulare dalla borsa. Sono le 11.43 ma, anche se riuscisse ad arrivare in tempo all'aeroporto, non la lascerebbero avvicinarsi a Dolly. Usa il cellulare per chiamare la sorella, però le tremano talmente tanto le mani che sbaglia a digitare il numero. Riprova e appoggia il cellulare all'orecchio. È spento. Allora invia un messaggio: "Risolveremo questo pasticcio. Cerca di non preoccuparti. Però chiamami".

"Affronta le difficoltà" non diceva così Russell Grant? Ma in questo momento a Tala non viene in mente nessun modo per uscire dal casino in cui sono finite.

Jules va in cucina. I bambini si stanno mettendo in fila nel parco giochi della scuola. Da un altoparlante parte di colpo una musica d'incitamento, tipo inno nazionale. Il cellulare suona e lei risponde.

«Signora Harris?»

«Sì?»

«Stiamo per trasferire Khalib.»

«Cosa, di già?»

«Le carte per l'adozione sono state preparate più in fretta del previsto.»

La voce nel ricevitore non appartiene alla donna con cui Jules ha parlato in precedenza.

«Quando sarà?»

«Riuscirebbe a portarlo dalla sua nuova famiglia la settimana prossima, diciamo martedì?»

Nella testa di Jules cominciano a formarsi parole di consolazione. "È meglio che accada adesso, prima che ti affezioni troppo." Si schiarisce la voce. «Se l'adozione non va a buon fine, voglio tenerlo io; vogliamo tenerlo noi.»

«Sì, è un bambino che ha molto successo» commenta la donna. «La prego di arrivare a casa della nuova famiglia il venticinque entro mezzogiorno. Le manderò l'indirizzo per e-mail.»

Jules va di sopra, dove Khalib sta dormendo nella culla. "Andrai a stare bene" pensa. Affonda le unghie nel braccio per impedire che altri pensieri la travolgano. Non vuole che lui se ne vada. Non vuole che qualcun'altra sia la madre di quel piccolo. Poi lascia andare il braccio. Le unghie hanno scavato segni bianchi nella pelle.

18

Le finestre dell'aeroporto Ninoy Aquino sono coperte di pioggia. La giornata sembra grigia, ma quando Dolly esce all'aperto deve strizzare gli occhi per ripararli dal riverbero. Degli uomini si precipitano verso i passeggeri. «Duecento pesos questo. Trecento pesos quello.» C'è odore di benzina nell'aria. Due piccoli autobus sono parcheggiati vicino al marciapiede, uno ha un ritratto di Nicole Scherzinger con un vestito rosa e viola dipinto su una fiancata. Un uomo con i jeans tagliati al ginocchio prende un carrello e saluta qualcuno con la mano. Dolly passa tra la gente che parla al cellulare.

All'autobus di Nicole, sale sui gradini.

«Dove deve andare?» chiede l'autista. L'incisivo scheggiato dell'uomo è diventato un triangolo. I baffi sottili disegnano un arco sulle sue labbra.

«Tagudin.»

«Sono sei ore di viaggio. Io arrivo soltanto in centro a Manila. Però lì può prendere un altro mezzo.»

«Il fatto è che non ho i soldi per pagarmi il biglietto.»

I passeggeri sono pigiati sui sedili. La guardano: una donna con una coda di lato sulla testa; un uomo che mastica una gomma. Un pollo becca attraverso le sbarre di una gabbia che lui tiene sulle ginocchia. L'aria puzza di fogna.

«Che cos'hai invece?»

L'uomo guarda Dolly e le strizza l'occhio. Lei scende e fa per allontanarsi, poi si ferma e fruga nella borsa.

Risale. «Ecco» dice.

La spilla d'oro brilla.

«Se mi porti fino a Tagudin, è tua.»

L'autista la afferra e se la rigira in mano. La volta e sorride. Passa l'unghia del pollice sul retro. «Non vale niente questa.»

Dolly prende la spilla. Sul retro c'è un codice a barre, accidenti.

«Senti, ti porto in centro a Manila» dice l'autista. «Ma dovrai sederti nel corridoio.»

«Cosa?»

«Non ci sono posti liberi, signorina.»

Dolly si sistema per terra. Che sciocca è stata. La donna con la coda le allunga una sciarpa da mettere sotto il sedere. Qualcuno sta mangiando qualcosa di caldo e speziato, Dolly deglutisce e fa dei respiri profondi. La donna le porge una bottiglia d'acqua schiacciata e Dolly beve; è naturale e, oh, buonissima. La donna le passa poi un *pinaypay* arancione. Il dolce di banana fritta le dà conforto.

Dolly tira fuori il cellulare e lo guarda di nuovo. Vorrebbe che non fosse scarico. Infila una mano nella borsa e tasta il Minion. Un pensierino per Mallie. E Sammy? Non è nemmeno riuscita a dirgli addio. Lo ha abbracciato abbastanza prima di andarsene? E se muore? Appoggia la testa al lato del sedile, e l'autobus cigola, scoppietta e sobbalza. Uno scarafaggio gira in tondo sotto un sedile.

Quando il veicolo si ferma nel centro di Manila, Dolly scende per prima. Le dita nelle ciabatte sono tutte impolverate. Scendono anche gli altri, e spintonano Dolly passandole accanto. Lei rimane lì a fissare il cartellone di una donna con la biancheria intima nera di pizzo, le tette tonde e procaci. Dolly si volta e gliene appare un altro: "Dio veglia su di te".

Gira le spalle anche a quello, e il cielo è pieno di cavi fissati ad alti pali. Tutto intorno sfrecciano le auto, bianche, grigie, autobus con grandi griglie sul davanti, uno di un giallo molto accesso con uno striscione in cima su cui c'è scritto: "Mandy". Clacson suonano, persone gridano, uomini corrono verso un furgone.

Dolly apre la borsa e prende il cellulare. Preme inutilmente il tasto di accensione. Anche se avesse dei soldi per un telefono pubblico, non ricorda a memoria il numero di Tala e nemmeno quello della mamma.

Cammina a lungo, accanto a persone che mangiano banane fritte e infilate su uno stecco, a un bambino che vende impermeabili di plastica, le ginocchia sbucciate. Le arriva il profumo di frittelle carioca e le gorgoglia lo stomaco. Beve le ultime gocce d'acqua dalla bottiglia schiacciata.

Svolta in un vicolo. Gli edifici di mattoni sono vicini l'uno all'altro; ovunque ci sono sacchi azzurri di spazzatura. Un cane nero infila il naso in uno, poi la guarda, i denti che sporgono dalla mascella, la bava densa dalla bocca. Dolly si ferma. Intorno alle zampe del cane ci sono degli ossi e anche delle verdure marce. In fondo al vicolo si muove qualcosa, piedi nudi e sporchi attaccati a dei calzoni.

Fa dietrofront e, dopo quella deviazione, rimane sempre sulle strade trafficate. Le passano di fianco autobus multicolori, uno con la faccia di Justin Timberlake sulla fiancata, e in cima dei cesti legati con lo spago. Una suora cammina, con il grosso crocifisso che oscilla sull'abito bianco. Dolly potrebbe fare l'autostop e magari, con un po' di fortuna, potrebbe fermarsi qualcuno diretto a Tagudin. Potrebbe sperare in un altro passaggio gratis in pullman, ma Tagudin è distante da Manila e dovrà pagare in un modo o nell'altro.

Arriva a una stazione degli autobus, con fuori una panchina. C'è seduta una donna con più frangia che capelli, la testa che ciondola. Un uomo accanto a lei è chino in avanti, con il capo tra le mani. Dolly riuscirà ad alleviare il male ai piedi se si riposa un po' su quella panchina. Si accomoda e appoggia la nuca sul muro di mattoni dietro di lei. Una bocchetta di ventilazione smuove l'aria. Ha il naso pieno della puzza di merda di cane. È talmente forte che controlla la suola delle infradito. Quando rialza lo sguardo, la donna se n'è andata.

Un camion grigio con il cassone scoperto passa lentamente e si ferma alla sua altezza. Un uomo dalle guance spigolose e con una sciarpa legata intorno alla testa le lancia un'occhiata lasciva dal sedile del guidatore. Dolly distoglie lo sguardo, giocherella con i capelli. Lo sente ridere. Il camion riparte, poi le gomme stridono mentre fa inversione e si blocca di nuovo davanti a lei. L'uomo si porta un coltello alle labbra e tocca l'acciaio con la lingua. Dolly comincia a iperventilare. Il camion riparte un'altra volta, piano.

Dolly si alza e si mette a correre, guardando al di sopra della spalla il camion che si è fermato ancora.

"Mallie è al sicuro" dice tra sé, ed è già qualcosa.

Corre lungo una via finché scompare dalla vista.

Jules ripone in un sacchetto i vestiti nuovi che David ha comprato per Khalib, poi ci infila anche la copertina vecchia che ha lavato e un biberon di scorta.

Khalib sta dormendo nella culla di vimini sul tappeto del soggiorno, emettendo un rumore di gola mentre respira. Il giornale fruscia in mano a David. È seduto sul divano e tiene il quotidiano così alto che lei non riesce a vederlo in faccia. Jules prende la macchina fotografica, si sdraia prona e scatta qualche foto a Khalib, ai suoi piedi che formano la lettera V, alle sue mani serrate. Poi si alza e punta l'obiettivo verso il basso, fotografando la curva del suo mento, le guance paffute.

Bussano piano alla porta d'ingresso. Quando Jules va ad aprire, si trova davanti Tala, curva, le borse sotto gli occhi più gonfie di prima.

«Cos'è successo?»
Tala entra.
«Prima di andare a lavorare, ho scoperto che Dolly era tornata all'agenzia di collocamento. Sono corsa là, ma era troppo tardi.»
«Cosa intendi?»
«L'hanno espulsa.»
«Perché?»
Tala si morde il labbro, alza lo sguardo su Jules. «Doverlo dire proprio a lei, signora, tra tutte le persone...»
«Cosa?» sussurra Jules.
«È incinta.»
David abbassa il giornale.
«E l'hanno espulsa per questo?» domanda Jules.
«Ci costringono a fare il test di gravidanza ogni sei mesi. Se sei incinta, devi andartene.»
«Gesù» commenta David.
«È stata così stupida!»
Il battito di Jules accelera. "Dev'essere il figlio di Gavin." Entrambe guardano Khalib.
«E cosa dice Dolly di tutta questa storia?» chiede David.
«Ho cercato di telefonarle; il cellulare è spento. Non so dove sia» risponde Tala.
«Sono sicura che si farà sentire. Probabilmente è ancora in viaggio» dice Jules.
Tala annuisce. Il bambino respira rumorosamente, le palpebre si alzano e si riabbassano.
«Tala, lo sai che puoi restare qui finché hai bisogno, vero?» dice Jules.
Sente David che deglutisce a fatica.
«Non sarebbe un problema se restassi per un paio di settimane, intanto che cerco un nuovo posto in cui vivere?»
Jules lancia un'occhiata a David. Lei apre la bocca per parlare, ma David approfitta dell'istante buono. «Saremmo felici di ospitarti» dichiara.

«Oh, grazie.» Tala è un po' senza fiato. «Scusate se scappo via subito, ma sono tornata solo per prendere una cosa» dice.

Fruga nel suo borsone di tela, ancora per terra, e tira fuori un libretto giallo che mette in borsa.

«Tieni» dice Jules porgendo a Tala una chiave. «Ti farò il letto nella stanza degli ospiti in fondo al corridoio.»

«Le sono molto riconoscente, signora. Grazie. E, scusate, però devo uscire di nuovo.»

Si precipita fuori dalla porta, e Khalib allunga le gambe cominciando a svegliarsi.

– IL BLOG DI VANDA –

Vivere con una colf straniera

Regole domestiche essenziali per le colf straniere

Regola 6. Il rispetto: la vostra domestica deve trattarvi con rispetto ed eseguire i compiti secondo gli ordini impartiti. Deve essere collaborativa, parlare in modo pacato e non essere mai maleducata.

19

L'impiegato di banca allo sportello infila le banconote in mezzo al libretto di risparmio e lo spinge sotto il vetro verso Tala. Ha ritirato quasi tutti i suoi soldi per darli alla signora Heng. Però Tala riuscirà ancora a rimettersi in sesto, no? A pagare la signora Heng e tirare avanti. Ma se lei scopre che Tala è Colfhacker? Magari pretenderà altri soldi per tenere la bocca chiusa.

Tala mette i soldi in borsa e tira fuori il cellulare. Lo controlla per quella che le sembra la centesima volta. Niente. Dolly sa badare a se stessa. Sotto tutta quella quiete c'è una volontà di ferro. È da lei che l'ha ereditata Mallie.

Scende i gradini del Lucky Plaza e si avvia lungo Orchard Road. Tiene stretta al petto la borsa con dentro il suo tesoro, lasciando pendere il manico. La via è così immacolata che pare essere stata pulita da un intero esercito di filippini; e probabilmente è andata proprio così.

Taxi azzurri aspettano in coda ai semafori, i rettangoli dei finestrini a specchio nascondono gli autisti all'interno. Un uomo si sporge fuori da un finestrino laterale, si tappa una narice e dall'altra soffia fuori un laccetto di colla. Che cosa disgustosa, anche se a volte Tala pensa che la sua vita sia fatta di residui corporei: segni giù per il gabinetto e tutta quella polvere.

Una donna passeggia con un baby-doll rosa, talmente sintetico che se ci avvicini un fiammifero prenderebbe fuoco. Sembra amante dei pizzi come la figlia della signora Heng. Tala la segue da vicino, poi la donna si blocca di colpo e Tala le va a sbattere contro, la mano impigliata nei lunghi capelli. La donna emette un verso seccato e controlla la chiusura della borsa. Tala la supera e si volta indietro. La faccia della donna è diversa da quella della figlia Heng; però le ciglia finte sono identiche. Qualcosa solletica la mano di Tala; tra le dita ha un ciuffo di capelli di nylon – anche questi identici a quelli della figlia Heng – e Tala li frega finché cadono per terra. "E poi quelle donne si lamentano dei capelli che noi domestiche perdiamo..."

Tala controlla che i soldi siano ancora al sicuro, poi continua a camminare, passando accanto a fioriere rettangolari da cui spuntano delle palme. Non sarà certo la prima volta che butta via dei soldi. Tutte quelle rette scolastiche per Ace, depositate prima sul conto bancario di Bong. Dalla scuola era arrivata una telefonata per avvertirla che non erano state versate quelle degli ultimi tre mesi e che Ace stava saltando le lezioni. Quando Tala aveva telefonato al negozio del villaggio, Bong non l'aveva richiamata. Lei aveva comprato il biglietto aereo e si era precipitata a casa. Marlon era tornato da una giornata di vendite con le guave intorno al collo e una matita HB dietro l'orecchio. La casa era cosparsa di bottiglie vuote malamente nascoste: una piatta infilata tra i cuscini del divano; in una scatola di cartone accanto al lavandino; sotto uno dei materassi arrotolati contro la parete. L'odore di alcol stantio si era insinuato nel calore del soggiorno. Uno scarafaggio era scappato da un buco nella parete di legno.

Tala e Marlon avevano caricato i vuoti su un vecchio carrello, e Marlon aveva spinto le bottiglie tintinnanti su per il sentiero di terra battuta e lungo la strada asfaltata. Il suono del vetro era allegro e aveva fatto spuntare un sorriso dentro Tala malgrado tutto. Malgrado quei soldi sprecati, malgrado suo figlio avesse buttato la sua grande opportunità.

A casa, aveva pulito. Aveva dato un'occhiata a una pila di fogli per i disegni di Marlon. Un bambino con una fascia di perline sulla faccia, l'immagine marrone di una capanna *nipa* con un uccello azzurro sul tetto. Non aveva pensato di portare a Marlon altro materiale per dipingere.

Bong aveva risalito il sentiero senza fare rumore, ma quando lei aveva guardato fuori, lui si stava dondolando sull'amaca legata tra due palme. Tala aveva alzato gli occhi tra le foglie, speranzosa, ma non c'erano noci di cocco che potessero cadergli in testa. Aveva stretto la mano intorno al flacone di Ajax sul piano della cucina e aveva aperto la porta.

Bong stava dormendo, le labbra luccicanti. Tala aveva svitato il flacone e gli aveva versato in faccia il detersivo. Lui si era messo a sedere, facendo ondeggiare l'amaca.

"Perché l'hai fatto?" aveva gridato, fradicio, sputando, più profumato di pino che di White Castle Whisky.

"Per te, idiota. Perché hai sprecato i miei soldi!"

Lui era entrato in casa, aveva messo la testa sotto il rubinetto e poi si era addormentato per il resto della giornata, e non c'era stato verso di smuoverlo. E durante quel tempo lei aveva creduto che avesse un'altra donna. Invece la tentazione che lei aveva immaginato dotata di tette grosse e labbra turgide aveva una gradazione alcolica di quaranta gradi e un tappo a vite.

Una volta arrivato Ace, Tala aveva ricominciato a fremere. Lui l'aveva baciata sulla fronte, e lei si era infilata la mano nella tasca dei calzoncini per trattenersi dal mollargli uno schiaffo sulla guancia butterata, proprio lei che non aveva mai picchiato i suoi figli, mai.

"Perché diavolo non sei andato all'università?"

"Oh, lasciami in pace" aveva risposto Ace.

"Se non ci andrai, cosa credi che succederà?"

Lui aveva alzato le spalle.

"Finirai come tua madre, ecco cosa!"

Era tornato a scuola per una settimana dopo che Tala era ripartita, poi si era messo con questa ragazza, Alice, che adesso era incinta. Tala non lo aveva sentito per anni. La verità è che lei ha scommesso sul figlio sbagliato. Ace non lavora, invece Marlon sì: vende guave, guida uno scooter, aiuta nel magazzino del supermercato locale. Gli resta poco tempo per la sua arte.

Tala riflette sulla possibilità di voler più bene a un figlio che all'altro, ma no, prova lo stesso amore per entrambi. Continua a camminare accanto alla gente con i sacchetti di carta infiocchettati. L'aria è come quando si avvicinano troppo le mani a un asciugatore elettrico. Un motivetto rimbomba da un chiosco che vende cibo: spiedini di gamberi impanati, confezioni di riso al pollo. Supera un centro commerciale dopo l'altro, colonne di metallo e vetri scintillanti di luce. Le auto si muovono sulla strada. Gli incroci emettono segnali acustici. L'eco di un tamburello viene trasportato dal calore.

Le ultime persone in coda alla fermata dell'autobus salgono sul 123; Tala corre e, *ay nako*, deve schivare un ragazzo su uno scooter blu che sfreccia sul marciapiede.

Le porte posteriori dell'autobus cominciano a chiudersi, ma lei riesce ad arrivarci appena in tempo e loro si serrano con la sua testa in mezzo, il corpo e i piedi fuori sulla strada. Lei avanza di lato mentre l'autobus riparte, con il capo incastrato tra le guarnizioni di gomma.

«Ehi!» grida una donna a bordo dell'autobus, ma Tala riesce a vedere solo il pavimento grigio.

Il guidatore deve essersene accorto perché i freni stridono, e c'è una cacofonia di clacson.

Le porte si aprono e Tala si rimette dritta, portandosi le mani intorno al collo. Con ogni pezzo ancora attaccato al corpo, sale a bordo, e sette persone la fissano. Una donna si sta coprendo la bocca con la mano e, appena vede che Tala l'ha notata, distoglie lo sguardo.

«Scusa, *lah*!» grida l'autista.

Tala gli rivolge un cenno e si siede in un posto libero. A proposito di perdere la testa... Le batte forte il cuore e le fa male il collo. Passano di fronte all'università sul viale, raccogliendo gente a ogni fermata. La strada è fiancheggiata da siepi; nel mezzo corre una striscia di erba vellutata. Un cartellone con sopra un girasole.

Quando il viale si allarga a tre corsie e Tala scorge la rotonda simile a una collina in miniatura, suona il campanello. Scende; le zanzare ronzano sull'acqua di una pozzanghera, pezzi di cemento rotto. Tala li calpesta e attraversa il tappeto erboso verso i palazzi gialli dell'HDB. Là c'è quel povero uccello in gabbia, ma stavolta Tala non infilerà del pane tra le sbarre.

Tocca i soldi nella borsa. Tanto varrebbe gettarli per aria: la signora Heng le restituirà le sue cose dopo che lei le avrà dato i soldi? Ma non ha alternative; le servono il computer e il passaporto, e deve sapere se la signora Heng ha scoperto del blog.

Il pappagallino cinguetta sul suo trespolo. Tala gli passa davanti, il suo verso delicato nelle orecchie. Si aggrappa al corrimano, solleva la sua mole su per le scale. Fa un piccolo *dlin-dlon*. Comincia a battere il piede, sempre più veloce, lo sguardo sulla targa d'ottone graffiata "92H". Conta e arriva alle tre cifre prima che la signora Heng apra, con camicia e calzoni color lavanda. Ha appiccicato sul mento un pezzetto di carta velina.

«Ho i suoi soldi» dice Tala.

La signora Heng la tira dentro afferrandola per la maglietta. Tala le rimette a posto la mano ed estrae le banconote. La signora Heng gliele strappa via, le dispone a ventaglio e le conta, le labbra che fremono, la bocca che puzza di caffè. E Tala rimane lì in piedi senza sapere bene cosa fare con le sue mani, adesso vuote, mentre delle parole infervorate le si bloccano in gola; ce ne sono così tante che vorrebbe dire.

«Vado a prendere le tue cose» afferma la signora Heng.

Le ciabatte rosa elasticizzate percorrono con rumore felpato il corridoio. In lontananza un suono di porte che si aprono e si chiudono. Tala sente odore di bruciato. La signora Heng è una cuoca persino peggiore di lei. Ci sarà pollo stracotto da cestinare, e del riso incrostato per sempre su una padella. Per una volta deve avere cucinato a casa, invece di andare giù al mercato.

Eccola che torna, le ciabatte che cigolano sul pavimento di marmo.

«Tieni.» Allunga a Tala un pesante sacchetto di plastica strappato. La mazzetta di banconote è sparita dalla sua mano.

Tala mette una mano nel sacchetto, tocca il suo computer, poi il passaporto. Deve uscire in fretta da lì. Non appena lei è fuori dalla porta d'ingresso, la signora Heng la richiude sbattendola, tanto che Tala rimane accecata dai propri capelli che svolazzano. Li scosta dalla faccia e non si volta indietro. La signora Heng non può avere scoperto il blog, altrimenti avrebbe detto qualcosa.

Passa davanti a una porta azzurra con fuori un grosso sacco nero della spazzatura, pieno, che rilascia il tanfo del durian. Tala si copre il naso, stringendo al petto il computer come se stesse abbracciando un bambino. Non che sia dell'umore giusto per fare dei versi.

Cammina ancheggiando, e pompa con i pugni serrati come un maratoneta muscoloso. Le auto ronzano sul viale lontano, un uccello cinguetta. Il pappagallino? Lei lo ha già superato da qualche secondo; va avanti, però poi si ferma.

Torna indietro fino alla gabbia e apre il chiavistello. Osserva per qualche secondo il pappagallino, ma lui continua a svolazzare all'interno.

«Dài, stupido animaletto!» grida, infilando dentro la mano.

L'uccello continua a ignorarla. Lascia comunque spalancato lo sportellino, e riprende a camminare.

Il suo libretto bancario è quasi vuoto ora che ha dato la maggior parte dei risparmi alla signora Heng, e Dolly se n'è andata. Si porta alla bocca la mano libera, come se potesse fermare i pensieri. Poi tutte quelle parole che ha in gola le salgono in testa, e capisce che non riusciranno mai più a farla stare zitta.

Dolly osserva una donna che esce da un negozio con l'insegna "Raymundo Food". Abbassa la serranda. È anziana e ha dell'oro nei denti. Vede Dolly, e guarda a destra e a sinistra.

Al naso di Dolly arriva l'odore di *adobo* di maiale, e la sua pancia comincia a farsi sentire. Vomita e sputa per terra tutto quello che le rimane nello stomaco; non c'è molto. Gli zoccoli della donna che si avvicina a Dolly fanno un rumore come canne di bambù che sbattono. Indossa un vestito arancione con le spalline sottili, e ha la faccia rugosa. Potrebbe essere la faccia di Tala, composta in modo diverso; il naso più sottile, il mento non così grosso. I denti sembrano colorati con un pennarello grigio, a parte i frammenti d'oro.

«Puoi dormire lì dentro» le dice.

«Nel suo negozio?»

Lei ride. «Posso riaprirlo.»

Dolly deglutisce. «No.»

«È da tanto che cammini. Ti ho già visto prima. Ed è buio, e... be', lì sei al sicuro.»

Dolly ripensa all'uomo sul camion che la guardava in maniera lasciva. «Tornerà domattina?»

«Sì.»

Porge a Dolly una lattina di aranciata, e Dolly beve. Sarà solo per poche ore, finché apre la banca, poi potrà ritirare i risparmi.

La donna risolleva la serranda e Dolly entra. È buio e urta qualcosa. Prende la borsa dalla spalla e la posa per terra.

La donna chiude la saracinesca con un suono metallico. Dolly rimane in piedi, nell'aria nera e densa.

Si sdraia per terra e cerca con la mano la borsa per metterla sotto la testa, ma non la trova. Striscia e tasta il pavimento, però non sente niente tranne scatole.

La donna gliel'ha portata via. Il suo passaporto è sparito, il libretto bancario anche, il quaderno delle ricette e tutto il resto.

Si avvicina alla serranda e tira; si solleva di scatto, lei esce nel crepuscolo e guarda il lucchetto a pezzi per terra. La donna deve aver forzato la serratura per entrare.

Dolly rientra nel negozio, dove si sente un geco. La luce del lampione in strada consente a malapena di vedere, lei fruga intorno al registratore di cassa, il cui cassetto è aperto e vuoto.

Si inginocchia, infila la mano sotto il bancone. Tira fuori polvere, quelli che sembrano i gusci duri di scarafaggi morti, e qualcos'altro. Monete, una banconota. Se le mette in tasca.

Dagli scaffali afferra un pacchetto di biscotti e ne mangia due. Le briciole le solleticano la gola e tossisce.

Esce e cammina in direzione delle luci. C'è uno scheletro di metallo sul tetto di un edificio. Tre uomini sono seduti e uno si sta arrotolando una sigaretta. Un barattolo su un tavolo è pieno di cenere. E lei va avanti, mentre il fango le schizza disegni sulle gambe, minacciando di farla affondare.

Appare un'insegna luminosa, The Pink Lady; la luce della L è spenta. Dalla porta aperta Dolly guarda le donne con i bikini glitterati girare intorno ai pali. I tacchi delle loro scarpe sono sottili e dorati. Una indossa un reggiseno metallico rosso; i capezzoli nudi di un'altra puntano verso il soffitto. La musica martella dentro Dolly.

Si guarda le mani. Le hanno rubato la borsa, però ora sa esattamente cosa fare.

Quando è vicina al condominio, Tala comincia a correre ancheggiando, e il computer la fa inclinare di lato.

Saltella sul marciapiede, il respiro corto e ansimante. Arriva l'ascensore e lei sale, poi usa la chiave della porta d'ingresso che le ha dato la signora Jules. L'appartamento è immerso nell'oscurità; devono essere tutti a letto. Attraversa il corridoio in punta di piedi e accende la luce nella stanza degli ospiti.

Jules ha sistemato il borsone di Tala sul letto matrimoniale appoggiato contro la parete rivestita di pannelli di legno. In un angolo c'è un piccolo armadio, e uno split dell'aria condizionata sopra la porta. Tala si siede sul letto, con un lenzuolo bianco pulito. Preme la mano sul cuscino soffice. Per qualche secondo prova sollievo, ma poi riaffiora in lei il ricordo del casino in cui è finita.

Accende il computer e, mentre aspetta che si avvii, si esamina i capelli. Stanno diventando grigi come il cemento. Afferra quelli incriminati e li strappa... per lo meno quella è una battaglia che può vincere. "Perché io valgo." Bah, lei non vale proprio niente. Le rimangono solo centocinquanta dollari sul conto corrente.

Cerca di collegarsi al suo account di Hotmail, però internet non funziona. Pesca gli occhiali dalla borsa e se li appoggia sul naso. Quando ha pulito lì l'ultima volta, ha notato che la signora Jules ha scritto la password per il Wi-Fi su un pezzo di carta attaccato al frigo. Così va a prendere il foglietto e torna nella camera degli ospiti.

Si siede, digita la password e il computer si collega. Oh, non ci sono ancora notizie da Dolly. Allora va sul suo blog. Colfhacker. Guarda le statistiche del sito, poi socchiude gli occhi; non può essere vero. Deve avere letto male. Non è che Rita è rimasta lì seduta a collegarsi continuamente al blog di Tala solo per farla contenta? Più di cinquemila persone hanno guardato il post su Dolly.

Deve esserci un errore. Tala clicca sulle statistiche analitiche e le escono gli occhi dalle orbite come se avessero le molle. Più di diciannovemila persone hanno visitato il blog.

Sente un lieve cigolio dietro la porta. Rimane immobile ad ascoltare, poi si avvicina in silenzio e la apre di colpo, ma non c'è nessuno.

Si scollega dal blog e carica quello di Vanda. Ci sono nuovi commenti sotto il post su Dolly. "Magnifico post, Vanda!" Oh, senti questo: "È evidente che la ragazza non svolgeva bene il proprio lavoro. Ho sentito che è stata sbattuta fuori dal paese, e a ragione veduta." Tre commenti più in basso, qualcuno ha infierito ulteriormente: "Espulsa? Avrebbero dovuto incriminarla per negligenza".

Tala tira fuori la conchiglia dalla tasca.

«Che cosa farò?» sussurra.

Appoggia la conchiglia al cuore che batte furiosamente, esortandola a darle qualche risposta. Nessun segnale, nessun suono. Poi allunga le mani inquiete e comincia a scrivere. Sa che è rischioso, soprattutto adesso che Rita ha scoperto che lei è Colfhacker, ma le sue dita continuano a pestare sui tasti. "20 modi in cui i padroni abusano delle collaboratrici domestiche." Li elenca: "Rubare il salario. Vietare di uscire di casa. Costringere una domestica a dormire sotto il tavolo da pranzo." Approfondisce il post con articoli di giornale su casi giudiziari.

Preme "pubblica" e nel giro di un minuto tre persone hanno messo Like. "Colfhacker è tornata in azione" pensa. Spegne il portatile, considerando che quello che deve fare in realtà è tappare la bocca a Vanda. Mette il portatile nella grande sacca di tela e la chiude. Se solo avesse un lucchetto.

Si spoglia e si raggomitola sfinita sul letto, la mente che vortica di pensieri su sua sorella e sul povero piccolo Sam.

20

Il rumore dei clienti del ristorante aumenta intorno a Jules e David, ma Khalib continua a dormire nella carrozzina, con la testa inclinata che gli fa venire il doppio mento.

«Non riesco a credere che ci restano solo pochi giorni insieme a lui» dice Jules, rigirando nel piatto la sua frittella di mais intatta con la forchetta.

David si sporge verso di lei. «Neanch'io. Dio, come vorrei che potessimo tenerlo.»

Lei annuisce, posa la forchetta e si sforza di accennare un tiepido sorriso. «Ma come siamo messi?» commenta. «Innamorati pazzi di un bambino che abbiamo in affido soltanto per così poco.»

«Però almeno ce l'ha dimostrato, no?»

«Cosa?»

«Quello che ti ha sempre preoccupato. Che tu non fossi in grado di amare davvero un bambino che non era tuo.»

Jules guarda il piccolino addormentato. Vorrebbe che il momento del distacco fosse già passato, così potrebbe riprendersi.

«Be', per lo meno smetteremo per sempre la dieta senza alcol» aggiunge David bevendo un sorso di birra. Ne spariscono due dita giù per la sua gola. «In una situazione come questa ho bisogno di mangiare di continuo.»

Passa un cameriere e David gli chiede il menu dei dessert. Nei periodi di crisi, come quando suo padre, un imprenditore edile che frequentava assiduamente i pub, era morto di infarto sette anni prima, David aveva preso due taglie di calzoni, invece l'ultima cosa di cui ha voglia Jules se è depressa è mangiare cibo per consolarsi.

Si volta a osservare la distesa di tavoli con le panche piene di persone, i vestiti dai colori sgargianti, le camicie ben stirate, gli scaffali di legno con sopra sacchettini di plastica con all'interno macaron, paste dalle forme originali e scatole di latta disegnate.

«Come sta Sam?» chiede David.

«Bene, ora è stabile. Amber pensa che lo lasceranno tornare a casa presto. Non che l'ospedale abbia fretta di dimetterlo dopo quello che è successo l'ultima volta.»

Sente crescere il groppo in gola: Khalib, la FIVET, quella maledetta foto di Dolly sul blog di Vanda. Chi diavolo sarà Vanda? Talmente tante donne lì hanno idee assurde sulle loro domestiche – come se fossero tornate indietro nel tempo – che potrebbe essere chiunque: Maeve, Jemima, persino Amber, anche se, con quello che sta passando, sembra altamente improbabile.

Il cameriere arriva con un menu. David ci dà un'occhiata e ordina il tiramisù, l'acquolina in bocca alla prospettiva del dolce zuccheroso. Il cameriere porta via i piatti vuoti. Jules sente le gambe di David che si muovono nervosamente contro le sue; lui si mangia le unghie, vaga con lo sguardo.

Gli allontana la mano dalla bocca e la copre con la sua.

«C'è qualcosa che non va in te, David, e non si tratta solo del bambino o della FIVET, vero?»

Lui si morde il labbro. «Aspettavo il momento giusto, però...»

Il cameriere ricompare e posa il tiramisù sul tavolo. Jules ritrae la mano. Le sembra di avere un ragno che le sale su per la schiena mentre aspetta che il cameriere si allontani.

«Oddio, vorrei non dovertelo dire.»

«David, per l'amor del cielo, dillo e basta.»

Lui si allunga e le stringe la mano. «Sto per perdere il lavoro.»

«Cosa?»

«Mi hanno dato tre mesi di preavviso.»

«Ma perché?»

«Tagli del personale. Si stanno liberando di molti di noi.»

«Da quanto lo sai?»

«Settimane. Ho aspettato, per via della FIVET. Non volevo stressarti.»

«E la notte che hai trascorso fuori casa, era per questo?»

«Un gruppetto di colleghi, be', abbiamo annegato nell'alcol i nostri dispiaceri.»

Jules appoggia il gomito sul tavolo, poi il mento sulle mani.

«Significa che dobbiamo andarcene» dice David. «Dobbiamo lasciare il paese.»

«Perché?»

«Perché ti sbattono fuori se non hai un lavoro.»

«E il mio?»

«Be', magari basterà, però è costoso vivere qui. Non so se potremo permetterci di restare.»

«Be', estate londinese, arriviamo. Cristo, non so se sono in grado di affrontare già il ritorno.»

«Non puoi continuare a scappare.»

«Scappare. Forse hai ragione, è quello che stavo facendo. Però venire qui... è come se me l'avessero sbattuto in faccia. Tutte queste famiglie numerose, queste donne incinte.»

«È una bolla qui, non è la vita reale.»

«Mi mancherà il caldo.»

«E quella piscina.»

«E questo bambino» dice guardando Khalib.

«È un bravo bambino.»

«È un bambino fantastico.»

David le stringe le dita.

«Allora perché non lo facciamo?»
«Cosa, adottarne uno?»
«Dài... saremmo proprio adatti, io e te. Ne abbiamo già discusso abbastanza.»
«All'inizio mi sembrava un estraneo Khalib, però fa male doverlo restituire. È una cosa stupida, lo so, ma ho l'impressione di volergli già bene.»
«Non è una cosa stupida.» David abbassa lo sguardo sulle loro mani intrecciate. «Mi sento anch'io così.»
Prende il cucchiaio e comincia a mangiare con ingordigia il tiramisù.
Khalib indossa la maglietta e i calzoncini a righe che David gli ha comprato da babyGap. Non lo rivedranno più dopo che sarà stato adottato. Jules manda giù quel pensiero, si sfrega un occhio con il pugno. Presto le minuzie delle loro vite si chiuderanno intorno a loro come acqua, e Khalib si sistemerà e crescerà con la sua nuova famiglia, spera lei.
Il dolce sparisce a tempo di record.
Le gambe delle sedie stridono come se qualcuno grattasse con le unghie su una lavagna. A un tavolo, un uomo si è alzato. Jules vede il cranio lucido sotto i capelli biondi ingellati. È Gavin.
«Non lo posso accettare!» inveisce una voce con un marcato accento cockney. Maeve. I capelli sfuggono dalla crocchia morbida in cima alla testa. Lei afferra il bicchiere, si alza e getta il vino bianco contro Gavin.
Nel ristorante cala il silenzio. Gavin si volta e nota Jules; i suoi denti si serrano, la camicia bianca fradicia è incollata al petto muscoloso. Solleva il tessuto dalla pelle e si dirige verso i bagni; tutti i clienti lo fissano.
Maeve si tampona le guance con il tovagliolo. Sta tremando. Una cameriera corre da lei con uno strofinaccio per pulire quel casino, e il silenzio pervade il locale.
«Cosa diavolo succede?» mormora David.

«Probabilmente ha scoperto che lui ha avuto una relazione con Dolly.»

«Dolly? La Dolly di Tala?»

«Proprio quella.»

Arriva il conto. David paga e tornano alla macchina, la Toyota grigia, sicura e affidabile, a differenza della loro vecchia auto sportiva a Londra che deve fare un giro intorno all'isolato per riscaldarsi prima che siano sicuri che riesca a percorrere una distanza più lunga. Il fratello di Jules, Steve, se ne sta occupando mentre loro sono via. Jules lega Khalib nel seggiolino dietro, poi sale al posto del guidatore e avvia il motore.

David accende lo stereo. Un mash-up di batteria e riff elettronici invade la macchina mentre lui cerca tra i brani della compilation sul CD. Decidere non è una cosa che gli viene facile. Si ferma su un pezzo dei Coldplay intanto che Jules svolta nel vicolo che porta al Greenpalms, l'insegna argentata su una lastra di cemento. Accanto a uno dei pilastri color crema c'è una donna con una borsetta rossa sulla spalla che aspetta un taxi. La guardia nella portineria di vetro fa un cenno con la testa appena li vede.

Jules posteggia nel parcheggio sotterraneo, poi abbassa la maniglia della portiera. David le mette una mano sulla coscia per trattenerla ancora un attimo.

«Noi siamo una famiglia, io e te» le dice. «Qualunque cosa succeda. Non abbiamo bisogno di un bambino per esserlo.»

Dolly cammina, con una vescica aperta sulla pianta del piede. Inciampa e cade a terra, e la ghiaietta le sfrega le ginocchia attraverso i buchi nei jeans.

Ha vagato per le strade per tutta la notte. Ora è esausta e disperata. Si rialza, supera edifici e palazzi, spiazzi erbosi incolti.

La moneta che ha in mano è appiccicosa e impolverata. Ha usato il resto dei soldi che ha trovato nel negozio per chiamare Gavin da una cabina pubblica. Il ricevitore le aveva ronzato a intermittenza nell'orecchio, poi era subentrata la segreteria telefonica. Non aveva lasciato nessun messaggio. Aveva provato cinque volte, ma lui non aveva risposto. Voleva chiamare anche Tala, però non era riuscita a ricordarsi l'ordine esatto delle cifre, e aveva sprecato altri soldi in tre numeri sbagliati. Ora non ha abbastanza spiccioli per una telefonata.

Un venditore ambulante è seduto su uno sgabello accanto a ceste di aglio, peperoncini verdi e patate. Un cartello con scritto "Kamatis 10" è infilato in un pomodoro. Un autobus giallo passa sferragliando. Dolly si mette di lato per evitare i pick-up parcheggiati paraurti contro paraurti lungo il marciapiede. Sotto i tendoni, ci sono file di bancarelle di cibo. Donne con indosso il grembiule maneggiano wok fumanti. Un uomo in camicia beige, con un badge al collo, si ferma un attimo a guardare. Arriva una zaffata di *mechado*. Lui tira fuori il cellulare e parla, allontanandosi. Cammina più veloce per stargli dietro.

«Per favore, posso usare il suo telefono?» chiede Dolly.

«Vattene!» la aggredisce lui.

Vicino a una bancarella ci sono delle persone sedute su sgabellini, che si infilano in bocca forchettate di cibo. Il vento porta l'odore dell'aglio; e anche di fritto e benzina. La gente indica e paga.

Dolly si avvicina a una venditrice fradicia di sudore, con i sottili capelli neri legati, e alcune ciocche sulle orecchie.

«La prego, signora, devo chiamare una persona. Ha un cellulare da prestarmi?»

«Una telefonata locale?»

«All'estero.»

La donna scuote la testa.

«La prego» ripete Dolly. Apre la mano, al centro c'è la moneta chiazzata.

La donna fa un cenno con la testa per indicare a Dolly di

andare dietro il banco. «Che numero vuoi chiamare? Lo faccio io. Solo un minuto, okay?»

«Okay.»

«E non farti ingannare da queste gambe storte; ti acchiappo se cerchi di scappare con il mio cellulare.»

«Ehi, muoviti!» grida un uomo con gli occhiali appannati.

Dolly porge la moneta alla donna e le dice il numero. La donna lo compone e le allunga il telefono. Lei se lo preme all'orecchio e tappa l'altro con un dito. Un tegame sfrigola, dei piatti di carta con mucchi di noodle vengono passati ai clienti. Dolly si volta e il cellulare le suona nell'orecchio.

«Pronto?» È la voce della signora Maeve.

"Perché ha risposto al cellulare di Gavin?" Dolly non risponde nulla.

«Chi parla?»

«Mi può passare Gavin, per favore?»

«Cosa?» La signora Maeve sputa la parola.

«Ho solo bisogno che lui venga al telefono.»

«Chi parla?»

«La prego.» La parola "signora" sta per sfuggire a Dolly, ma si trattiene. «Devo solo parlare con lui, tutto qui.»

«Perché stai chiamando mio marito?»

Seguono parole smorzate. Dolly tende l'orecchio.

«Dammi il mio cellulare, cazzo!» È la voce di Gavin in sottofondo.

«Non ci penso neanche.»

Uno scricchiolio, un parlottare.

«Pronto?» dice Dolly.

Una voce distante. «Ahi, la mia faccia, cazzo! Stronza.»

«Quante cazzo di donne hai? Stronzo! Bastardo bugiardo e traditore!» grida la signora Maeve.

«Chi parla?» chiede forte Gavin nel telefono.

"Come se lui non lo sapesse." «Sono io, Dolly.»

«Ahi! Vattene. Smettila!» urla Gavin.

Colpi. Respiro affannoso. Una porta sbattuta.

«Perché mi chiami, cazzo? Oh, santo cielo, il mio occhio.»

«Le pillole non hanno funzionato. Mi hanno buttato fuori.»

«Non capisco.»

«Sono ancora incinta; sono stata espulsa.»

«Muoviti!» ordina la venditrice a Dolly, allungando la mano.

«Se credi che ho intenzione di pagare per questo... per il tuo...» ribatte Gavin.

«Hai avuto notizie di Sam?»

«Cosa? Ah, quel bambino, è...» La voce titubante si smorza. «Si sta riprendendo. È ancora in ospedale, però. Senti, cosa vuoi da me?»

«Mi serve il tuo aiuto. Sono bloccata a Manila. Mi hanno rubato la borsa. Ho bisogno che chiami la stazione degli autobus e mi compri un biglietto per tornare a casa. Un biglietto di sola andata per Tagudin, tutto qui.»

«Oh, ma che cazzo!»

La linea si interrompe. Dolly chiude la chiamata e restituisce il cellulare alla donna.

«Brutte notizie?» domanda la venditrice, mescolando le verdure in un wok.

«Spero di no» risponde Dolly.

Si allontana, investita dall'odore di sigaro.

Gavin non fa più parte di lei. C'è un bambino dentro di lei – si tocca la pancia – ma non gli appartiene; è tutto suo.

Ecco la stazione degli autobus; ora ci sono molte persone sedute sulle panchine fuori, fumano, dormono, le auto che sfrecciano su entrambe le corsie della strada. Dolly trova un posto, ci si intrufola a fatica e aspetta, sperando che Gavin chiami presto in stazione.

Alla fine si avvicina al chiosco della biglietteria.

«Una persona doveva comprare un biglietto per me; l'ha fatto?»

«Nome?» L'uomo con un berretto azzurro in testa si sporge a prendere una scatoletta di plastica.

«Dolly Pabro Castillo.»

«Qui c'è un biglietto segnato per Dolly, solo Dolly. Sei tu?»

Si sente travolgere dal sollievo. Il corpo rigido si rilassa, le cedono le ginocchia. Barcolla, poi ritrova l'equilibrio e fissa l'uomo attraverso il vetro.

«Tagudin, giusto?» chiede l'uomo ad alta voce.

Dolly annuisce, e l'uomo spinge verso di lei il biglietto.

21

Jules guarda fuori dal finestrino mentre David guida. Osserva una ragazza con un bicchiere di tè d'asporto in ciascuna mano mentre esce da un Coffee Bean. Jules si volta per dare un'occhiata al seggiolino della macchina legato con le cinghie; il bambino è rivolto verso lo schienale e lei non lo vede in faccia. Perché ha pensato che curare quel bimbo sarebbe stata una buona idea? Sta arrivando la ricaduta negativa. L'ente affidatario ha mandato un'e-mail a Jules con l'indirizzo e il nome della coppia che adotterà Khalib; David li sta portando là adesso.

Lei può farcela, vero? Non è niente in confronto a quello che ha passato il povero Sam, e anche Amber. L'esito avrebbe potuto essere terribilmente diverso. Lasciare quel bambino sarà difficile, ma chissà come dev'essere stato difficile per la sua vera madre vederselo portare via da qualcun altro.

L'auto sfreccia davanti a case dal tetto piatto, i cancelli sbarrati, le palme che sbucano. Ci sono canali di scolo e bassi marciapiedi irregolari. Un uccello dal becco lungo e il petto giallo svolazza in un cespuglio punteggiato di fiori rosa. L'aria condizionata nell'auto ronza.

Si fermano al numero 24, un cubo bianco con due finestre accanto alla porta d'ingresso. Ci sono tre paia di scarpe allineate fuori dalla porta. Le piastrelle del cortile sono lucide, il tetto infilzato da antenne d'argento.

Jules prende il sacchetto di plastica pieno di vestiti e biberon di Khalib. Con l'altra mano, solleva il seggiolino con dentro il bambino. Dopo che ha suonato il citofono e detto il suo nome, l'inferriata metallica scivola di lato. Pensa che in questo loro ultimo momento da soli dovrebbe fare un gesto al piccolo. Dovrebbe sussurrargli qualcosa di importante all'orecchio, ma non lo fa.

Si avvia verso la porta d'ingresso, già aperta. Là in piedi c'è una donna che guarda il seggiolino che regge Jules. I suoi orecchini sono lacrime d'argento.

Un uomo con gli occhiali dalla montatura a giorno si precipita sulla soglia dietro di lei, e si alza in punta di piedi per vedere.

«Lei deve essere Jules» dice la donna.

«La signora Lim?»

«Sì.» La donna ora fa un gran sorriso e osserva Khalib.

Il signor Lim posa le dita sulla spalla della moglie e fa cenno a Jules di entrare, togliendole di mano il sacchetto.

«La prego, si accomodi» la invita.

Jules accetta e loro la seguono.

«Bene, lui è Khalib» dice Jules posando per terra il seggiolino.

Una scala di legno occupa un lato del soggiorno open space.

«È bello» commenta la signora Lim.

«E così carino» le fa eco il signor Lim. Guarda il bambino, poi la moglie.

La signora Lim ha un ombretto glitterato; il signor Lim indossa una camicia azzurra stirata. Si sono messi in tiro per il gran giorno. Da quanto tempo lo aspettavano?

Jules si schiarisce la voce. Rimangono lì in piedi a osservarsi con tutto l'imbarazzo del silenzio tra sconosciuti.

«Tra poco tirerà tutta la notte» spiega Jules.

La faccia della signora Lim per un attimo si acciglia in

un'espressione confusa, poi le sue sopracciglia si inarcano per la sorpresa e scoppia in una risata un po' isterica.

«Ah, prima che mi dimentichi...» aggiunge Jules. Estrae una busta dal sacchetto di plastica, che adesso è per terra, e la porge alla signora Lim. «Le ho fatte sviluppare per voi, è solo qualche foto che gli ho scattato.»

«Grazie.»

Jules si china e accarezza la faccia del bimbo, cerca di mandare a memoria i suoi occhi castani, le fossette, già sapendo che non appena uscirà se li dimenticherà, proprio com'è impossibile rammentare i volti perfetti delle persone amate. Per lo meno gli ha scattato un sacco di fotografie. Sorride tra sé; lui si è addormentato. "Che benedizione," pensa "che non si ricorderà niente di questo periodo."

«Addio» dice.

Una lacrima serpeggia sulla guancia della signora Lim mentre guarda Jules. «Grazie per avercelo portato» le dice.

Jules le sfiora un braccio. «Lui è, be'... gli vorrete bene.»

Poi si volta e va verso la macchina, avvolta da una coltre di calore. Fissa il marciapiede, il petto squarciato in due. La portiera del passeggero si apre, poi David scende e la abbraccia talmente forte da farle male.

Seduta sul letto nella stanza degli ospiti, Tala apre l'e-mail che Dolly le ha mandato qualche giorno fa, dicendo di essere riuscita ad arrivare a casa.

"Le pillole non hanno funzionato. Charmaine mi ha fatto fare il test di gravidanza all'agenzia ed era positivo. Troverò un modo per tornare, Tala. Te lo prometto. Ma dimmi, come sta Sam adesso? Sono così preoccupata per lui."

Tala si toglie gli occhiali e prende in mano la sua conchiglia, poi sente un rumore provenire dal soggiorno. Qualcuno sta piangendo. Cammina piano lungo il corridoio e vede Jules sul divano. Tala ha ancora in mano la conchiglia quando si ferma davanti a lei. Il bambino non c'è più.

«Oh, signora» esordisce Tala.

Jules tira su con il naso, si asciuga gli occhi con il pugno. Tala si lascia cadere sul divano vicino a lei.

«Mi sto comportando da stupida, non badare a me» dice Jules.

«Avrebbero dovuto lasciarglielo tenere. Un bambino tanto caro. Quel faccino, oh.»

Il sole scompare, privando di colori la stanza.

«Non c'è la possibilità che possiate adottarlo voi?»

«No.»

«Ma ci riproverete?»

«Cosa, a prendere in affido?»

«Le medicine per la fertilità.»

«Cosa? Come fai a...?»

Jules fissa Tala, che si morde un labbro.

«Ho visto una siringa, signora. La prima volta che ho fatto le pulizie da lei.»

«Oh. Ah, giusto. Be', no, non proverò più la FIVET. Abbiamo tentato tre volte. Nemmeno la terza è stata fortunata.»

«Quando non si può avere una cosa, sembra l'unica cosa importante al mondo. È angosciante, come un lutto.»

Tala abbassa lo sguardo sulla conchiglia che tiene stretta in mano, il beige che spunta tra le sue dita. La donna dell'appartamento di fronte esce sul balcone per innaffiare con la canna i vasi di piante. Il sole rispunta fuori, riversando luce gialla sulle donne.

«Ci sono notizie di Dolly?» chiede Jules.

«È a casa, grazie al cielo.»

Tala dà qualche colpetto sul ginocchio a Jules, poi si alza e torna in corridoio tenendo la conchiglia contro il cuore che batte forte.

Jules sta facendo jogging giù per la collina verso il mercato, ma continua a controllare l'orologio. Quando avrà corso per dieci minuti farà dietrofront. La pelle traspira umidità nel sole di metà pomeriggio. Le fa male la schiena, ma a ogni passo si dissolve la sensazione di avere dimenticato qualcosa, di avere lasciato il bambino da qualche parte. Lui non tornerà.

È stanca. Ha trascorso ancora una notte di sonno agitato. Rallenta fino a camminare e svolta a una curva. C'è un gruppetto di mamme che aspetta i figli alla fermata dello scuolabus, insieme a diverse domestiche. Le prime indossano vestiti dai colori sgargianti come frutti tropicali, le altre un po' sbiaditi. C'è anche Maeve, due donne strette intorno a lei.

Amber è sul ciglio erboso, ad alcuni metri di distanza da entrambi i gruppetti, e con la punta del sandalo smuove un sasso, le braccia conserte. Persino da lì Jules capisce che Amber non ha fatto alcuno sforzo per curare il proprio aspetto. È senza reggiseno, con una canottiera, e i capezzoli si intravedono attraverso il tessuto sformato.

Jules rallenta per osservarle. C'è qualcosa che non va in quella scena, in quei gruppi separati. Jules accelera per non lasciare da sola Amber.

«Come stai?» le chiede.

Le prende nel palmo le dita, che però scivolano via.

«Bene.»

La faccia di Amber è piena di chiazze rosa e capillari rotti sulle guance e intorno al naso. Alcuni peli delle sopracciglia sono dritti in piedi. È sparito il solito strato lucido di fondotinta, l'aria pettinata e lustra.

«E Sam?» domanda ancora Jules.

«Ha perso un po' di udito dall'orecchio destro, però i medici dicono che ha buone probabilità di tornare a casa la settimana prossima. Spero solo che non debba essere ricoverato di nuovo.»

«Come va Colby?»

«Continuavo a pensare che fosse tutto normale. Mi stavo illudendo, immagino. Tor ha cercato di parlarmene. Dato che lui era quasi sempre via, è stato facile ignorarlo. Invece

Dolly, è stata lei che ha tentato più di tutti di dirmelo. I medici credono che possa avere la sindrome da deficit di attenzione e iperattività.»

In un cespuglio dall'altra parte della strada c'è un unico stelo arancione di eliconia. L'aria è gonfia e immobile.

«Ora riceverà tutto l'aiuto di cui ha bisogno, Amber» dice Jules.

Quando si volta verso le altre donne, nota che Maeve sta guardando solo lei; è come se Amber non fosse lì. I tacchi a rocchetto di Maeve si conficcano nell'erba mentre si avvicina.

«Ho sentito quello che è successo con quel bambino, che lo hai curato e poi l'hai dovuto dare via. Mi dispiace per ciò che hai dovuto passare. Come sta andando?»

«Cosa?» chiede Jules.

«E oltretutto devi partire. Oh, santo cielo, non riuscirei a tornare a Chelmsford.»

Sta stringendo il braccio di Jules in un gesto che non sembra di apprensione. L'altra sua mano penzola. Ogni nocca è circondata da un cerchio viola e livido. Jules trattiene l'impulso di suggerirle un bendaggio. Libera il braccio.

«Sto benissimo» risponde.

Amber ha chinato la testa.

«È terribile» aggiunge Maeve, la bocca un po' socchiusa. «Volevo solo dirti che, be', mi auguro che tu stia bene.»

Amber indietreggia di un passo, ma pare che Maeve non se ne accorga.

«Okay. Grazie» dice Jules.

Maeve lancia un'occhiata ad Amber e va a riprendere il suo posto tra le donne. Tutte le guardano per un attimo.

«Che storia è questa?» chiede Jules.

«Cioè?» ribatte Amber.

«Maeve, e quelle occhiate in cagnesco, senza nemmeno rivolgerti la parola.»

«Nemmeno io mi rivolgerei la parola.»

«Perché?»

La voce di Amber diventa un sussurro. «Mi vedevo con uno.»

La domanda di Jules esce con una risatina: «Cosa?».

Lo scuolabus si ferma davanti a loro. Le porte si aprono con un sospiro e i bambini scendono con le loro divise blu e bianche.

«Ciao, tesoro» dice Amber. Colby sorride, però non risponde al saluto. Cammina davanti a loro sotto la tettoia di vetro all'ingresso del condominio.

Jules e Amber restano indietro. Maeve gira a destra con le altre donne; le domestiche si disperdono in direzioni diverse.

«Era Gavin. Mi vedevo con Gavin, il marito di Maeve» spiega Amber. «Lo sanno tutti, persino Tor.»

A Jules viene voglia di imprecare ad alta voce. Si guarda intorno per assicurarsi che nessuno possa ascoltarle. «Perché l'hai fatto?»

«Io amo Gavin.»

Jules si trattiene dall'esclamare "quell'odioso bastardo". Anzi, meglio "quel viscido, odioso bastardo". Come si sentirebbe Amber se sapesse che lui è andato a letto anche con la sua domestica?

«Quando è cominciata?»

«Alla festa che ho organizzato. Sono uscita per fumare una sigaretta. Detesto fumare, lo faccio solo quando ho bevuto troppo vino. Lui mi ha spinto contro un muro e ha iniziato a baciarmi.»

«Era sbronzo. Lo erano tutti.» A parte Jules.

«Non era l'alcol. C'è qualcosa tra noi, da parecchio tempo.»

«Ma lui è...»

«Tor ha visto che ci baciavamo. Ha minacciato di lasciarmi se non smettevo di vederlo. Abbiamo continuato lo stesso. Lui veniva a casa mia dopo che i bambini erano andati a letto, mentre Tor era fuori. È andata avanti per giorni.»

«Non molto, quindi» dice Jules. È già qualcosa, per lo meno.

«Ha chiuso lui con me, ha detto che la sua famiglia era troppo importante. Le ha persino raccontato di me... a Maeve, intendo. Le ha confessato ogni cosa. Ha detto che ero stata io a sedurlo, anche se lui sembrava impaziente come me.»

«E lei cosa ha detto?»

«Di stare alla larga. È stato terribile. È venuta a casa mia una sera, inveendo contro di me. È stata davvero stronza. Ha mandato dei messaggi a Tor, gli ha raccontato tutto.» Incrocia le braccia, poi le scioglie. «Dopo non mi sono più avvicinata a Gavin. Poi è successo l'incidente a Sam. Ero talmente a terra. Era come se Tor incolpasse me. Non mi parlava. Cristo, avevo bisogno di qualcuno. Ho inviato un messaggio a Gavin, chiedendogli di vederci.»

«E lui è venuto?»

Amber annuisce. «Sì, ore rubate lontano dall'ospedale. Mio figlio stava lottando per sopravvivere e io facevo sesso con Gavin in qualche albergo a dieci dollari l'ora. Non appena Sam è stato fuori pericolo, Gavin mi ha detto che era stato un errore, che non voleva continuare. Ma io lo amo ancora.»

Jules si mette le mani sui fianchi. «Oh, Amber, adesso ti sembra così, però...»

«C'è dell'attrazione tra noi; non è facile staccarsi.»

«Oh, per l'amor del cielo, Amber. Lui si scopava anche Dolly.»

«Cosa?» Le trema il mento.

«Oh, merda, mi dispiace, io...»

«Perché dovresti dire una cosa del genere?»

«La sera della festa, l'ho visto uscire dalla stanza di Dolly.»

Amber abbassa lo sguardo. Ricominciano a camminare, piano. Non c'è più traccia di Colby davanti a loro.

«Ne sei sicura?»

«Sì.»

Amber si affloscia, ogni parte di lei si lascia andare, le spalle, il seno, la mascella.

«Pensavo che Gavin, lui...» La voce di Amber si incrina. «La vede ancora?»

«No, a meno che non stiamo portando avanti una relazione a distanza.»

Amber fissa Jules, a bocca aperta. «Cosa intendi?»

«È stata buttata fuori.»

«Come?»

«Dolly è stata espulsa.»

Amber guarda per terra, le palpebre che tremolano. Si porta i capelli da un lato e comincia a intrecciarli con gesti frenetici. «È stata espulsa? Perché? Per via dell'incidente?»

«Perché era...» Jules si schiarisce la voce. «Perché è incinta.»

Amber si blocca. Stringe gli occhi lucidi. Un rumore strozzato le scivola fuori dalla gola. Si allontana.

Jules la segue. «Aspetta!»

Raggiunge Amber, che ha le spalle incurvate, l'espressione severa.

«Non pensi che sia suo, vero?» domanda Amber.

«Be', è possibile.»

«Mio Dio, che verme schifoso.»

Continuano a camminare, poi Amber si ferma a osservare la più grande delle piscine vuote. Un uomo è in piedi sul bordo e passa una rete nell'acqua per raccogliere le foglie.

«Mia mamma aveva ragione» dice Amber.

«Cioè?»

«Ero un'adolescente quando mi ha detto che non ero poi così attraente.»

«Cosa?»

«Ha detto proprio così: "Tanto vale che lo accetti fin da ora, sarai sempre l'ultima della fila quando si tratta di uomini".»

«Non è vero, Amber. Ascolta, tu sei meglio di quel verme disgustoso. Solo che... Ah.» Le posa una mano sulla schiena. «C'è un'altra cosa.»

A quelle parole Amber si volta verso Jules. Le cola il muco dal naso; un grumo bagnato cade sul cemento.

«Tala è da me al momento. È una situazione complicata» aggiunge Jules. «Però, be', lei ha perso il lavoro e, con il fatto che Dolly se n'è andata, credo che siano senza un soldo.»

Amber tira su forte con il naso, prende un fazzoletto di carta dalla tasca dei calzoncini e inizia a tamponarselo. Le unghie senza smalto sono mangiate, la pellicina intorno strappata. «Pensavo che, se non ci fosse stata Dolly, non sarebbe successo l'incidente di Sam. Non riuscivo a guardarla in faccia. Ogni volta che lo facevo, lo rivedevo sotto la macchina, però lei erano mesi che cercava di dirmi di Colby.»

Riprendono a camminare sul vialetto serpeggiante.

«Credi che dovrei andare a parlare con Tala?» chiede Amber.

«Be', per il momento lascerei perdere, magari.»

«Sono imbarazzatissima per Gavin. Mi ha reso ridicola.» Ricomincia a intrecciarsi i capelli.

«Non è troppo tardi per aggiustare le cose con Tor» dice Jules.

«Tor vuole divorziare. Ma gli ho detto che se lo fa gli porto via i bambini.»

«Lo faresti sul serio? Ti vendicheresti fino a questo punto?»

Amber getta dietro la spalla la treccia. «Una mamma dovrebbe sempre riuscire a curare i propri figli, Jules. E non c'è possibilità che io porti avanti un matrimonio senza amore solo per consentire a Tor di vederli ogni giorno.»

«Senza amore? Significa che non ami affatto Tor?»

«L'ho seguito qui. Ho rinunciato a ogni cosa per lui. E tutto quello che ho in cambio sono i suoi commenti sarcastici su quanto sono fredda... quelli, e i miei figli.»

A Jules viene in mente quel giorno in piscina; Maeve dalla parte opposta di Amber. Ripensa a come Amber si era confidata con lei, a come lei invece si era tirata indietro. L'aveva fatto solo perché non aveva più amici? Amber intreccia le dita intorno al braccio di Jules mentre camminano.

«Comunque, tutti questi discorsi sui figli...» dice Amber. «Ma tu come ti senti?»

«Sto bene.»

«C'è ancora tempo.»

«Non posso continuare a farmi così male.»

«Se metti abbastanza energia in una cosa, alla fine la ottieni.»

«Non credo che sia così semplice.»

«E l'adozione? Insomma, ti sei occupata di quel bambino, no?»

Jules scuote la testa. «Ti ripeto, sto bene.»

Ora sono arrivate alla porta d'ingresso di Amber. Jules la osserva, il naso rosso, le palpebre che tremolano ancora.

«Vieni dentro?» le chiede Amber.

«Meglio di no; ho un turno pomeridiano all'ambulatorio.»

Si allontana, poi si gira e Amber è ancora là che la guarda, le spalle incurvate. Jules le manda un bacio. La bocca di Amber si tende un po' e, per un attimo, Jules pensa che stia sorridendo. Ma le sue spalle tremano e lei si soffia il naso entrando in casa.

Jules combatte l'impulso di seguirla e sale in ascensore. In casa, si inginocchia e prende un libro impolverato da sotto il divano. *Metodi naturali per aumentare la fertilità*. Va verso la porta sul retro, la apre e avanza sul pianerottolo con il libro ancora in mano.

Spalanca lo sportello metallico che dà sullo scivolo della spazzatura e lo butta dentro. Si sente un tonfo appena colpisce il bidone. Jules chiude lo sportello sbattendolo, torna in casa e indossa la divisa da receptionist.

– IL BLOG DI VANDA –

Vivere con una colf straniera

Regole domestiche essenziali per le colf straniere

Regola 7. Le porte: le domestiche dovrebbero usare la porta sul retro per uscire ed entrare dal vostro appartamento, tranne quando accompagnano i vostri figli o il vostro cane.

22

Tala cammina avanti e indietro nella stanza degli ospiti della signora Jules. Ha già chiesto alla maggior parte delle persone per cui lavora se farebbero un pensierino ad assumerla come domestica a tempo pieno. Hanno detto tutte di no. Ne sono rimaste solo due a cui domandarlo: la signora Jules e la signora Jemima. Tala avvia il computer per assicurarsi che la fotografia della cacca di Malcolm non sia apparsa sul blog di Vanda.

Aspetta, poi sullo schermo appare la fotografia di Tala, con il sole dietro di lei che rende la sua faccia una macchia nera, e il vecchio, cieco Malcolm al suo fianco.

> Questa è un'ulteriore prova di come le domestiche si comportino male nel nostro paese. Questa ragazza è stata sorpresa mentre lasciava sporcare il marciapiede al cane e si rifiutava di raccogliere le feci.

Malcolm galoppa nella testa di Tala come un giocattolo a pile. Se la signora Jemima vede quel post licenzierà Tala, e Tala non si può permettere di perdere nessuno dei suoi lavori.

È da giorni che Tala non scrive sul suo blog, e ora le prudono le dita dal desiderio di digitare sulla tastiera una risposta. Si collega a Colfhacker e guarda le statistiche. 27.801

persone hanno già visualizzato il blog. Deglutisce, allontana le mani dai tasti. Ma che diamine, comincia a scrivere.

IL BLOG DI COLFHACKER

Cosa significa essere una collaboratrice domestica

Cane contro colf

Può darsi che vi spunti un sorriso quando la vostra padrona prende un bastardino. Può darsi che diventiate melense come il fango umido, ma ben presto voi e Fido potreste essere ben altro che migliori amici.

Deve esserci una spiegazione scientifica per questo fatto: le padrone scelgono sempre cani con dei lineamenti simili ai loro. Quelle che passano molto tempo in bagno a decolorare i baffi (quelle strisce bianche sopra il labbro non sono schiuma di cappuccino), be', preferiranno i welsh terrier. Una signora che si veste sempre di pizzi rosa adotterà un chihuahua che possa stare nella sua Fendi. E per una padrona con la mascella grossa e un carattere corrispondente, dev'essere un bulldog.

Sapete che dovete camminare tre passi dietro la vostra padrona portando i suoi sacchetti della spesa, vero? Bene, ora ci si aspetterà da voi che serriate le dita intorno a un sacchetto di un altro genere, dal contenuto caldo e molle.

Girate alla larga dai cani grossi. Perché più grande è il cane, più grande è la cacca. Ciò che fa per voi è un cane che va raramente di corpo: fidatevi di me, la sua sofferenza andrà a vostro vantaggio.

Mi sono occupata di cani di ogni tipo: Archibald Terence con la sua alitosi, Skittles con il suo guaito acuto e Custard Cream, il labrador anzianotto con solo tre zampe. Avrebbero dovuto chiamarlo Treppiede. Li ho portati a passeggio per chilometri e chilometri sotto gocce di piog-

gia grandi come sassi. Ho raccolto abbastanza cacca da fertilizzare due volte i terrazzamenti di Banaue.
Credetemi, può anche essere amore a prima vista per il nuovo componente della famiglia, ma il giorno in cui la padrona chiude a chiave il vostro passaporto mentre mette in bella mostra su una mensola il pedigree del barboncino (sì, persino gli animali domestici hanno il loro passaporto) perché lo vedano gli amici, è probabile che sentirete aumentare la distanza tra di voi.
E quando la padrona vi dice che per pranzo mangerete di nuovo pollo in scatola, e intanto il piccolo Dixie le è seduto in grembo, con le orecchie indietro e gli occhi chiusi, e la mano fresca di manicure della padrona che gli accarezza incessantemente il pelo, allora inizierete a desiderare di avere anche voi quattro zampe e di divertirvi ad annusare il didietro degli altri cani.
Attente al cane, signore.

Tala preme "pubblica", si toglie gli occhiali e va verso il soggiorno.

David sta lavando le tazze nel lavandino. «Merda» sbotta quando sbatte la testa contro lo scolapiatti sopra il lavandino.

«Salve.»

Lui si volta mentre si asciuga le mani nello strofinaccio. Fa due passi indietro. Tala legge la scritta sulla sua T-shirt: "Superdry". Non sembra proprio super asciutto, con quelle grosse nuvole di sudore sotto le ascelle e una goccciolina al naso.

«Preparerò la cena per voi» dice Tala.

«Io mangio solo un panino.»

«No, no, lasci che le cucini qualcosa. Ho fatto la spesa.»

«Non posso permettere che cucini tu. Sei appena tornata dal lavoro. E poi non devi.»

«Signore, insisto.»

«Chiamami David.»

Dio, continua a sbagliarsi. E la sua cucina sarà anche pessima, però deve mettercela tutta perché la sua situazione lì è incerta.

«Invece devo!» ribatte, ma esce più forte di quanto intendesse, e la sua voce echeggia.

La porta vibra ed entra la signora Jules, con la casacca e i calzoni bianchi che indossa in ambulatorio.

«Ciao, Tala.» Il suo viso è accigliato.

Tala fa una risata. «Sto preparando da mangiare; sedetevi, sedetevi.»

Jules si lascia cadere sul divano di fianco a David, e si mettono a parlare a bassa voce. Tala tira fuori tegami e cucchiai, sbattendo e urtando. Fa cadere per terra una tazza, che va in mille pezzi. "Calmati, Tala" si dice, però non serve. Raccoglie i frammenti aguzzi e li butta nella spazzatura.

Il purè rosola nella padella. Per quanto lei lo mescoli, non riesce a eliminare i grumi. In un'altra pentola c'è della pasta scolata ripiena di formaggio. Mette dei mucchietti di purè sui piatti e vi sistema intorno la pasta floscia.

«La cena è servita!» grida, e Jules e David si accomodano a tavola, imbarazzati. Lei posa i piatti davanti a loro.

«Oh» esclama Jules, poi si affretta ad aggiungere: «Tu non ne mangi?».

«No, io...»

«Devi» dice David, scostando una sedia.

Tala va in cucina e versa su un piatto un mucchietto di purè e quattro quadrati di pasta. Si siede e mastica, tentando di ignorare la consistenza acquosa. Del formaggio molle e insipido le schizza sulla lingua. Perché qualcuno vorrebbe mangiare quella roba?

David aggiunge sale. Deglutisce come se facesse fatica. «Be', di sicuro è diverso» commenta sorridendo.

«Non ho molto appetito.» Tala agita le dita davanti alla bocca e ride. «Sono già piena.»

«Anch'io» dice Jules, posando la forchetta.

«È buono?»

«Oh, sì.» David si dà una pacca sullo stomaco. Non sembra che abbia mangiato poi tanto. Nemmeno Jules.

David si schiarisce la voce. «Dobbiamo dirti una cosa, Tala.»

«David!» lo riprende Jules. «Dovevamo aspettare.» Inclina da un lato la testa.

«Il fatto è...» dice David. «Ho perso il lavoro, quindi può darsi che resteremo qui solo qualche mese.»

«Ma siete appena arrivati» replica Tala.

«Lo so, ma, be'... significa che non potremo offrirti un lavoro a lungo termine» interviene Jules.

«Mi dispiace per il suo lavoro, signore. Cioè, David.» Tala guarda il purè rappreso sui piatti. Li porta in cucina e butta gli avanzi nella spazzatura.

Quando torna a tavola, David si sta massaggiando la fronte.

Jules fissa il tavolo. «Tala, siediti» le dice.

Il suono smorzato di una chiamata Skype si diffonde nel soggiorno. Tala ascolta; arriva dal suo portatile. Corre nella stanza degli ospiti. È la mamma. Sullo sfondo, Mallie si sta succhiando il pollice e fa saltare il suo Minion.

«Mi senti?» grida la mamma, lo schermo pieno solo del suo naso, tanto è vicina.

«Sì!» risponde Tala gridando.

«Dolly vuole parlarti!»

La telecamera si sposta di lato e riprende il tavolo, così tutto quello che riesce a vedere Tala è una banana annerita e una guava, insieme a un bicchiere di plastica mezzo pieno di un liquido.

La voce di Dolly arriva da fuori campo. «Mi sento in colpa che tu sei bloccata lì, Tala. Se io non fossi stata così stupida...»

«Oh, è tutto okay» risponde Tala a voce talmente alta che sembra stia facendo un provino per un'opera lirica.

«E Sam, come sta lui?» chiede Dolly.

«Si sta riprendendo; tornerà a casa da un giorno all'altro, a quanto pare.»

L'obiettivo si sposta di nuovo di lato e inquadra un primo piano della bocca della mamma.

«Alice ha avuto una bambina!»

«Una bambina!» esclama Tala con la cantilena stridula che riserva alle persone sotto i sei mesi d'età. «Oh, ma è andato tutto bene?»

«Be', la piccola sta bene. Però pesava quattro chili e sei, quindi Alice... quella ragazza dovrà fare esercizi per il pavimento pelvico come se fosse una gara olimpica.»

Tala accavalla le gambe.

«Le hanno dato un nome... Bunny» dice la mamma.

«Bunny?»

«È davvero ridicolo, Tala; devi parlare con Alice. Magari ti ascolterà. È un nome terribile per una bambina, una vera crudeltà.»

Bunny. Tra tutti i nomi che avrebbero potuto scegliere, l'hanno chiamata come una coniglietta, una morbida macchina per fare figli.

«Invece questa...» continua la mamma. «Un'altra gravidanza e non è ancora sposata!»

«Mamma!» sbotta Dolly.

«Insomma, che cosa facciamo, Tala?»

«Qualcosa faremo, mamma.»

«Be', un errore posso anche capirlo, ma un altro... Insomma, ho detto a tua sorella...»

Tala accende un ventilatore elettrico e lo alza al massimo. «Cos'hai detto, mamma? Ti sto perdendo.»

«Stavo dicendo che tua sorella ha commesso un altro sbaglio per quanto riguarda gli uomini.»

«Il collegamento va e viene, mamma, non sento niente.»

Tala interrompe la conversazione. Deve trovarsi un nuovo lavoro, e presto. Si tira su e fa una serie di piegamenti laterali, scrocchiando, come se si stesse scaldando per l'enorme compito che la aspetta.

23

Tala è seduta sull'autobus affollato, concentrata su come farà a convincere la signora Jemima a darle un lavoro a tempo pieno. Apre la borsa e stringe la mano intorno alla conchiglia. "Ti prego" pensa. Fa un po' di pratica parlando al finestrino.

«Oh, signora, sono bravissima a fare le pulizie. Potrei spolverare tutti i giorni» sussurra sorridendo. «Oh, dolce Malcolm, tesoro mio.»

Una donna nelle file davanti fissa Tala, e la sua bocca rivela un apparecchio ai denti.

"Sarò docile come un agnellino," pensa Tala "cancellerò il tono acido dalla voce, il broncio dalle labbra. Sarò serena come mia sorella e terrò la bocca ben chiusa."

Ma la signora Jemima non è una sciocca. Una volta ha dato il resto sbagliato a Tala e Tala si è messa a strillare: "Mancano cinque dollari!". Da come si era accartocciata la riga di matita sulle labbra della signora Jemima, lei ha già capito che, nonostante Tala abbia molte qualità, la serenità non è tra queste.

Tala suona il campanello e scende, attraversa la strada e si avvia a passo deciso verso il condominio con le sue torri circolari di appartamenti, le palme che ondeggiano nella brezza miracolosa. Punta il naso verso il cielo.

«Sì?» La guardia della sicurezza, nella piccola portineria, si sporge di lato fuori da una finestrella scorrevole di plastica.

«Appartamento C53» dice Tala nell'accento migliore che riesce a sfoderare.

«Da chi sei a servizio?»

«Cosa?»

«Per chi lavori?»

«Una persona.» Tala non vuole rivelare il nome delle persone per cui lavora per paura che finiscano nei guai perché la pagano in nero.

«Nome?»

Tala si appoggia la mano sul petto e sorride. «Be', è, ehm, sono venuta a trovare la signora Jemima» sussurra.

La guardia della sicurezza le fa cenno di passare. Lei non osa girarsi indietro a guardarlo, ben sapendo che è sporto ancora fuori dalla finestrella a fissarla.

E perciò si avvia, entra nella reception del condominio, supera la fontana e il quadro della donna con l'abito svolazzante, con sopra un cartello con scritto "Appartamenti di lusso Livia". Tala sale in ascensore, gira la chiavetta e preme per andare al quarto piano. Sbuca nell'appartamento, mentre Malcolm abbaia con il suo tono acuto. Non la assale come al solito, invece si struscia sul tappeto rosa.

La signora Jemima va incontro a Tala con indosso dei pantaloni di seta bianchi.

«Che bel vizietto, Malcolm» dice Tala ed emette una risata per far credere alla signora Jemima che è innamorata di Malcolm, proprio come lei.

La signora Jemima non si è mai arrabbiata con Tala, ma oggi lo sembra, la bocca rivolta all'ingiù. «Puoi cominciare dal soggiorno» le ordina. «Sto facendo una conference call.»

Tala va nello sgabuzzino e si toglie la gonna e indossa la sua divisa, come la chiama lei. Arrotola il tappeto peloso e spazza il pavimento di marmo, poi passa ovunque lo straccio. In cucina lucida e lustra, e tira persino fuori le stoviglie dagli armadietti e li pulisce all'interno.

Si ferma mezz'ora in più di quanto dovrebbe, poi la signora Jemima emerge dal suo studio e guarda l'orologio d'oro che ha al polso.

«Sei rimasta più del dovuto» commenta.

«Non me ne sono accorta» replica Tala. «Però, signora, pensavo... Io sto cercando un altro lavoro, be', in effetti un altro padrone che garantisca per me, e mi piacerebbe che fosse lei.»

«A me non serve una domestica a tempo pieno.»

«Ma, signora, non mi vedrebbe neanche. Sono molto brava a...»

«C'è una cosa di cui devo parlarti.»

Si siede sul divano e appoggia una mano sul posto accanto a sé. Anche Tala si siede e guarda i tacchi alti della signora sprofondati nel pelo folto del tappeto, la schiena dritta.

«Non posso permettere che Malcolm sporchi il marciapiede» dice la signora Jemima.

«Cosa?»

«Hai lasciato che Malcolm sporcasse il marciapiede, non hai raccolto la sua cacca.»

«Ah.»

«Il blog di Vanda. Ho visto lì la fotografia del mio Malcolm. Ti ho a malapena riconosciuta.»

«Mi ero dimenticata i sacchetti.»

«Devi prenderli sempre quando porti fuori Malcolm.»

«Ma, signora...»

«Niente ma, Tala. E non è nemmeno la prima volta che capita.»

Una cacchina di un cagnolino. "Oddio, non avrà intenzione di licenziarmi, vero?" Tala fa la cosa che le riesce meglio e comincia a parlare.

«Oggi ho pulito tutti gli armadietti, signora, con il disinfettante; i piatti sono tutti bene impilati.» Tala si alza e apre un armadietto della cucina con un gran sorriso. Dal cestino della spazzatura spuntano uno spray antipolvere vuoto e un flacone finito di Ajax.

«Be', sì, e ti ringrazio, però...»

«E i suoi rubinetti, signora... potrebbe specchiarci dentro la sua bella faccia, tanto brillano.»

«Sì.» La signora sporge le labbra e sorride.

«Quindi ci penserà, signora, a farmi da garante?»

«No, Tala, non lo farò, mi dispiace.»

La signora Jemima prende la borsa da terra e fruga nel portafoglio. Passa a Tala due banconote da cinquanta dollari.

«Signora, è troppo.»

«È per il tempo in più» ribatte lei e sulla fronte si forma una ruga di simpatia.

Tala mette una delle banconote da cinquanta dollari sul tavolino in vetro.

«Prendili» dice la signora Jemima.

«Non mi serve la carità, signora.»

Tala esce dalla porta d'ingresso, e Malcolm azzanna il legno quando si chiude.

Jules allunga una mano sul lato della sdraio per cercare di inclinare di più lo schienale. Non ci riesce e lo schienale si abbassa completamente, di scatto. Lei si pulisce gli occhiali da sole sull'asciugamano e si distende, poi si volta a guardare David, accanto a lei, che legge un libro sulle teorie del complotto, il naso bianco per la protezione cinquanta.

Jules ha le gambe depilate, lucide, le ginocchia rossissime. Prende il suo libro; le mancano appena venti pagine. Si tocca il naso e sente il buco, quella minuscola traccia del suo passato.

Gavin sta venendo dalla loro parte con indosso un paio di bermuda kaki e una T-shirt verde pisello di Ralph Lauren, aderente ai suoi muscoli come quella di un supereroe. E, aspetta un attimo, quello non è un occhio nero? Quando si avvicina, Jules nota il livido violaceo dai bordi gialli sulla parte sinistra della sua faccia. Anche il naso ha preso un colpo; poi le vengono in mente le nocche di Maeve.

Gavin, che chiaramente ha visto David e Jules, accelera l'andatura impettita sulle gambette magre, l'attenzione catturata dalle aiuole che costeggiano il vialetto. Mentre passa davanti alla casa di Amber, si porta una mano davanti alla fronte come per ripararsi gli occhi dal sole.

Jules alza lo sguardo sul cielo azzurro. Quanto le manca Khalib. Si chiede cosa starà facendo adesso.

«Stai bene?» le domanda David.

«Sento un po' di vuoto senza Khalib, ma mi sto abituando, credo.»

«Dobbiamo farlo ancora?»

«L'affido? Non penso di riuscire ad affrontare un altro dolore. E poi dovremo partire presto. Come hai detto tu, non possiamo permetterci l'assurdo affitto del nostro appartamento solo con il mio stipendio.»

«In realtà ho appena scoperto che l'azienda deve onorare il contratto; devono pagare l'affitto fino alla fine dell'anno, anche se si liberano di me.»

«Quindi potremmo restare?»

«Be', a me non dispiacerebbe tornare, per fare qualche colloquio di lavoro.»

«Sì, ma potresti rispondere alle inserzioni da qui e tornare se ottieni un colloquio. Ce la faremo a vivere con il mio lavoro.»

«Davvero vuoi restare dopo tutto quello che è successo? Insomma, è stato abbastanza terribile finora.»

Si gira su un fianco per osservarla, ma lei non riesce a vedergli gli occhi attraverso i Ray-Ban.

Dovrà affrontare tutti se torna: gli amici, i colleghi, la sua famiglia. Preferisce restare. Solo qualche mese ancora. Le darà il tempo per riflettere bene su cosa farà ora che la sua ultima possibilità di avere un bambino è sfumata.

«Lo so che è stato brutto, ma non ho ancora finito qui.» Gli rivolge un sorrisetto.

«Sul serio?»

«Sarà una follia, però voglio rimanere ancora un po'.»

«Be', se te la senti, resteremo qui i prossimi mesi» dice David.

La bacia, le lenti piene del suo riflesso. Si sente uno *splash* quando un bambino salta nella piscina. David riprende il suo libro, e Jules continua a guardarlo, le guance rosate, i capelli corti e dritti in piedi.

Lei posa il libro e indossa gli occhiali, poi va verso la piscina e si immerge.

Bussano alla porta di casa della signora Jules, e Tala fa un tale sobbalzo che sembra su un trampolino. Sono venuti a prenderla? Resta seduta, e bussano altre tre volte. Lei non andrà ad aprire; dopotutto è un'ospite.

Toc-toc-toc. Questa volta più forte. Anche il suo cuore martella. Si alza e guarda attraverso lo spioncino. È la signora Amber, la testa e il corpo deformati. Tala apre.

«Jules mi ha detto che stai qui da lei.»

Con una mano Tala tiene aperta la porta, l'altra è posata su un fianco. «Non doveva licenziare Dolly.»

«Non potevo tenerla in casa dopo quello che era successo a Sam.»

«Ma, signora, non è stata colpa sua.»

La signora Amber è bordeaux. «L'hai sentita? Sta bene?» chiede, tormentando un bottone della camicia nera.

Tala tira su con il naso. «Sì, sta bene.»

«Ah, ottimo, sono contenta. Oh, Tala, mi dispiace di averla licenziata. L'incidente non è stato per colpa sua, ora lo so. L'ho sempre saputo; è che non ragionavo con lucidità. Ero così preoccupata per mio figlio.»

«Be', io...» Tala socchiude gli occhi, poi non riesce a trattenersi: allunga una mano e tocca la spalla alla signora Amber. «Be', non continui ad angosciarsi, signora.»

«Sono già venuta a cercarti, tra l'altro. Sono andata a Queenstown.»

«Cosa?»

«Ho parlato con la donna con cui abiti, la signora Heng.»

A Tala inizia a pulsare una vena sul collo; si torce le mani. Quindi era la signora Amber la donna ben vestita di cui parlava la signora Heng, non qualche funzionaria del ministero.

«Sono andata là per ringraziarti; se non fosse stato per te, avrei continuato a fare retromarcia con la macchina.»

La signora Amber getta le braccia al collo a Tala, che rimane lì sulla soglia, gli occhi fuori delle orbite, le mani lungo le cosce. Tala ha perso il posto in cui abitava a causa della signora Amber; il petto le si contrae per la rabbia. La signora Amber puzza di sudore, però ha anche un figlio in ospedale. Tala abbraccia la signora Amber e ricambia la stretta. La signora Amber tira su con il naso e prende un fazzoletto di carta dalla manica della camicia.

«E suo figlio, come sta?» domanda Tala.

Il pannello digitale sopra l'ascensore, proprio dietro la signora Amber, va da 4 a 1 poi a S.

«Lo portiamo a casa dall'ospedale domani.» Indietreggia di un passo. «Sono sicura che rifiuterai. Però il fatto è che, be', Jules ha detto che hai bisogno di lavorare e io e mio marito... noi ci separiamo e abbiamo entrambi bisogno di qualcuno, e io mi sento così male per quello che ho fatto a Dolly.»

Oh, stanno divorziando. È per via dell'incidente? Ma se si separano, significa che magari ci potrebbe essere un lavoro per Dolly dal signor Tor.

La signora Amber trema leggermente. Si morde un labbro. «E dovrei anche precisare un'altra cosa. Non mi aspetto che tu dorma nel ripostiglio. Se accetti, ti preparerò io stessa il letto nella stanza degli ospiti. La finestra dà sul patio.»

«Lo preparerò io» dice Tala.

In quel modo Tala potrebbe anche scoprire se è davvero la signora Amber la donna che scrive il blog di Vanda.

«Puoi cominciare domani?» le chiede la signora Amber.

Tala annuisce e guarda la signora Amber che si volta per chiamare l'ascensore. Mio Dio, Tala avrebbe cominciato anche subito se la signora Amber glielo avesse proposto.

– IL BLOG DI VANDA –

Vivere con una colf straniera

Regole domestiche essenziali per le colf straniere

Regola 8. Il coprifuoco: è consigliabile dare alla vostra domestica un orario di coprifuoco se ha la giornata libera. Dopotutto non vorrete che il giorno dopo sia stanca o, peggio, abbia i postumi di una sbornia e non riesca a lavorare.

24

Tala ha una stanza tutta per sé nel seminterrato della casa della signora Amber e del signor Tor: la grande camera da letto con il parquet e le porte a vetri che si aprono su un patio chiuso con una pianta dai fiori rossi che spunta da un quadrato al centro delle piastrelle. C'è un piccolo corridoio e, in fondo, un bagno cieco con un vero box doccia rivestito di marmo beige. La signora Amber e il signor Tor hanno continuato a vivere insieme mentre cercavano due appartamenti separati. Ora manca meno di una settimana prima che se ne vadano ognuno per la propria strada. Tala ha continuato ad aspettarsi che la signora Amber dicesse che il fatto che lei vivesse lì non funzionava, che dopotutto doveva trasferirsi nel rifugio antiatomico, invece non è successo. Tala non ha ancora disfatto la sua roba. Tiene i vestiti ben piegati dentro la sua sacca, e lo spazzolino, il sapone e la spazzola avvolti in un panno vicino al lavandino del bagno. Il portatile è sul letto. Ha pubblicato solo un post da quando è lì. "Coprifuoco o te ne vai", si intitolava. Raccontava come i datori di lavoro dicono alle collaboratrici domestiche che devono tornare a casa entro una certa ora nei giorni liberi. "Dovrebbe essere un giorno di libertà, non solo dieci ore" ha scritto Tala. Era rischioso, ma soltanto Rita sa che è lei Colfhacker. Finché riesce a tenere il segreto.

Guarda l'orologio digitale accanto al letto matrimoniale. È tempo di andare incontro ai bambini che arrivano con lo scuolabus. Tala va di sopra e apre la porta d'ingresso di rovere. Si infila le infradito, che lascia sempre fuori.

Segue la curva del vialetto, qualche creatura invisibile fruscia tra le foglie delle piante sui lati. Le donne sono radunate davanti al condominio; tre domestiche sono sedute su un muretto basso sotto la tettoia di vetro. Dietro di loro, un irrigatore spruzza d'acqua i gigli e le orchidee purpuree. Due donne occidentali stanno l'una di fronte all'altra. Una ha calciato via un Birkenstock color bronzo e si gratta il tallone nudo sulla pietra.

Tala passa ciabattando davanti a tutte e si dirige verso la strada dove si fermerà lo scuolabus. Eccolo arrivare, il bus a un piano, facce indistinte ai finestrini. Si ferma gemendo, e il guidatore saluta con la mano ogni bambino mentre scende dai gradini. A Tala viene voglia di dire a tutti di ringraziare. Poi una di loro, una bambina con due grosse trecce, quasi avesse sentito il suo rimprovero silenzioso, dice: «Grazie!».

Sam è il primo dei bambini affidati alle sue cure a scendere. La vede e fa un sorrisetto, la cicatrice sulla fronte ancora rosa, ma in fondo sono passati appena due mesi dall'incidente. Questo è il secondo giorno da quando è tornato a scuola. Lei alza un dito e inarca un sopracciglio.

«Ah» dice Sam e si volta. «Grazie, amico!»

Tala e Sam rimangono lì in piedi tenendosi per mano, la loro pelle un sandwich appiccicoso di calore. Le domestiche e le madri si stanno accalcando intorno, e alcune prendono per mano i bambini vestiti con le divise a quadri verdi. Una domestica osserva Tala, poi distoglie di colpo lo sguardo. Un'altra, Lydia, non riesce a smettere di fissarla, e di sorridere. Stringe la mano a pugno e dà un colpetto delicato sulla spalla a Tala mentre passa.

«Sei così arrabbiata per tutto, lo adoro.»

Tala spalanca gli occhi; si gira verso Sam, aggrappato al suo braccio, che gratta la punta del sandalo sul cemento.

«Che cosa intendi?» sussurra Tala all'orecchio di Lydia.

«Sei tu» ribatte lei, e non a voce bassa. «Sei tu Colfhacker.»

«Ma che...?»

«Me l'ha raccontato Rita; è un segreto che sanno tutti!»

Tala trattiene il fiato e si copre la bocca. Si lancia un'occhiata attorno, e altre filippine la stanno scrutando, tutte con quei sorrisi sciocchi. "È solo questione di tempo prima che il ministero lo scopra, e, oh ti prego, oh no."

Tala batte il piede. Dov'è Colby? Non che lui abbia bisogno di essere accompagnato per i pochi metri che separano la fermata dalla porta di casa, ma Tala sta facendo il possibile per tenersi quel lavoro. Però se tutti verranno a sapere che lei è Colfhacker, ci sono buone probabilità che lo scopra anche la signora Amber, come pure le cose che Tala ha scritto su di lei e su come ha trattato Dolly... Tala stringe più forte la mano a Sam.

«Ahi, mi fai male!» esclama Sam.

«Quando scende quel bambino?» sbotta Tala, senza rivolgersi a nessuno in particolare.

Adesso tutte le domestiche si stanno allontanando, continuando però a guardare Tala.

«Bambino, muoviti, *lah*!» grida il guidatore dello scuolabus.

Colby scende i gradini, con la fronte aggrottata. *Ay nako!* Gli serve un po' di disciplina per appianare quella sua personalità suscettibile.

«Mi dispiace» grida Tala al guidatore, con una mano sul fianco.

«Non è colpa tua, zia!» Lui sorride mentre chiude le porte.

"Zia?" Quell'uomo ha più o meno la sua età e la chiama "zia"? Tutto questo affannarsi deve averle fatto venire più capelli grigi di quanto avesse immaginato.

«Perché non può venire la mamma a prendermi?» si lamenta Colby.

«Non lo so.»

Lui catapulta lo zaino per terra e si allontana. È uno zaino blu su cui è tracciata una spunta verde. Tala si ferma e incrocia le braccia.

«Ragazzino, raccogli questo zaino!»

Lui non si volta.

«Ragazzino!» La voce di Tala rimbomba e si moltiplica tra i balconi.

Colby si ferma.

«Lo raccogli tu» le dice. «Sei tu la mia domestica.»

«Se non prendi quello zaino, rimarrà lì.» Tala scioglie le braccia e si avvia a passo deciso, con Sam che le corre accanto come se avesse premuto il tasto di avanzamento veloce.

Colby rimane a bocca aperta. Tala sorride e continua a camminare, spostando di lato la ragnatela di un bruco urticante che si stava calando da un albero. Si volta e vede che Colby si sta infilando le cinghie dello zaino su un braccio, con un'espressione sofferente in faccia, il mento corrugato per protesta.

Tala rallenta così, quando arriva alla porta, Colby è dietro di lei solo di un metro. Sam entra seguito da Colby, che le lancia un'occhiata storta e lascia cadere lo zaino sulle dita dei piedi di Tala.

Lei emette un verso di disapprovazione, poi va in cucina per preparare la cena.

La signora Amber osserva Tala che spolvera di coriandolo il miscuglio a base di cocco prima di servirlo sui piatti. Profuma di pollo e lime. La famiglia ha già abbassato le proprie aspettative culinarie, specialmente il signor Tor, da quando lei l'altro giorno ha trasformato il suo cibo preferito, la bistecca di lombo, in un biscotto carbonizzato.

"E chi lo sapeva che il pollo schizzava così tanto?" pensa Tala mentre si pulisce gli schizzi di grasso dalla fronte con il dorso della mano. Ha buttato i pezzetti nella padella e l'olio sfrigolando ha formato un vapore che ha coperto di un velo di unto la cappa della cucina, il piano di lavoro, persino il carrello dall'altra parte della stanza. Si sono susseguiti agnello della consistenza di uno pneumatico, pesce bruciato, costolette di maiale da spezzare i denti. Tala è una cuoca allucinante e, a quasi cinquant'anni – mio Dio, non riesce a capacitarsi di quel numero esagerato –, non cambierà di certo.

«Immagino che ci sia pollo per cena» dice la signora, e Tala segue il suo sguardo rivolto alla pozza oleosa nella padella per friggere.

I bambini e i loro genitori siedono intorno al tavolo come per l'Ultima cena. La signora Amber arriccia il naso. Colby sembra che stia affondando i denti nella gomma. Potrebbe correre il rischio di slogarsi la mascella. Tira fuori un pezzetto di cibo dalla bocca e lo spinge sul bordo del piatto. Il signor Tor mangia quasi tutto, raccogliendo il riso che cade dalla forchetta.

«Allora hai sentito la novità?» chiede il signor Tor.

«No» risponde la signora Amber.

«Gavin e Maeve si trasferiscono in Malesia.»

La forchetta della signora Amber comincia a tremare e un po' di pollo ricade nel piatto con uno spruzzo di salsa.

«Che liberazione, verrebbe quasi da dire, eh?» commenta il signor Tor.

Il petto della signora Amber si solleva e si abbassa.

«In che senso liberazione?» domanda Sam. Il suo udito è decisamente migliorato.

«Mangia» gli ordina la signora Amber.

«È terribile» dice Colby. «Vorrei che tornasse Dolly.»

Il signor Tor incrocia lo sguardo della signora.

«Non lavora più per noi perché mi sono arrabbiata con lei» spiega la signora.

«Ma perché?» chiede Sam.

«Perché...» Lei posa la forchetta con un'eco sorda. «Perché mi sono sbagliata su una cosa. Se n'è andata per causa mia, e mi dispiace molto.»

«A proposito, l'agenzia di collocamento ci ha mandato il conto per il suo volo di ritorno a casa» aggiunge il signor Tor.

Amber abbassa la testa. Appena il signor Tor vede che si avvicina Tala, si schiarisce la voce.

Tala finge di non avere sentito. Ora è accanto a loro con un vassoio rettangolare di bicchieri pieni in equilibrio sul braccio. Uno dei calici traballanti cade di lato, rovesciando del vino rosso sui calzoni del signor Tor. C'è un grattare di sedie e il signor Tor si alza per esaminarsi il grembo, seguito dalla signora Amber.

«Non ti preoccupare» dice la signora Amber.

Colby si irrigidisce, con la forchetta a mezz'aria.

«A tutti capita un incidente» dice la signora Amber asciugando l'inguine del signor Tor con un tovagliolo di carta, che lascia dei frammenti rossi sulla stoffa.

«Guarda, papà, hai il ciclo» interviene Colby facendo una risatina maliziosa.

La signora Amber con una sberla allontana la mano di Colby dalla faccia, facendo scivolare giù dal tavolo il gomito su cui lui era appoggiato.

«Mi dispiace tantissimo, signore» si scusa Tala, poi si ricorda che la signora Amber le ha detto di non chiamarli "signora" e "signore". «Voglio dire, Tor» aggiunge Tala prima di correre in cucina con il vassoio allagato.

«Non è un problema» replica il signor Tor, schiarendosi la voce.

Tornano tutti a sedersi come se non fosse successo niente, e nessuno commenta il curry stracotto per cui Tala ha passato tre ore in cucina.

«Capisco ora perché non ha mai avuto un lavoro a tempo pieno» bisbiglia il signor Tor.

La signora Amber si gira dall'altra parte, coprendosi la bocca. Sta ridendo e, per un momento, è come se i problemi taciuti tra lei e il signor Tor fossero risolti. Poi l'incantesimo si spezza.

«È giusta l'ora?» domanda il signor Tor guardando l'orologio. Si alza di scatto. «Devo sbrigare dei lavori arretrati.»

Corre da basso nel suo studio. La signora resta lì seduta, le mani con le unghie dipinte di rosa sulla tavola. Tala la sbircia dalla cucina senza pareti divisorie. L'unico suono che rimane è quello che fa Colby battendo la forchetta contro il bicchiere, poi la signora Amber gli posa una mano paziente sulle dita, e cala il silenzio.

25

Quattro mesi dopo

Il cotone bianco abbraccia il pancione enorme di Dolly. Mallie è seduta in un angolo della stanza a fissarlo. Il ventilatore ronza sul tavolo. Ci sono libri per bambini sparsi su tutto il pavimento di pietra, e un dipinto argentato alla parete: sottili tronchi d'albero con delle linee azzurre che corrono dietro di loro come il mare. L'ha dipinto Marlon su un pezzo di legno. L'ostetrica, Cassandra, preme la mano sulla pancia di Dolly.

«Podalico» dice. Dal mento le spuntano dei peli ostinati. «Dovrai andare in ospedale se il bambino non si gira.»

«Manca ancora un mese. Il bambino si girerà» ribatte Dolly.

La maglietta rossa da football di Mallie è più grande di due taglie. Dolly apre la porta per fare uscire Cassandra, che se ne va, e la mamma la segue borbottando. Mallie fa rotolare una palla sul pavimento con un piede.

«Sei contenta di avere un fratellino?»

Mallie alza le spalle. Il bambino si girerà. Deve farlo. Dolly non dovrà andare all'ospedale. Mallie esce e chiude la porta sbattendola.

Quattro mesi fa la signora Amber ha messo sessantamila pesos sul conto corrente di Dolly. Ha mandato anche una lettera in cui diceva a Dolly quanto fosse dispiaciuta per averla trattata così male; tutto quel gridare, tutte quelle accuse. Grazie al cielo Sam non ha riportato danni permanenti dall'incidente, tranne una parziale perdita dell'udito e una cicatrice sulla fronte e dietro l'orecchio. Dolly ha risposto alla signora Amber e ha allegato una breve lettera per Colby e Sam. Come le mancano entrambi, la vocina di Sam e Colby che aveva tanto bisogno di lei. La signora Amber ha accennato che ora Colby è in cura da un medico, quindi lei deve avere smesso di mentire a se stessa. Dolly sta usando i soldi per comprare ingredienti per le torte che vende sul ciglio della strada. Si sta impegnando al massimo per far funzionare la sua bancarella; spera ancora di riuscire un giorno ad aprire la pasticceria, però non sta guadagnando molto. Non butterà via quei soldi in un ospedale; non può.

Esce. La mamma sta stendendo i panni su un filo tirato tra il tetto della casa e la palma. Mallie le porge le mollette. Dolly cammina sulle mattonelle di terracotta quadrate e poi sul sentiero di terra battuta.

«Ragazza, dove stai andando nelle tue condizioni?» grida la mamma.

«A comprare altri ingredienti per le torte.»

«Dovresti stare seduta, riposarti.»

Dolly allunga la mano a Mallie, ma lei si limita a inclinare la testa e a sorridere.

«Vuoi venire?»

«Resto qui» risponde Mallie e la saluta con la mano.

Perciò Dolly continua a camminare, i piedi gonfi, le infradito che scivolano. Ci sono dei gradini intagliati nelle colline. Il cielo è di un azzurro intenso.

Dei passi risuonano dietro di lei, che si volta e vede Mallie che le sorride raggiante. Poi le sue dita grassottelle sono piegate tra quelle di Dolly. Camminano. Mallie guarda in alto la sua mamma. Attraversano lo stretto sentiero, l'acqua verde scuro tra gli alberi. Un uomo in piedi su una zattera si spinge con un palo di legno. I rami graffiano Dolly; lei continua a stringere la mano di Mallie.

Quando arrivano alla strada, sopra di loro ci sono dei cavi attorcigliati. Passano davanti alla chiesa bianca, con le sue colonne e le grate nei muri. Un varano avanza serpeggiando. Un uomo su una motocicletta rossa con un sidecar procede rombando.

Delle donne camminano nella loro direzione con canottiere di colori diversi. Un uomo solleva la camicia marrone e si gratta la pancia prominente. Superano un carrello vuoto e abbandonato, con un cartello azzurro su cui c'è scritto "ghiaccio", e un muro fatto di blocchi di calcestruzzo. C'è un negozio sbarrato con delle assi, e una ragazza a braccia conserte davanti a un quad. Infine arrivano al supermercato con i suoi carrelli e un canestro da basket fuori.

Entrano nelle luci e nella musica elettronica. Dolly indica i prodotti sugli scaffali: un grosso pane di burro giallo brillante e un sacchetto di farina. Mallie li mette nel cesto di plastica.

Tornano a casa lungo la strada affollata di persone che borbottano e ridono. L'asfalto diventa pietra e poi sabbia. I loro piedi alzano la polvere.

A casa, lavorano sul tavolo all'esterno, rotondo con delle foglie di metallo. E ben presto le mani di Mallie sono coperte di burro e farina. Ha dei grumi gialli sulla punta del naso, sul mento, sui capelli. Sistemano la teglia in forno e il profumo filtra fuori, e Mallie continua a leccarsi le labbra.

«Apriamo lo sportello per vedere» dice.

Ma Dolly scuote la testa e si fida del fatto che la torta sta lievitando. Il loro forno non ha lo sportello di vetro come quello della signora Amber.

Tala deve rimanere là finché Dolly non guadagna abbastanza soldi con la sua impresa rischiosa, o torna all'estero per lavorare di nuovo come domestica. Però Tala sta ancora scrivendo su quel blog, post dopo post su ogni genere di argomento: da come combattere la nostalgia a come distruggere il mito della domestica felice. Dolly ha il sospetto che Tala stia diventando sempre più identificabile. E se venisse scoperta verrebbe espulsa, ragion per cui Dolly deve essere frugale con i soldi che le ha dato la signora Amber. È una cosa da niente partorire. Dolly può farlo senza costose cure mediche.

Apre lo sportello del forno e porge il coltello a Mallie, che lo infila nella torta e lo ritira pulito. Dolly capovolge il dolce su un piatto. Il vapore forma delle volute.

«Ha un buon profumo» commenta Mallie. «Posso assaggiarla?»

«È troppo presto, ti farà venire il mal di pancia.»

Ma Dolly taglia comunque una fetta e la porge alla figlia. Poi la prende in braccio e rimangono lì a dondolarsi, Dolly e sua figlia, il bambino nella pancia schiacciato tra di loro.

Jules si inginocchia e sistema l'impostazione della macchina fotografica. Si sposta di lato quando Sam passa spingendosi sul suo monopattino azzurro, con un'espressione determinata sulla faccia. Lei esamina lo scatto. Le curve di legno dell'Henderson Waves Bridge sono sfocate sullo sfondo, proprio come voleva. Sono a più di trenta metri da terra, sulle assi di legno curve che ondulano in lontananza. Sul ponte ci sono, a intervalli regolari, delle rientranze con il tetto a nervature e delle panchine di legno. Di lato Jules nota un baldacchino di alberi. Ora Sam è di fianco a lei, il suo respiro caldo sul suo orecchio.

«Questa mi piace» dice.

Lei abbassa lo sguardo sul piccolo schermo e lascia scorrere le altre immagini. Sta cercando di padroneggiare il movimento, ma la fotografia di strada è sempre la sua preferita, cogliere le persone alla sprovvista. Si alza, punta l'obiettivo su Sam che sta sognando a occhi aperti.

Lui risale sul monopattino e gira in cerchio. Le assi del ponte da una parte si incurvano verso l'alto a formare una parete, contro cui lei si appoggia. Le cime degli alberi verdi e frondosi danzano dietro di lei. Alti palazzi color crema incombono davanti. Il ponte serpeggia all'infinito.

Colby e Amber si stanno avvicinando. Colby è sui pattini a rotelle e tiene per mano la madre. Vacilla all'indietro, strattonando Amber che lo riporta in equilibrio. Jules li cattura in quell'istante. Amber ha dei sandali bassi con delle pietre e un miniabito verde con la cintura in vita. I capelli, che ora sono tagliati corti, sono ricci e gonfi intorno alla testa, come un microfono d'altri tempi. Ciocche umide le stanno incollate alla fronte. Colby si stacca e Amber riprende il suo passo. Lui sfreccia davanti a Jules, e Sam comincia a filare dietro di lui.

«Non andate troppo avanti!» grida Amber.

«Come va tra te e Tor?» le chiede Jules.

«Bene, credo. Per un attimo ho pensato di tornare a Chicago. Ma le cose vanno meglio adesso che non abitiamo più insieme. Avevi ragione, Jules, non potevo portarglieli via.»

Continuano a camminare.

«Sono così sollevata che Gavin e Maeve siano partiti» aggiunge Amber. «Mi sono comportata come una sciocca con lui. Sono mortificata per quella storia. Pensavo di essere innamorata, invece ero solo conquistata dal fatto che qualcuno fosse attratto da me.»

«Eri davvero fragile in quel periodo, Amber. E adesso?»

«Be', smettere con gli antidepressivi è stato piuttosto difficile ma, ehi, non sto crollando. In effetti mi sento più equilibrata, meno insicura. Però, Dio, prima avevo proprio bisogno di quelle pillole. Ero a pezzi quando è successo l'incidente, e sono stata così stronza con Dolly. Non riesco nemmeno a immaginare come mi sarei comportata se non fossi stata sotto farmaci.»

Jules si schiarisce la voce. «Hai avuto novità dalla polizia?»

«Per il fatto che ero oltre i limiti, intendi? Be', mi hanno detto che potrei essere processata, ma finora non ho saputo niente.»

«Che cosa farai qui?»

«Ho la mia routine. L'impegno con l'ente di beneficenza, i bambini. Potrei persino provare a insegnare. Ho bisogno di rimettermi a lavorare.»

«Ah, sì?»

«Sono molto richiesti gli insegnanti di matematica. Una di quelle scuole con il metodo Kumon mi assumerebbe subito.»

«E Colby?»

«La prossima settimana abbiamo un altro incontro con lo specialista.»

«Sembra che se la stia cavando bene.»

«Finora sì... Oh, Jules, come vorrei che tu restassi. Passo la vita a dire addio alle persone.»

«Be', non me ne andrò subito.»

Amber sorride, tocca un braccio a Jules poi comincia a correre. Si ferma vicino ai suoi ragazzi e tutti e tre guardano le folte cime degli alberi.

Jules si avvicina, preme la macchina fotografica contro la faccia e scatta. Facendo ombra allo schermo con la mano, osserva la foto. Sulle labbra di Amber c'è un accenno di sorriso. Ha le guance rosse e luminose, ed è completamente struccata.

«Dài, Jules!» urla Amber. «Abbiamo ancora dei chilometri da fare.»

Poi Amber si accovaccia, si slaccia i sandali e prende dalla borsa un paio di scarpe da ginnastica nere malconce. Le calza a fatica e corre dietro a Colby e Sam, che si stanno allontanando. Anche Jules si mette a correre, la macchina fotografica che le batte contro il petto come un cuore che pulsa.

– IL BLOG DI VANDA –

Vivere con una colf straniera

La vostra domestica: 20 segnali di pigrizia

La blogger Colfhacker afferma di dare voce alle migliaia di donne che lavorano come domestiche in questo paese. Dice che non hanno molti diritti malgrado siano lavoratrici bravissime. Be', nella mia esperienza, queste donne sono per lo più pigre come bradipi!

26

La signora Amber ora vive con Tala e i ragazzi in questo appartamento in un vecchio condominio, con le pale sul soffitto invece dell'aria condizionata. Nelle parti comuni ci sono colonne sbiadite, vernice azzurra che si sfalda e una piscina a forma di conchiglia. Tala è tornata in un rifugio antiatomico, un lettino incastrato tra le pareti strette e senza finestre Le pareti sono zeppe delle sue cose. I suoi poster, il suo crocifisso, un enorme collage di fotografie.

Seduta sul letto, con i piedi sul pavimento piastrellato, Tala accende il computer. Uff, fa così caldo. Accede al suo blog. Lo sapeva che era meglio stare tranquilla dopo che tante sue amiche avevano scoperto che era lei a scriverlo, ma il suo vecchio portatile la fissava ogni sera, con all'interno tutte le assurdità tendenziose che sputa Vanda. E lei si sentiva obbligata a continuare. La maggior parte delle sue amiche ha condiviso con lei le proprie storie di lavoratrici domestiche, e Tala le ha descritte tutte in forma anonima su Colfhacker. Ha raccontato dei milioni di colf che subiscono condizioni di schiavitù in ogni parte del mondo, e ha pubblicato un articolo su Aidha, un ente di Singapore specializzato nell'insegnare alle domestiche nozioni di gestione finanziaria e come avviare un'attività.

Ora guarda la sua homepage, poi esamina la pagina delle statistiche. Mentre si china sullo schermo, i numeri iniziano a salire: "97.501", "97.502". C'è una specie di virus nel suo blog?

Cos'ha da dire Vanda? Tala apre il suo sito. Vanda ha cambiato la testata: un motivo amatoriale di rami di fiori di ciliegio rosa che le sembra vagamente familiare. Oh, ma senti un po', chiama le collaboratrici domestiche "bradipi".

Aspetta un attimo. "Pigre come bradipi"? Vanda non lo ha già scritto? Pare un po' di sentire la signora Heng. Tala fissa la testata e ripensa alla piastrella di terracotta con dipinto sopra un albero di ciliegio in fiore che aveva trovato quando stava cercando il suo passaporto e il computer nella scrivania della signora Heng. Lì, nell'angolo della testata, c'è la macchia di pittura rosa che Tala ha notato nell'orrendo tentativo artistico della signora Heng.

Trattiene il fiato, il cuore che martella. "La signora Heng?"

Tala non ha mai sentito freddo durante i quindici anni che ha trascorso lì, ma ora è scossa dai brividi. Il caffè Illy che la signora Heng metteva sullo scaffale in alto; Vanda non beve forse la stessa marca? Perché Tala non ci ha pensato prima?

Il diario che Tala teneva con tutti i dettagli sulle sue amiche, nomi, numeri di permesso di soggiorno, tutte quelle prove per poterle aiutare nel caso fossero in difficoltà. Le viene in mente che se Vanda è la signora Heng, allora è da Tala che ha avuto le informazioni. *Ay nako!* Non è stata solo Vanda a rovinare quelle donne, è stata anche Tala.

Si è dimostrata proprio una vera salvatrice! Si prende la testa tra le mani. Alcune di quelle donne sono dovute tornare a casa per colpa di Vanda, per colpa di Tala. La signora Heng deve avere frugato tra le sue cose molto prima che le prendesse il computer.

Tala accede a WordPress, clicca sulla matita nell'angolo e comincia a scrivere un post. Impiega molto a dire quel che deve, soprattutto perché batte sulla tastiera con un dito, ma viene fuori ogni cosa. Come la signora Heng abbia permesso che Tala lavorasse per altre persone fingendo con il ministero di essere la sua unica datrice di lavoro; come le abbia sottratto il computer e chiesto una bustarella per riaverlo. Tala elenca ogni particolare: il modo in cui si puliva i piedi e i denti, le brutte cose che la figlia diceva di lei alle sue spalle. Tala scrive il nome completo della signora Heng e persino il suo indirizzo.

Rilegge il post, il petto in subbuglio come un bollitore. Sa che non dovrebbe, che finirà in guai ancora peggiori, però le responsabili di quella brutta situazione sono lei e la signora Heng, quindi è arrivata l'ora della resa dei conti. Tala dà un titolo al post: "Veronica Heng smascherata come Vanda".

Preme "pubblica" e aspetta, e, oh santo cielo, sullo schermo appaiono tantissime stelle di gradimento accanto a ciò che lei ha appena scritto. Sembra che il post sia apprezzato ovunque.

Comincia di notte. Non c'è acqua che sgorga tra le gambe di Dolly come la prima volta che ha partorito, soltanto ondate di qualcosa che la distrugge. La mamma arriva accanto al letto con una tazza di qualcosa di caldo in mano, e Dolly la scaccia via.

È solo quando le ondate sono più vicine e il lenzuolo è insanguinato che la mamma inizia a camminare avanti e indietro.

«Oh mio Dio» dice facendosi il segno della croce. «Non va bene. Cosa facciamo?»

Mallie si è spinta un pugno in bocca e guarda sua nonna. Tra il sudore e la sensazione di avere bevuto troppa birra, Dolly cerca di sorridere alla figlia.

La nonna guarda Dolly. «Oh no, non va bene, non va affatto bene.»

Mallie si siede sul letto accanto a Dolly e copre il sangue con un asciugamano. «Andrà tutto bene, mamma, vedrai» le dice.

Dolly cerca di sorridere di nuovo, però il dolore la travolge, la avvolge, le copre la faccia, le ingoia il fiato.

«Mallie, vai in città a chiamare Cassandra» ordina la nonna.

«No!» grida Dolly.

«Sì» ribatte la nonna.

Mallie esce e Dolly continua a fissare la porta. Impiega molto a tornare, ma arriva con Cassandra, che mette una mano tra le gambe di Dolly.

Guarda qualcuno dietro di sé – la nonna? – e dichiara: «Deve andare in ospedale».

«Io non ci vado, in ospedale.»

«Questo bambino deve venire fuori, ma non ce la fa da solo.»

«Posso farcela!»

«Hai sessantamila pesos sul tuo conto corrente. È abbastanza per pagare il conto dell'ospedale» interviene la nonna.

Ma i soldi che Amber ha dato a Dolly sono per la pasticceria. Nella testa di Dolly ci sono torte sugli scaffali, un pavimento cosparso di farina. Poi l'immagine si dissolve. Il soffitto inizia a girare. E lei sta andando giù, giù, e il dolore la aggredisce. Non deve fare altro che spingere; dovrebbe essere facile.

«Vuoi morire qui in questa casa?» le urla sua mamma.

«Posso farcela» dice Dolly.

«No, non puoi» ribatte Cassandra.

«Certo che posso, accidenti.»

Un'altra contrazione la risucchia. Lei butta indietro la testa, la bocca aperta, ma non esce nessun grido. Fuori si sente il rumore di una motocicletta; è vicina e accelera. Le donne infagottano Dolly, la rimettono in piedi. E l'ultima cosa che lei vede prima di uscire è Mallie, con le mani giunte come se stesse recitando una preghiera.

Dolly sale sul quad dietro il guidatore, con i capelli lunghi e neri, e si tiene a lui. I capelli dell'uomo le vanno in bocca; profumano di shampoo, un conforto pulito. La testa di Dolly dondola e sbatte contro la schiena del guidatore; le mani le fanno male da tanto si aggrappa.

Un'infermiera, con una fascia bianca che le appiattisce i capelli, accompagna Dolly su una barella. Ci sono altre donne nella stanza, a gambe aperte, una a quattro zampe, e l'infermiera guarda Dolly, dentro Dolly, poi la barella si sposta e ci sono file di luci sul soffitto, e cartelli veloci che lei non riesce a leggere. Cerca di alzarsi, ma un braccio la tiene ferma; il dolore la divora, squarciandola, scuoiandola. Cerca di opporsi. Cerca di spingere, aprirsi, ma c'è soltanto il dolore che riempie tutti i suoi spazi. E il sangue le pulsa nelle orecchie e ha qualcosa sulla bocca, poi sente una fitta dolorosa nel braccio.

Lei e Mallie si conoscevano appena da qualche mese, mesi di torte e giochi nella polvere, mesi di Dolly che scriveva delle addizioni che Mallie doveva risolvere. E ora a Dolly sembra di star per morire. Non sente il pianto di un bambino. Non sente niente a parte il battito debole e lento del suo cuore, infine il nulla.

27

Il giorno dopo, l'odore di bruciato aleggia nell'appartamento. Il modo di cucinare di Tala è migliorato leggermente da quando lavora per la signora Amber, ma ogni tanto combina ancora qualche disastro. Tala ha preparato la sua borsa. Pensa già a quanto sia stata stupida a rivelare che la signora Heng è Vanda. "Devi sempre avere l'ultima parola, Tala, sempre!" La voce della mamma le sibila nella testa.

Sbircia fuori dalla porta della sua camera da letto. I bambini sono seduti vicini sul divano e guardano un film di un bambino con gli occhiali rotondi che vola sulla schiena di qualche grosso uccello. Come vorrebbe che arrivasse in volo qualche grosso uccello e la portasse via; è stata una tale *tanga*.

Qualcuno sta gridando fuori. «Andate via. Questa è una proprietà privata!»

Tala allaccia il bottone dei suoi calzoncini rossi, esce dalla stanza e va dietro le tende di tulle. Là fuori ci sono persone che si spintonano, occhiali sul naso, taccuini in mano. Una guardia della sicurezza li sta spingendo lontano dalle scale dell'edificio. Uno di loro è vicinissimo alla piscina; magari cade dentro e si bagna la camicia e la cravatta blu.

«Andate via!» urla la guardia. Sembra che si stia divertendo.

Tala si assicura che la porta di ingresso sia chiusa a chiave.

Qualcuno è proprio lì fuori. Bussano alla porta. «Vogliamo parlare con lei. Lei è Colfhacker, vero?»

A Tala si spezza il cuore in due e comincia a pulsarle nelle orecchie.

Ovvio, lo sapeva che la signora Heng avrebbe telefonato ai giornali dopo avere letto il post sul blog di Colfhacker; dev'essere stata lei a rivelare che Tala è Colfhacker. La signora Heng deve avere indovinato che era Tala a scriverlo perché nessuno, a parte Tala, avrebbe potuto conoscere così tanti dettagli minuziosi sulla vecchia signora. Probabilmente ha anche reclamato la ricompensa dai giornali. Dio, tutte le volte che Tala ha letto il blog di Vanda senza rendersi conto che era la signora Heng a scrivere quei post velenosi. Tala voleva che lei provasse cosa significa sentirsi messi alla berlina, come lei aveva messo alla berlina le amiche di Tala. Voleva farle provare quello shock. E ora tocca a Tala.

Si sente un tonfo sulla porta in basso, come se qualcuno avesse tirato un calcio. Qualcuno del ministero arriverà per scortare Tala all'aeroporto dopo le brutte cose che ha detto. Sono solo parole sulla pagina, opinioni, allora perché fanno impazzire tutti? Oddio, cosa farà?

Colby, che era sdraiato sul divano, ora si mette seduto, guardando la porta con espressione accigliata. Sam rimane incollato alla televisione, l'orecchio buono proteso verso l'audio. Le tende di tulle svolazzano davanti alla finestra scorrevole socchiusa. Le pale del ventilatore sul soffitto ronzano e girano. Il sole illumina la libreria, ad angolo retto contro una parete.

La signora Amber entra in soggiorno con indosso un vestito nuovo, le maniche come ali, con molti lustrini sui bordi. «Io esco» annuncia.

«Oh, è molto carina, signora. Voglio dire, Amber. Proprio bella, così vestita di nuovo, così...»

Santo cielo, Tala continua a parlare, in modo che la signora Amber non senta quei giornalisti là fuori.

«Così grassa!» esclama Tala.

«Cosa?» La signora Amber è a bocca aperta.

«Così grassa. Però, davvero, ora dovrebbe proprio andare alla sua cena danzante e, oh, passare una serata meravigliosa. Non si preoccupi di niente e, be', magari dovrebbe uscire dal retro perché qui sotto stanno accadendo cose strane.»

«Quali cose strane? Cos'è successo?»

La signora Amber si avvicina alla finestra, quindi Tala le taglia la strada e vanno a sbattere l'una contro l'altra. Tala la guarda.

"Pensa, Tala, parla." «Un cobra sputatore. È scappato e ha ucciso il gatto di qualcuno, se l'è ingoiato intero. Stanno cercando di catturarlo, hanno detto di non scendere in giardino.»

«Colfhacker!» si sente qualcuno urlare dall'esterno.

«Chi è?» chiede la signora.

«La disinfestazione dai serpenti. Lo avranno preso, colpito, fatto a pezzi. E lei con quel vestito bianco... oh, non oso nemmeno pensarci.» Tala scuote la testa.

«Oh, mio Dio, io odio i serpenti. Dài un occhio ai bambini, okay?»

«D'accordo.»

La signora Amber avvicina il cellulare all'orecchio; sta chiamando un taxi. Poi esce dalla porta sul retro. Tala ringrazia le stelle.

Torna nella sua stanza e apre il computer. Oddio, su internet è ovunque: "Scoperta la blogger segreta dei diritti delle colf".

C'è anche il suo nome – "Tala Pabro Castillo" – e una fotografia con il suo vestito con i girasoli. Non era stata Jules a scattare quella fotografia, ora che ci riflette? Come l'hanno avuta? Ma non appare solo sulla Cnn. È la notizia di copertina anche del sito dell'«Abante» e dell'«Huffington Post».

Clicca sul blog di Vanda, ma sullo schermo compare la

scritta: "Impossibile trovare il sito richiesto". Ci riprova, ma no, ci dev'essere qualche problema. Il blog di Vanda non si apre.

Torna di nuovo in soggiorno e guarda fuori dalla finestra. Adesso ci sono ancora più giornalisti. Ricominciano a bussare alla porta.

«Chi è?» sbotta Colby.

«Ignorali e basta» dice Tala. «Serpente a piede libero.»

Lui afferra il telecomando e alza il volume. Il telefono inizia a suonare.

In soggiorno, Jules alza lo sguardo verso il lampadario quadrato di design, un pannello di vetro con sotto quattro lampadine. È pieno di falene e zanzare, morte e decrepite. Il frigorifero vibra. Il megafono sul muro esterno della scuola vicina suona a gran voce un motivetto, ma è tutto tranquillo, troppo tranquillo.

Si siede al tavolo e ci appoggia sopra la testa. Sta per tornare a casa. Questa cosiddetta avventura sta per finire, nessuno dei paesi è stato spuntato perché sono rimasti senza soldi. Ma almeno adesso lo sa; il futuro che aveva immaginato non è destinato ad avverarsi.

Osserva il suo badge con il nome e apre la spilla. "Jules Harris, addetta alla reception." L'impiego all'ambulatorio non era un granché, non rispetto a quello a cui era abituata.

In cucina, accende il bollitore. Lascia in infusione il tè in una tazza, poi la porta al piano di sopra, la bustina ancora dentro.

Accende il computer. Non ci sono notifiche sul suo profilo Instagram, ma in effetti non ha postato nessuna foto di recente. Dopo clicca sulla Cnn, e sullo schermo appare la faccia scioccata di Tala, come se avesse visto un fantasma. I girasoli che brillano sul vestito, i capelli sul volto. Sullo sfondo il grande frigorifero argento.

«Oh, Cristo» esclama Jules.

Di nuovo! Non ci sono leggi contro questi abusi? Quella pubblicata è la sua fotografia, quella che ha scattato a Tala.

Scoperta la blogger segreta dei diritti delle colf

La popolare blogger Colfhacker è stata smascherata come la domestica di origini filippine Tala Pabro Castillo. La quarantottenne insoddisfatta, madre di due figli, gestisce un blog su come i datori di lavoro trattano le loro domestiche a Singapore e sulla mancanza di diritti delle lavoratrici straniere. Nel suo ultimo post la Pabro Castillo ha rivelato il nome e l'indirizzo dell'infame blogger Vanda. Negli ultimi tre anni Vanda ha pubblicato i nomi e il numero dei permessi di soggiorno per lavoro delle "domestiche cattive". Secondo la Pabro Castillo, Vanda è, in realtà, Veronica Heng, 67 anni, un'operatrice in pensione di un centro elaborazione dati di Queenstown. La Pabro Castillo sostiene di avere lavorato per la Heng, e che la Heng ha trasgredito le severe regole del ministero del Lavoro permettendo che la Pabro Castillo venisse impiegata in altre case.

Jules chiude il sito della Cnn e digita su Google il nome di Tala. La ricerca la porta a un giornale filippino le cui parole non riesce a capire, ed eccola di nuovo: la fotografia che ha scattato Jules. La stessa è anche sullo «Straits Time», con particolari su come Tala abbia lavorato illegalmente a Singapore.

Tala una blogger? Jules scuote la testa. Apre Colfhacker, fa scorrere i post e ne legge degli stralci.

"*Tanga!* Disgustoso."

Tala è lì, nelle parole, nell'indignazione. Come ha fatto Jules a non notarlo prima? Lei non aveva idea che fosse una scrittrice. "Queste mani sono fatte per pulire" aveva detto Tala sorridendo. Invece quelle mani erano fatte per molto di più.

Jules passa a un altro post, uno dei primi: ci sono pagine e pagine di commenti.

Come hanno fatto i giornali e Vanda a sapere che la fotografia scattata da Jules era di Tala? Lei non l'aveva nominata quando aveva pubblicato la foto su Instagram. Non aveva nominato nemmeno Dolly, eppure Vanda aveva indicato un nome anche sotto quella foto.

Accede al suo profilo Instagram: potrebbe fornirle un indizio? Clicca sulla foto di Dolly. Ha ricevuto trentaquattro Like. Guarda le persone che lo hanno messo: nomi che lei non riconosce. Rita Rivera. Marifé Mendoza. Lydia Ramos. C'è persino un commento che non aveva notato prima, da una che si chiama Veronica378. "Le domestiche usano questo paese come una meta turistica comoda e gratuita."

Un lavoro dopo l'altro, eppure Tala trovava il tempo per scrivere. "Buon per lei" pensa Jules, ma in fondo non le ha portato molto bene, no? Lo «Straits Times» sostiene che Tala potrebbe essere espulsa.

Jules cancella entrambe le foto dal suo account Instagram, poi chiude il portatile come se, in quel modo, potesse far scomparire quella storia.

28

Il sole entra dalle finestre dell'appartamento della signora Amber. Ora non c'è più nessuno fuori. Il condominio è tornato alla sua solita quiete, le foglie che frusciano nella piscina a forma di conchiglia. I bambini sono andati a scuola, e Tala è inginocchiata ad arrotolare il tappeto per passare l'aspirapolvere. La signora Amber è sdraiata sul divano a leggere qualche rivista, i piedi sul bracciolo della poltrona. Bussano alla porta, tre colpi forti, e Tala lascia andare il tappeto che comincia a srotolarsi, facendo volare il pulviscolo nella luce.

La signora mette giù la rivista. «Questo è troppo» dice.

Tala rimane inginocchiata lì, il cuore pieno di quei colpi alla porta, le orecchie che scoppiano per lo spavento che le provocano, ma in fondo sapeva che sarebbero arrivati. Non riesce a credere che ci abbiamo messo così tanto.

«Non vai a rispondere?» chiede la signora.

Tala scuote la testa. "Ecco, è finita." C'è una grossa ruga sulla fronte della padrona; sta fulminando con lo sguardo Tala.

«Cosa c'è che non va?» sbotta la signora, il labbro sollevato.

Tala percepisce quello che sta pensando la signora Amber, che lei è pagata come domestica, che non può rifiutarsi di fare una cosa. Bussano ancora, e la signora Amber si limita a fissare Tala, la sua faccia un grosso punto di domanda.

Lei si alza, e si alza anche Tala, che corre nella sua stanza e si chiude la porta alle spalle. Infila lo spazzolino nel borsone, controlla due volte che la conchiglia sia lì, in una tasca laterale. Ha messo dentro tutto tranne il computer. Glielo prenderanno di sicuro. Preme l'orecchio al metallo spesso e freddo della porta del ripostiglio.

La padrona apre la porta d'ingresso e qualcuno le parla a voce bassa. La voce è quella di una donna, ma Tala non sente cosa sta dicendo.

«Non è qui» risponde la padrona.

Di nuovo l'altra voce, che borbotta qualcosa.

«Non ne avevo la minima idea. Santo cielo, davvero? Be', sì» dice la padrona.

La porta si chiude. La donna è entrata? Bussano alla porta di Tala.

«Tala, esci, non c'è più nessuno.»

Tala apre.

«Ti sei data da fare» commenta la padrona. «Non avevo idea che quel blog fosse tuo, non ne avevo la minima idea.»

Tala spalanca la bocca per parlare, ma non dice niente. Si sente troppo in colpa. Non appena Vanda aveva pubblicato la foto di Dolly, Tala aveva scritto sul blog dell'incidente d'auto e di come fosse stata colpa della signora Amber.

«Sara meglio che prepari le tue cose» dice la signora Amber.

«Sono già pronte.»

Un sorrisetto si forma sulla faccia della padrona. «Qualcuno doveva pur dire quelle cose» ribatte, sorprendendo Tala. «Ascolta, quella non era una giornalista, era una funzionaria del ministero, e tornerà. Fai quello che devi... vai a salutare chi devi, Tala, perché sono quasi sicura che tornerà per accompagnarti all'aeroporto.»

Tala attraversa a passo stanco il condominio Greenpalms con la sua gonna con applicati sopra dei papaveri. Si spinge gli occhiali da sole sul naso. Sul pannello sopra l'ascensore c'è una scritta illuminata: "Fuori servizio". Potrebbe essere la didascalia della sua vita. Prende le scale sul retro e passa accanto a una filippina che porta giù un carrellino della spesa. Tala assume un'aria altezzosa, ma non fa alcuna differenza.

«Tala Pabro Castillo» dice la donna. Non è una di quelle che Tala ha aiutato nella sua attività di salvatrice.

«Ha sbagliato persona, signora.»

«Sto solo aspettando che tu scriva un altro post su quel blog. Oh, mi ha fatto ridere. Hai detto le cose che anche noi pensavamo.»

Tala se la svigna e arriva al quinto piano, ansimante. Bussa e Jules va ad aprire alla porta di servizio.

«Non so come ho fatto a non capire fin dall'inizio che quel blog era tuo. Ha la tua impronta dappertutto!»

«Un sacco di vecchie stupidaggini» replica Tala. E poi, che il cielo la aiuti, Tala punta il dito contro Jules, in piedi con i suoi calzoncini di jeans strappati. «Gliel'ha data lei quella foto.»

«Io non ho dato a nessuno quella foto, lo giuro.»

«Adesso mi espelleranno.»

«Cosa?»

«Il ministero mi sta cercando.»

«Pensavo che non avessi abbastanza soldi per tornare a casa.»

«Non ce li ho.»

«Oh, Tala. Non ho dato io quella foto ai giornali; l'hanno copiata dal mio account di Instagram. Mi dispiace tantissimo.»

«Perché l'ha messa su Instagram?»

«Non saprei. Ho solo postato alcune fotografie, tutto qui. Ma non l'ho data ai giornali. Senti, entra.»

Ci sono cartoni ovunque, sui divani, piegati sul pavimento insieme a un groviglio di corde. Un uomo con un berretto di lana e un tatuaggio di rombi collegati che gli salgono a spirale lungo il braccio passa con una sigaretta arrotolata a mano.

«Meglio usare le scale di servizio» dice Tala. «L'ascensore non funziona.»

Lui torna sui suoi passi

«Quando parte?» domanda Tala a Jules.

«Domani. Una notte in albergo e poi via.»

«Non è il modo in cui pensavo di andarmene.»

«Non è giusto che ti buttino fuori.»

Tala prende qualcosa dalla borsa e guarda Jules. Nella stanza entra un altro uomo, si inginocchia e inizia a trafficare con un cartone, trasformandolo in una scatola. Anche Tala ha imballato la sua roba, solo che non ci sono scatoloni, soltanto la sua vecchia borsa e un libretto bancario vuoto come quando è arrivata.

Tala rimane lì a fissarla e ripensa a quel giorno nel parcheggio sotterraneo, quando la distanza tra loro era scomparsa. Ora Jules va da una parte e Tala dall'altra.

«Mi mancherai» dice Jules.

L'aria condizionata vibra forte. Si sente il rumore di libri impilati negli scatoloni.

«A volte bisogna lasciare andare le cose, poi la vita regalerà altri doni» ribatte Tala.

Si avvicina a Jules, afferra le sue dita sottili e le stringe. La faccia contratta di Jules si addolcisce. Inclina la testa, e Tala si china in avanti e la abbraccia; il profumo di Jules le sale nel naso, i suoi vestiti freschi di bucato.

Tala si scosta e mette in mano a Jules qualcosa di freddo e liscio.

«Non sembra un granché, ma è la cosa più bella che ho» dice Tala.

29

Edward è legato al fianco di Dolly e lei cammina, lenta e dolorante per i punti. Le hanno detto di non prendere in braccio il bambino per sei settimane. La scatola è vuota e leggera nella sua mano. Oggi hanno venduto fino all'ultimo *mamon*. Tocca le monete in tasca; Mallie le sta accanto con la sua divisa scolastica azzurra, troppo corta, e socchiude gli occhi per il sole.

Dolly se la sta cavando, ma solo grazie ai soldi che le ha dato la signora Amber e al lavoro di Tala. Se non fosse per loro, Dolly non avrebbe abbastanza denaro per mandare a scuola Mallie. Sua figlia ha bisogno di una divisa scolastica più grande e di scarpe nuove.

Dolly prende un libro dalla borsa, lo appoggia in mano a Mallie e, mentre camminano, Mallie legge. Dopo un po' lei inciampa e cade in ginocchio nella polvere, e il libro finisce per terra.

«Ti sei fatta male?»

Lei scuote la testa.

Dolly cerca di chinarsi per raccogliere il libro, ma la cicatrice del cesareo le fa male. Mallie ci arriva per prima.

«È bello?»

«Mi mancano tre pagine.»

Mostra a Dolly la copertina, un ragazzo con un biglietto in mano.

«Ha vinto qualcosa?»
«Andrà a vivere in una fabbrica di cioccolato.»
«Oh, i suoi denti!»
Mallie sorride con le sue finestrelle. «Dovrai andare ancora via?»
«Oh, tesoro, spero di no.»
«Non voglio che tu vada.»
Dolly prende la mano di Mallie tra le sue e la stringe. La bambina la ritrae.
«Anch'io andrò via un giorno, per lavorare come te?»
«È per questo che vai a scuola, per trovare un lavoro davvero buono.»
«Che cosa farò?»
«Qualunque cosa tu voglia.»
«L'astronauta.»
Dolly sorride.
«O costruirò una fabbrica di cioccolato» dice Mallie.
«Ci sarà posto per me?»
«Sì, e ti comprerò il dentifricio.»
Dolly strizza a Mallie il naso, su cui ci sono delle goccioline di sudore. C'è una macchia marrone sul colletto del suo abitino.
«Allora hai già cominciato a fabbricare cioccolato, eh?» le chiede Dolly.
Mallie guarda il colletto. «Non essere sciocca, mamma. Questo è fango.»
Camminano lungo la strada. Un uccello di un verde brillante è posato su un tetto. C'è un quad fuori dal vecchio fienile di legno, con le finestre di plexiglas e un'insegna con dipinte le lettere: "E-Café".
Entrano, e dietro un alto bancone in legno c'è un uomo con un nastro rosso legato intorno al polso. Nella stanza ci sono tavoli con sopra dei grossi computer; le sedie sono abbastanza piccole, da bambini.
«Un quarto d'ora» dice Dolly e spinge delle monete sul le-

gno. Le dita dell'uomo sfiorano quelle di Dolly mentre prende i soldi. Lei toglie la mano. Gli occhi dell'uomo le fanno venire in mente le praline. Lui sorride, distoglie lo sguardo.

Lei siede, con un dolore alla pancia.

L'homepage è MSN News. E lì c'è la faccia scioccata di Tala. È morta?

"La domestica Tala Pabro Castillo è stata smascherata come la misteriosa blogger Colfhacker."

Tala, che cosa hai fatto? Dolly sapeva che Tala stava ancora scrivendo il blog Colfhacker. Su Skype Dolly le aveva detto qualcosa tipo: "Devi smetterla di scrivere". "Scrivere cosa?" aveva chiesto Mallie. E Dolly aveva risposto: "Oh, niente". Ma Tala non si era fermata, e ora guarda. Perderà il lavoro, il suo permesso di soggiorno.

«Mamma, che cosa ci fa la zia Tala in internet?»

Dolly ha la bocca secca; il petto ribolle. Ogni giorno lei monta la sua bancarella di dolci sul ciglio della strada, e ogni giorno il direttore del supermercato esce e le fa cenno di andarsene. La gente compra lo stesso da lei. Ma Tala ha bisogno di un lavoro per mantenere la mamma e Mallie finché Dolly non riuscirà a guadagnare bene. Perché non ha smesso? Quelle continue chiacchiere, la mano appoggiata al petto. Stare zitta non è da Tala.

«Mandiamole un'e-mail» propone Mallie.

Ma Dolly si limita a restare lì a fissare lo schermo. Mallie comincia a battere sui tasti: "Zia, sei famosa". Poi, con un dito, Dolly scrive: "Immagino che quindi tornerai a casa". Preme "invio", ed escono nel bagliore del sole.

«Ho fame» dice Mallie.

Dolly estrae dal suo marsupio un pezzo di torta schiacciata. Mallie toglie la carta e morde il dolce.

«Magari potremmo aprire una fabbrica di dolci invece che di cioccolato» dice Mallie.

«E chi li cucinerà?»

Mallie si appoggia al fianco di Dolly. «Tu, ovvio.»

Dolly abbassa lo sguardo sulla figlia; sembra che Rita avesse ragione: la gente come loro non fa cose come aprire pasticcerie.

«Mamma, perché sei triste?»

«Non sono triste.»

«Smettila di fare finta.»

Dolly sfiora i lunghi capelli serici di Mallie e pensa a come abbia fatto finta nei sei anni passati, finta di essere invisibile.

Guarda le dita tra i capelli di Mallie, la pelle ruvida, le unghie mangiate. Con l'altra mano sfiora il suo bambino che dorme. Può continuare a fingere come prima, essere la ragazza che vive in un ripostiglio perché da qualche parte in un quartiere povero una di loro scriverà le proprie regole, una di loro realizzerà le proprie chance.

Continuano a camminare, sull'erba che accarezza le loro caviglie, sulle pozzanghere, oltre i saliscendi del terreno e le file di palme che ondeggiano in lontananza. Un ragazzo in bici passa loro accanto troppo veloce, e Dolly attira a sé Mallie. Poi ci sono spilli di pioggia nell'aria, che diventa più pesante, e il cielo si fa scuro.

Ripensa al giorno in cui la signora Amber aveva investito Sam e aveva gridato che era colpa di Dolly. Ripensa a come il signor Tor l'aveva difesa, e a Colby che credeva di avere visto suo padre nella stanza di Dolly. Non c'era mai stato niente tra lei e il signor Tor. Edward ha il naso schiacciato proprio come Gavin, anche se lei cerca di non pensare a lui. "Fallo pagare al padre!" aveva detto più di una volta sua madre, ma Dolly non aveva più sentito Gavin dal giorno in cui aveva preso l'autobus per tornare a Tagudin.

Ora Edward si mette a piangere, e Dolly lo culla su e giù. Sono vicini a casa, non ha senso fermarsi.

La pioggia scorre lungo il naso di Dolly, e i capelli di Mallie sono bagnati e lucidi come scarpe di vernice nera.

Si guardano, Mallie e Dolly, prima corrucciate, poi la bocca di Mallie si allarga in un sorriso e pure Dolly sorride. E, anche se Dolly non dovrebbe prenderla in braccio, solleva Mallie sul fianco libero. Li fa saltellare, i suoi bambini, Edward che le piange in un orecchio, e Mallie che ride nell'altro.

Ed è tutto quello che c'è, Dolly e i suoi bambini e lo scroscio della pioggia calda che scende e li inzuppa.

Ormai la fetta di torta gialla in mano a Mallie è diventata poltiglia e si sfalda per terra. Poi le parole cominciano a martellare dentro Dolly. "Ce la posso fare. Devo solo trovare un modo."

– IL BLOG DI VANDA–

Vivere con una colf straniera

Spiacenti, questo blog non esiste più. Ora il dominio Vandablog.org è libero e può essere registrato!

«Singapore Daily»

Ultimi aggiornamenti

Una residente di Queenstown sospettata di avere espresso commenti anti-filippini sul suo blog, ora chiuso, è stata accusata ieri di sedizione.
Veronica Heng, 67 anni, ha scritto per tre anni l'anonimo "Il blog di Vanda – Vivere con una colf straniera". La sua identità è stata rivelata dalla sua ex domestica Tala Pabro Castillo, 48 anni, nel controblog "Colfhacker".
In un post di ottobre, la Heng a quanto pare ha fatto commenti sprezzanti sulle lavoratrici straniere. Secondo le accuse, il post della Heng potrebbe incoraggiare sentimenti di ostilità tra gli abitanti di Singapore e i filippini.
Secondo la Legge sulla sedizione, chiunque sia ritenuto colpevole di favorire sentimenti di astio e ostilità tra le etnie diverse può essere imprigionato fino a tre anni e deve pagare una multa fino a cinquemila dollari.
Oltre all'accusa di sedizione, la Heng è stata anche accusata di impiegare illegalmente una lavoratrice domestica straniera. Stando a quanto si afferma, la Heng ha permesso alla Pabro Castillo di lavorare in altri undici posti di lavoro per un periodo di tre anni, trasgredendo le regole del ministero del Lavoro. Questa ulteriore accusa comporta una sanzione massima di diecimila dollari.

30

Il ministero è venuto a prendere Tala. Il suo borsone di tela è già pronto vicino alla porta. I bambini sono lì in piedi a guardarla. Scuote via i capelli dalla faccia e, quando si china per baciarli, Sam le afferra la mano e non la lascia andare.

«Se ne vanno sempre tutti via» dice e il suo mento trema come se stesse scoppiando a piangere. Guarda sua mamma, poi Tala. «Perché devi andare?»

«Perché è così che vanno le cose» risponde Tala.

Esce dalla porta dietro la donna del ministero del Lavoro con i suoi tacchi a spillo blu e la gonna grigia aderente. Sam continua a pizzicare le dita di Tala, tirandola indietro. Tala fa quattro passi, poi Amber strappa via la mano di Sam e si chiude la porta alle spalle. Appena Tala si volta, Amber è lì in piedi. Porge una busta a Tala.

«È arrivata questa per te» le dice.

Tala la prende e la infila nel borsone.

«E questa è da parte mia.» Nell'altra mano Amber tiene una busta bianca e rigida.

«Cos'è?»

«Un regalo.»

Tala infila l'unghia sotto il lembo incollato e lo strappa per aprirlo. Il cartoncino ha stampato davanti un uccello rosa. All'interno ci sono parole scritte a mano, però Tala non riesce a leggerle perché in mezzo c'è una mazzetta di banconote da cinquanta dollari.

«Oh mio Dio, lo sa che non li accetterò.» Tala dà indietro tutta la busta ad Amber.

«Insisto.»

«Non voglio i suoi soldi.»

«Tutto quello che hai fatto per noi...»

«Non mi serve il suo aiuto, Amber. Non *voglio* il suo aiuto. Sono più che capace di sistemare questo casino. È una cosa temporanea.»

«Non sono solo per te, Tala; sono anche per il tuo nipotino appena nato.»

Il biglietto e le banconote rimangono sospesi tra di loro. Tala non dice niente, rimane lì a bocca aperta, il corpo che trema talmente forte che le sembra di essere su una di quelle pedane vibranti nella palestra del Greenpalms.

Amber piange. «Prendili, Tala. Metti da parte l'orgoglio e accettali. È il minimo che possa fare.»

«Muoviti» dice la donna del ministero.

I soldi non le serviranno molto in prigione, pensa Tala. Si affloscia, le spalle incurvate, e il suo grosso seno scende ancora più a sud. Infila la busta nel borsone che porta in spalla.

Allunga la mano per stringere quella di Amber. Poi Tala viene avvolta nell'abbraccio di Amber. Tala le dà qualche pacca sulla schiena e le sussurra all'orecchio: «Grazie».

Tala scende le scale di fianco alla funzionaria con la sua camicia bianca ben stirata. Il borsone le taglia la spalla.

L'auto è una vecchia carcassa blu. La donna appoggia una mano sulla testa di Tala quando lei si china per salire sul sedile posteriore.

All'interno è un forno; i finestrini oscurati conferiscono una tinta grigia a tutto ciò che superano. Un uomo con una sciarpa avvolta intorno alla testa e in mano una lunga canna sottile spruzza i gelsomini piantati sul ciglio della strada. Una filippina sta spingendo un ragazzo su una sedia a rotelle; il capo gli ciondola di lato. Sorpassano un pick-up con il cassone scoperto, su cui sono pigiati molti uomini dalla pelle scura, che sobbalzano su e giù lungo la strada. È lo stesso destino per tutti loro: costruire quei grandi edifici e condomini, tenerli puliti, lavorare per la gente che vi abita. Tala pensava di poter cambiare quella situazione, invece non ha cambiato niente. Eppure, per lo meno quella donna non la sta accompagnando in tribunale; quella è la strada per l'aeroporto.

Passano davanti ad aiuole ordinate, ad auto fiammanti, a palme che annuiscono con la testa, a una scala a chiocciola su un lato di un condominio bianco. Tala appoggia la fronte al finestrino. Se ne sta andando; non nel modo che voleva lei, ma comunque se ne sta andando.

La macchina si ferma e la donna scende per prima, poi apre la portiera a Tala e insieme camminano verso l'alto edificio in vetro dell'aeroporto. Dentro, la donna continua a tenere Tala per un braccio, ma lei si divincola e prende un carrellino, su cui lascia cadere il borsone.

La donna le cammina di fianco, giù per discese, lungo gli enormi corridoi di moquette, tranquilli malgrado tutta quella gente che parla, beve caffè nei bar, prende i libri dagli scaffali dei negozi.

Tala oltrepassa panchine e vasi pieni di orchidee purpuree. Controlla un'orchidea: non è di plastica. Accarezza con il pollice un petalo vellutato. Poi porge il biglietto a un uomo in uniforme blu che le dice: «Buona giornata», anche se non c'è niente di buono in quella giornata.

Una donna chiede a Tala se ha qualcosa di elettronico nel borsone e Tala annuisce. Estrae il computer e lo mette su un vassoio, aspettandosi che qualcuno lo porti via. Tala passa attraverso un arco che suona, quindi deve tornare indietro e riporre i sandali in una scatola, poi ripassa, con i piedi sudati che si appiccicano per terra. Questa volta l'arco tace.

Ora è in un grande salone a vetri, il computer nel borsone. Da una vetrata, la donna del ministero continua a tenerla d'occhio. Un aereo rulla su una pista in lontananza. Un altro fermo, con un segno rosso lungo la fiancata, incombe più vicino alle vetrate. Tala è circondata da filippine che fendono l'aria con le loro voci eccitate. Non è così tranquillo qui, con tutte queste donne. Le risate e le parole delle donne si mescolano e il rumore diventa sempre più forte.

31

Jules percorre il corridoio del reparto di ostetricia del St Thomas' Hospital, il linoleum beige consumato dai segni delle ruote. Alla postazione delle infermiere cancella alcune note dall'elenco sulla lavagna. Ha tolto la flebo alla donna del letto 7, e il bambino di fianco alla donna del 14 sta bene, malgrado le contusioni dovute a un difficile parto con il forcipe. Oggi Jules ha fatto nascere quattro bambini senza l'intervento di un ginecologo, e i suoi piedi la stanno uccidendo.

Toglie i guanti di gomma e scava tra i Lindor: sostentamento. Ne sono rimasti due rossi. Ne scarta uno e se lo mette in bocca.

Poi si trova davanti Isobel, con un mozzicone di matita dietro l'orecchio, ciocche di capelli che sfuggono alla coda.

«Sono due ore che spinge. È un parto normale, soltanto che lei non vuole farlo uscire.»

Jules annuisce, si infila in bocca l'altro cioccolatino insieme ai resti sciolti del primo e si lava le mani. Le ostetriche camminano lungo il corridoio. In sala parto, la donna è a quattro zampe.

«Dio, mi sento stupida» dice.

Si siede con le gambe aperte e spinge poco convinta.

«Lei è Jules» dice Isobel.

«Ehi, salve. Diamo un'occhiata.»

La testa del bambino sta spuntando: un ciuffo di capelli appare e riscompare dentro.

«Lei o lui sarà fuori tra qualche secondo» afferma Jules. «Prima però dovrò farti un taglietto.»

Il terrore si diffonde sulla faccia della donna. «Oh, no!»

Il marito tocca la fronte alla moglie.

«È meglio che lacerarsi» spiega Jules. «E le farò una puntura; non sentirà il taglio.»

«Grazie a Dio.»

Jules toglie la siringa dalla plastica. «Ora un bel respiro.»

Fa la puntura, poi aspetta.

«Da non credere» dice Isobel. «Sto con lei tutto questo tempo, poi arriva questa a reclamare il merito.»

Jules ride. «Sì, stasera segno un'altra tacca. Lo sente?»

«No» risponde la donna.

«E questo?»

La donna scuote la testa. Jules prepara lo stetoscopio nelle orecchie e incide. La donna fa una smorfia all'arrivo di un'altra contrazione, poi il bambino scivola fuori, schiacciato e insanguinato e spalmato di vernice caseosa. Jules gli appoggia lo stetoscopio al petto. Il suo cuore le pulsa forte nelle orecchie. Lo avvolge in un asciugamano e lo strofina. Poi lo mette sulla pancia della mamma, dove lui si contorce battendo gli occhi spaventati, che sembrano troppo grandi per il suo corpo.

«Ciao» dice la neomamma al figlio. «Che strano, mi sembra di averti sempre conosciuto.»

Il papà tocca con un dito la faccia del bimbo. La loro gioia esplode e contagia anche Jules. Ha lo stomaco in gola come se fosse su un aereo che è appena decollato. Forse non vede l'ora di bere quel bel bicchiere di bianco che si verserà appena arriva a casa. Il suo turno di dodici ore è quasi finito, poi avrà quattro giorni liberi. Quattro giorni interi.

Ha intenzione di cambiare il settaggio della macchina fotografica e cercare di catturare una goccia di pioggia quando colpisce una lastra del patio. Lei e David proveranno quel ristorante nuovo in centro, e lei farà da babysitter ai suoi nipoti per qualche ora perché la loro tata è in vacanza.

«Grazie infinite!» dice la neomamma a Jules.

La donna ha gli occhi velati per l'euforia, e non indotta dalle droghe. Ha partorito senza antidolorifici, a parte un paio di pastiglie di paracetamolo.

«Ora ho terminato il turno» annuncia Jules. Sorride e saluta con la mano la famigliola.

Isobel sta preparando il filo per ricucire l'episiotomia. Controlla l'ora. «Non male, però, solo un'ora di straordinario.»

«Già» risponde Jules.

Torna alla postazione delle infermiere e passa le istruzioni all'altra ostetrica anziana che ha appena preso servizio. Indica la lavagna e mette al corrente la collega delle condizioni delle donne che devono partorire.

«Alla prossima» dice Jules. «E scusa se ho mangiato tutti i Lindor rossi.»

«Oddio, ma sentitela!» esclama una voce. «Dovremo aprire la scatola di Godiva per compensare.»

Lei ha fatto loro un favore a mangiare quei cioccolatini, visto che comunque non sono così buoni. Jules cammina lungo il corridoio, oltre le finestre di ciascuna camera del reparto. Le ruote di un carrello del tè cigolano. Un bambino piange. Si sentono le grida lontane di una donna.

Jules va nello spogliatoio, dove ci sono file di panche e di ganci, a uno dei quali è appesa una giacca di jeans floscia, un paio di Converse rosse malconce sul pavimento e, oltre, la stanza della doccia. Sente il rumore dell'acqua che scorre.

Si toglie il camice e si guarda la pancia; non è più piatta come un tempo, la carne sporge leggermente dall'elastico delle mutande. Il suo corpo l'ha tradita? Le sue parti intime l'hanno delusa? Quel periodo è passato ormai, anche se il dolore c'è ancora, per quanto un po' diluito. Tocca il foglio di carta piegato che ha in tasca, lo tira fuori e si siede.

Sono solo alle prime fasi del processo di adozione, ma ha dato una scorsa al materiale che l'agenzia ha mandato, inclusa una brochure con le fotografie di tantissimi bambini senza una casa stabile. Ha strappato questa: due bambini nella loro divisa scolastica rossa, la sorella di cinque anni con gli occhiali rotondi dalla montatura d'argento, i capelli biondo tiziano con le trecce, e il suo fratellino più piccolo, che ora inchioda Jules alla panca con i suoi occhi castani confusi.

"Anya e Kyle." Sono da anni nel circuito delle adozioni, perché la loro madre non è in grado di badare a loro. E sono stati separati dai due fratelli adolescenti.

Jules vuole esaminare i dettagli della fotografia. Vuole sapere come Anya si è fatta quella macchia di inchiostro blu sul colletto e perché Kyle ha un taglietto sulla guancia destra. Vuole scoprire quali sono i loro cibi preferiti e a quali giochi amano giocare. Assomigliano un po' a lei e a David, no?

Fruga nella borsa e tira fuori la conchiglia, liscia, tortile e fredda. È stata Tala a donargliela. Jules ci passa sopra un pollice. "Non sembra un granché, ma è la cosa più bella che ho" le aveva detto. Jules la preme contro la fotografia strappata.

Cerca di tenere a bada il pensiero, ma viene fuori comunque, martellandole in testa come il verso di una canzone. "Solo questa piccola cosa."

Si cambia, poi si guarda allo specchio. Ha i capelli più lunghi e il piccolo buco nel naso è tornato; ora nei giorni liberi ci mette il rubino che portava un tempo.

Piega il foglio e lo ripone in tasca. Ci sistema vicino la conchiglia e va verso la porta dello spogliatoio. «Anya e Kyle» sussurra, e il suo petto si rafforza di determinazione.

Scende in ascensore ed esce nei suoni della strada scura e umida: il rumore sordo e continuo delle auto, lo scalpiccio dei passi, il diffondersi delle voci della gente. Poi tutto svanisce, e lei riesce a sentire nelle orecchie soltanto l'alito della speranza. Accelera il passo, affondando di nuovo la mano nella tasca per assicurarsi che ci sia ancora tutto.

32

Il passaggio pedonale è affollato di persone, un uomo con un cartello in mano con scritto "Vinegas", un altro con la scritta "Garcia". Il battito di Tala accelera, ma lì non c'è nessuno ad attenderla. Né si aspettava che ci fosse. Amber le ha dato un sacco di soldi, ma non dureranno per sempre. Probabilmente Tala dovrà usarli per pagarsi il volo per andare a lavorare a Hong Kong, o in qualche altro posto dove nessuno conosce il suo nome.

Recupera il borsone dal nastro trasportatore e se lo carica in spalla. Si unisce alle valigie, ai sacchetti della spazzatura gonfi, alle ragazze e ai mozziconi di sigarette alla fermata dell'autobus. Quando il piccolo autobus blu arriva, è talmente pieno che Tala non riesce ad andare oltre i gradini all'entrata.

«No, no!» dice il guidatore, allontanandola con un gesto della mano.

Passa un'ora prima che arrivi il prossimo. Sale a bordo e spinge contro la spalla di una donna, che emette un verso contrariato.

Poi lei la guarda e grida: «Ehhh, fate largo alla zia».

Tala prende la busta piena di contante dal borsone. Estrae una banconota e la allunga al guidatore. La ressa cede un po' e le porte si chiudono dietro di lei. I gas di scarico del diesel si alzano fino al finestrino appena l'autobus si lascia alle spalle l'aeroporto. Le ore passano lente. A Tala cominciano a fare male i piedi. Li riposa stando un po' su un piede, un po' sull'altro.

Dalla tasca del borsone recupera l'altra busta che le ha dato Amber e la apre. Con un motivo dorato a rilievo, arriva da una certa Priscilla. Tala non conosce nessuna Priscilla, quindi cosa vuole da lei? Legge.

"Il nostro giornale pubblica anche storie ordinarie che interessano al pubblico di lettori di un tabloid."

Pubblico di lettori? Di che cosa sta parlando? Tala appallottola la lettera e se la infila in tasca.

Fuori, un bambino con il naso affilato, che viaggia sulla bicicletta della madre seduto di traverso dietro, sorride. Tre capre emaciate si immettono nella strada trotterellando, e Tala si appoggia al cruscotto quando l'autobus si ferma di colpo. Una donna cammina con un cesto di arance sulla testa. Poi la strada a poco a poco scompare, e loro sobbalzano sulla ghiaia per chilometri. Baracche con il tetto di lamiera, corde del bucato con abiti appesi alle mollette e campi inondati d'acqua.

"Ragazza, stai tornando a casa" sussurra a se stessa Tala. E che ritorno, quello.

L'autobus puzza di diesel. L'uomo anziano sul sedile più vicino a lei ha una tosse secca.

Viaggiano per ore, poi compare il cartello della città. "Benvenuti a Tagudin."

«Ehi!» grida Tala al guidatore, che si mette un dito nel canale uditivo.

I freni stridono e le porte si aprono. Lei avanza a fatica finché si libera insieme al borsone.

Saluta con la mano mentre l'autobus ancora affollato si allontana, e la donna che era in piedi accanto a lei ricambia. Il suo sorriso è talmente grande che probabilmente stava festeggiando il fatto di tornare a respirare.

La faccia di Tala è oscurata dai cavi in alto che attraversano la strada. Oh, quella stupida lettera pubblicitaria... le si conficca proprio nel fianco. La tira fuori e la sistema in equilibrio sopra un cestino già stracolmo di spazzatura. Si allontana, ancheggiando, con il borsone che la fa inclinare da un lato. E poi, non sa nemmeno lei perché, ma da qualche parte nel suo petto qualcosa comincia ad aprirsi e a creare una strana forma, quindi si ferma, torna indietro e guarda quel cestino traboccante.

Raccoglie la lettera e la legge, poi rimane lì a ondeggiare come una trottola a forma di Tala. Si costringe a rileggere le parole più volte, per assicurarsi di averle viste bene. Ma sì, non ci si può sbagliare.

Gentile signora Pabro Castillo,
sono rimasta colpita dal suo popolare blog, il modo senza esclusione di colpi in cui lei scrive, e mi piacerebbe molto incontrarla per discutere la possibilità che lei scriva per «Abante». Una larga fetta del nostro pubblico di lettori è composta da collaboratrici domestiche straniere e siamo inondati dalle loro e-mail sulle difficoltà che affrontano, e dalle richieste di consigli.

C'è un numero di telefono in fondo, insieme a un nome: Priscilla Espiritu, direttrice editoriale.

Tala non si concede di sorridere perché magari è una specie di scherzo. Accende il cellulare e compone il numero. Risponde una donna che dice qualcosa, e poi comincia a suonarle nell'orecchio questa musica classica, come quella che ascoltava sempre il signor Tor. Infine una donna dalla voce forte e sicura dice il suo nome.

E quando anche Tala si presenta, la donna dichiara: «Sono così contenta che lei abbia chiamato».

E Tala resta in silenzio.

«Facciamo fatica a far fronte a tutte le e-mail che riceviamo dalle colf all'estero, e pensiamo che lei potrebbe esserci d'aiuto. Vogliamo che lei gestisca un forum online dove può offrire consigli e rispondere alle domande. Vogliamo che tenga anche una rubrica. Cosa ne pensa, Tala? È evidente dal suo blog che lei ha moltissimo da dire.»

Be', però sembra che Tala non abbia niente da dire al momento; tossisce e in qualche modo ritrova la voce. Le domande le sgorgano fuori dalla bocca. "Che genere di forum?" e "Quanti soldi guadagnerò?". Fa ripetere alla donna la cifra e si immobilizza, un sopracciglio inarcato per l'incredulità.

Il silenzio scoppietta.

«Allora?» chiede poi la donna.

«Comincerò domani» risponde Tala.

La donna le dà l'indirizzo degli uffici del giornale a Manila, poi riappende.

Tala continua a camminare. Ecco il cimitero e, da qualche parte nell'angolo opposto, la lapide di Bong, il suo nome inciso nel legno. Aveva quarantacinque anni quando se n'è andato. "Complicanze causate dall'alcolismo" aveva affermato il medico.

Una persona con delle scarpe da ginnastica gialle e verdi, e un paio di jeans dalla forma stupida che gli stanno per cadere alle caviglie, be', le sta venendo incontro. E c'è una donna con un bambino in braccio, e anche da lì quella faccia sembra una specie di statua. Una bambina con un vestitino rosso toglie il pollice di bocca e corre incontro a Tala, le braccia protese.

«Zia Tala» dice.

E Tala lascia cadere per terra il borsone, che alza una nuvola di polvere, e solleva Mallie e la fa girare, e si guardano in faccia, Mallie con le fossette nelle guance e Tala con tutte quelle rughe.

Mette giù la bambina, poi diventa come uno di quegli involtini messicani, con le loro braccia intorno a lei, quelle di Mallie, di Marlon e di Dolly, e il nuovo bambino schiacciato contro il petto di Tala. Oh, che buon profumo ha lui.

Si avviano, e Tala inizia a ridere come una pazza. Invece Dolly è silenziosa e pensierosa, con lo sguardo basso.

«Carioca» dice Mallie indicando la borsa termica che ha in mano Dolly.

«Ne hai già mangiati due oggi» ribatte Dolly.

«È un'occasione speciale» dice Tala con un gran sorriso.

Dolly non ricambia il sorriso, la fronte piena di pieghe come una tenda. Apre la borsa e porge a ciascuno un bastoncino con una frittella. Camminano e mangiano, e Marlon cinge con un braccio Tala. Dietro l'orecchio destro ha infilato un mozzicone di matita arancione. Lei ricomincia a ridere.

«Mamma, lo so che la situazione è brutta, ma sei sicura di stare bene?» le chiede.

«Cos'è quello?» Tala indica un vecchio negozio lungo la via, un cartello con la scritta "Oriam" appeso storto sopra l'ingresso, un lucchetto alla porta. Le finestre sono sbarrate con delle assi.

«Un negozio andato in malora» risponde Marlon.

Tala sta ridendo talmente tanto che rischia di bagnarsi le mutande.

«Hai intenzione di spiegare anche a me cosa c'è di così divertente?» domanda Dolly.

«Mio Dio, queste frittelle sono fantastiche!» dice Tala. Avanza ancora un po'. «Sto pensando che potremmo comprare quel posto là.» Guarda di nuovo verso il negozio Oriam.

«Con cosa? Non abbiamo niente a parte quello che guadagno dalle guave e al supermercato, e dalle torte di Dolly» interviene Marlon.

«Potremmo trasformarla nella tua pasticceria, Dolly.»

«No» risponde Dolly. Distoglie lo sguardo da Tala.

«Sacchetti di carta appesi a un gancio alla parete, dolci sugli scaffali» dice Tala.

«Tala, passerà molto tempo prima che io mi possa permettere un negozio vero.»

Tala tira fuori la lettera e la liscia sulla pancia. «Be', forse dovresti cominciare a fare progetti perché credo di avere intenzione di lasciare una caparra per quel posto.»

«Ma cosa stai blaterando?» chiede Dolly.

Tala se lo ripete bene in testa prima di dirlo; non suona affatto giusto. «Mi sono trovata un nuovo lavoro. Diventerò una scrittrice.»

"Scrittrice." La parola ha un sapore strano, come il cioccolato con dentro il peperoncino. Marlon sorride e scuote la testa fissando Tala, che apre la bocca per aggiungere qualcosa, ma non le esce niente, ed è strano.

Mallie si mette in bocca l'ultimo pezzo di carioca e lo mastica. Tala le passa il resto della sua frittella e Mallie sorride ancora di più.

Dolly scruta Tala, che si avvicina al negozio sprangato, lasciando loro lì in piedi sul fango secco.

Gli uccelli cinguettano tra gli alberi. Un tuk-tuk passa sferragliando. C'è profumo di agrumi.

Tala schiaccia il naso contro il legno; è buio lì dentro, ma una sottile lama di luce riesce a farsi largo. Tala inizia a mettere le cose al loro posto. Le sedie, e gli scaffali con sopra le pagnotte, la torta paradiso e quella al cioccolato di Dolly, tutte a fette.

"Potrebbe essere una cosa bellissima" pensa Tala. "Sì, questa potrebbe essere la cosa più bella che ci sia mai capitata."

Nota dell'autrice

Quando arrivammo a Singapore, nel 2009, ne assorbii tutti gli intensi particolari, dalla pulizia immacolata delle strade alle nuvole di pesticidi che offuscavano l'aria umida. Cominciammo a cercare un posto dove abitare, e una agente immobiliare ci mostrò un appartamento. Spalancò la porta di un rifugio antiatomico senza finestre, di tre metri e mezzo per uno e mezzo, vicino alla cucina. «La vostra domestica dormirà qui» disse. «Ma non ci sono finestre» ribattei. «Non ha bisogno di cose del genere» rispose lei.

Traslocammo in quell'alloggio, che faceva parte di un condominio abitato da famiglie numerose con personale di servizio. I palazzi erano disposti intorno a tre piscine e ovunque c'erano palme, orchidee e tappeti erbosi.

Non conoscevo anima viva. Mi feci avanti e parlai con le persone, incluse molte collaboratrici domestiche, che iniziarono a raccontarmi le loro storie. Da vent'anni lavoro come giornalista di quotidiani e riviste e quindi capii che se qualcuna di loro avesse accettato di essere intervistata avrei potuto scrivere uno speciale che descrivesse l'esperienza delle 201.000 lavoratrici domestiche sottopagate di Singapore.

Alcune donne non vollero parlare, ma altre si aprirono e raccontarono della loro vita nelle Filippine, della mancanza di diritti a Singapore, del sollievo nel trovare datori di lavoro che avessero a cuore il loro benessere. Una mi disse di non avere guadagnato un soldo per un anno perché il suo salario serviva a ripagare l'agenzia di collocamento per le spese di addestramento e altre parcelle.

Un'altra mi raccontò che, poiché voleva fare un po' di esercizio fisico, era andata a nuotare a notte fonda nella piscina condominiale, ma la guardia della sicurezza le aveva chiesto di uscire perché alle colf non era permesso usare i servizi del condominio. Accennai questo episodio a una residente che avevo appena conosciuto. «Giustissimo» commentò lei. «Voglio dire, sono dipendenti.» Questo tipo di atteggiamento da parte dei datori di lavoro era molto diffuso. «Oh, sono ragazze di paese che vengono da posti spersi nel nulla» disse una di loro. Altre mi riferirono di avere chiuso sotto chiave il passaporto delle domestiche e di avere imposto loro il coprifuoco. Le colf mi dicevano che non potevano usare le toilette dell'appartamento, a parte quella accanto alla cucina. Una spiegò che era costretta ad andare da basso nei bagni comuni dei giardini condominiali. Parlavano di abusi sessuali e bullismo.

A Singapore la maggior parte degli appartamenti ha un rifugio antiatomico proprio come quello della casa che avevo preso in affitto. Tutte le donne dormivano lì, ma nessuna se ne lamentò con me. «Oh, va bene» disse una. «In un posto dove ho lavorato dormivo sotto il tavolo in soggiorno.»

Molte parlavano degli orari imposti dagli ex datori di lavoro: quattordici ore al giorno per sette giorni alla settimana. In realtà, fu solo nel 2013 che alle collaboratrici domestiche di Singapore, che guadagnano intorno ai cinquecentocinquanta dollari di Singapore (l'equivalente di trecentocinquanta euro) al mese, fu concesso per legge il diritto a un giorno di riposo alla settimana. Nel 2015, il Transient Workers Count Too stimò che il cinquantanove per cento dei lavoratori domestici stranieri di Singapore continuava a non avere il giorno libero. Ancora oggi non è previsto un salario minimo per i collaboratori domestici, che sono esclusi dalla legge sull'occupazione di Singapore.

Scoprii per caso un blog, che ora non esiste più, di un'autrice anonima che si firmava Tamarind e che vi elencava le "le regole della casa" per le domestiche, tra cui l'obbligo di lavarsi i capelli tutti i giorni e il divieto di sgridare i bambini. Parlava anche dell'uso di telecamere nascoste per spiarle. Fu allora che capii che la condizione delle colf era più di uno speciale giornalistico; era un libro, e cominciai a scriverlo.

Avevo anche una motivazione personale. Mio padre, un irlandese, si era trasferito a Londra nel 1957 per lavorare in una fabbrica di gelati e aveva dovuto combattere contro il razzismo. Molte volte, da bambina, sentivo pronunciare davanti a lui battute offensive sugli irlandesi. Quei commenti mi ferivano e non li ho mai dimenticati. A Singapore provai una simile indignazione ogni volta che mi imbattevo non solo in commenti denigratori sulle collaboratrici domestiche, ma anche in trattamenti umilianti nei loro confronti.

Mentre ero a Singapore non assunsi una domestica a tempo pieno in casa, però avevo una donna delle pulizie, Gina*. Come Tala, si guadagnava da vivere facendo lavori part time illegali, e la povertà l'aveva costretta ad abbandonare i figli per lavorare all'estero. «Dopo aver lasciato le Filippine, non li ho visti per tre anni, immagini un po'» disse scoppiando a piangere.

Anche se avevo cominciato a scrivere *I segreti della domestica ribelle,* continuavo a combattere il mio dolore perché non riuscivo ad avere un altro figlio dopo essermi sottoposta alla fecondazione in vitro.

Lessi un articolo su una rivista a proposito di un ente di beneficenza che si chiamava Sanctuary House, i cui volontari davano in affido bambini di Singapore. Li chiamai e mi offrii come volontaria.

Quindici giorni dopo mi assegnarono per una sola settimana un bambino di appena un mese e mezzo. Stranamente, nessuno dell'ente di beneficenza venne a controllare il nostro appartamento e non facemmo nessun colloquio preliminare. Nonostante ciò, tenere questo neonato fu un assoluto privilegio: tutti noi ci innamorammo di lui. Anche se non riuscimmo a tenerlo perché lo stavano dando in adozione a qualcun altro, l'affido mi aiutò a superare il fatto che non ero capace di avere un altro figlio. Mi fornì anche i dettagli per la storia di Khalib a Jules.

Per i due anni e mezzo in cui vissi a Singapore, continuai a fare ricerche e a scrivere il mio romanzo. Molte domestiche con cui parlai venivano dalle Filippine e mandavano la maggior parte dei soldi a casa per pagare l'istruzione ai figli e aiutare gli altri membri della famiglia. I loro salari a Singapore erano superiori ai potenziali guadagni nelle Filippine, quindi sembrava che fossero soggiogate a una servitù oltremare, che sarebbe stata il loro destino per molti anni.

Volevo capire se ci fosse una via d'uscita per quelle donne. Una mia amica mi raccontò di Aidha, una scuola no profit per le donne sottopagate di Singapore che insegna gestione finanziaria e competenze imprenditoriali. La sua domestica Alice* frequentava le lezioni ogni settimana. Il motto di Aidha è "Il talento è universale, le opportunità no". La mia amica era decisa a concedere un'opportunità ad Alice, ed Alice la colse. Ora gestisce una piccola attività in proprio nelle Filippine nel campo del noleggio di motociclette. E ha risposto a molte delle mie domande sulla vita nelle Filippine.

Uno degli esempi più noti di una filippina che ha avuto una chance è la storia della fotografa di strada Xyza Cruz Bacani. Faceva parte delle trecentomila domestiche di Hong Kong quando il suo datore di lavoro le comprò una Nikon D90. Lei cominciò a fotografare tutto, dalle donne sulla metropolitana di Hong Kong, alle domestiche maltrattate strette l'una all'altra per trovare conforto in una casa di accoglienza per le donne. Postò le sue foto su Facebook, e altri fotografi cominciarono a notare il suo talento. Xyza diventò, nel 2015, una delle 100 Women of the World della Bbc e ora è membro del Photography and Social Justice Program della Magnum Foundation. Mentre il personaggio di Tala è liberamente basato su Grace, una donna con molto fascino e dignità, il blog di Tala è stato ispirato dalla storia di Xyza.

L'episodio della donna che Dolly vede nella vetrina di un'agenzia di collocamento con il cartello "Compra oggi e avrai uno sconto" è basato su un fatto vero. Nel 2014 Al Jazeera scoprì che le donne nel centro commerciale Bukit Timah di Singapore venivano vendute come se fossero merce, costrette a restare esposte sotto cartelli che pubblicizzavano "super promozioni" e "sconti speciali". Le paure di Tala di finire in prigione affondano nel caso di Alan Shadrake. Shadrake scrisse il libro *Once a Jolly Hangman* che criticava il sistema giudiziario di Singapore. Di conseguenza, nel 2010 fu accusato di oltraggio alla corte e incarcerato per cinque settimane e mezzo nella prigione di Changi.

Mentre scrivevo questo libro, scrissi anche dei racconti. L'ambientazione di *Plenty More Where You Came From*, che ha ricevuto anche dei premi, è Singapore, ma è incentrato sul rimpatrio forzato dei lavoratori cantieristici migranti, ispirato da una serie di articoli sul sito web Transient Workers Count Too.

In effetti molte delle mie opere di fiction trattano di persone vulnerabili, ma al centro di tutte le mie storie c'è la consapevolezza che, persino nelle circostanze più dure, ci possa essere gioia.

Nella vita reale raramente c'è un lieto fine assoluto, ma in un momento in cui, secondo una stima, cinquantatré milioni di persone in tutto il mondo lavorano come collaboratori domestici e a un quarto di questi non è concesso nessun diritto legale, forse il mio romanzo potrebbe essere un piccolo simbolo di speranza.

* I nomi sono stati cambiati.

Ringraziamenti

Sono in debito con le tante donne che lavorano come collaboratrici domestiche a Singapore e hanno condiviso con me la loro storia. È cominciato tutto con voi, e vi sono molto grata.

Questo libro è stato un viaggio epico e mio marito Mike ha resistito con me a tutte le difficoltà lungo il percorso. Grazie di essere il mio più grande sostenitore e un critico così sincero.

Tantissima gratitudine e ammirazione a Rowan Lawton, il mio fantastico agente, per avere creduto in questo libro e averlo portato avanti. Grazie a Liane-Louise Smith e a tutta la Furniss Lawton per il vostro grande lavoro.

Grazie di cuore a Kate Howard della Hodder: mi hai fatto davvero realizzare un sogno. Ringrazio anche gli altri componenti del team della Hodder – in particolare Ruby Mitchell, Amber Burlinson, Sharan Matharu e Thorne Ryan – per tutto quello che avete fatto per aiutarmi. Grazie anche ai miei editori internazionali per avere portato questa storia ai lettori di tutto il mondo.

A Sara Sarre, che mi ha insegnato l'importanza delle svolte decisive: tu sei stata la mia, Sara. Grazie in eterno. Alla mia amica e collega autrice Claire Douglas, grazie per avere continuato a credere in questo libro, per i tuoi consigli straordinari e anche solo perché sai come ci si sente.

Grazie ai miei genitori, June e Michael, per avere incoraggiato il mio amore per i libri in tanti modi, compresi tutti quei viaggi da piccola alla Barham Park Library, dove si accendeva la mia immaginazione. Grazie per avermi dato lo spazio per scrivere, e perché vedete così spesso il lato divertente della vita.

Un ringraziamento speciale alla mia amica Anna, gentile e intelligente, che mi ha fatto superare molti blocchi. Sono fortunatissima ad averti nella mia vita.

Un grazie enorme ai miei fantastici amici fedeli, che mi hanno tirato su di morale, fornito idee e ascoltato mentre parlavo incessantemente di questo libro, in particolare Ruth Hughes, Lindi Reynolds, Emily H, Toni Langmead, Emma-Jane Beer, Lucy Hunter e Lizzy Leicester.

Grazie a Joe Melia del magnifico Bristol Short Story Prize: le tue generose parole mi hanno incitato a continuare a scrivere. Grazie a Emma Hibbs, Jennifer Small e Sian Clarke per avere letto le prime versioni di questo libro e avere condiviso con me le vostre riflessioni.

Infine a mia figlia, Olivia. Amore e gratitudine infiniti per la tua saggezza e perché tanto spesso mi fai vedere le cose in modo diverso. Grazie per essere te, così stupenda.

Mondadori Libri S.p.A.

Questo volume è stato stampato
presso ELCOGRAF S.p.A.
Stabilimento - Cles (TN)

Stampato in Italia - Printed in Italy